दर्दनाक मौत

जेम्स हेडली चेइज़

प्रकाशक : **डायमंड पॉकेट बुक्स (प्रा.) लि.**

X-30 ओखला इंडस्ट्रियल एरिया, फेज-II

नई दिल्ली-110020

फोन : 011-40712200

ई-मेल : sales@dpb.in

वेबसाइट : www.diamondbook.in

मुद्रक : रेप्रो (इंडिया)

Dardnaak Maut

By : James Hadley Chase

दर्दनाक मौत

एक

इंग्लैंड में 31 अक्टूबर का दिन हैलोइन दिवस के रूप में मनाया जाता है। इस अवसर पर लगभग हर गली-मुहल्ले में किसी एक घर को चुनकर उसमें उस मुहल्ले विशेष के बच्चों को बुलाकर पार्टी दी जाती है। पार्टी में बच्चों व किशारों के लिए कई प्रकार के खेलों के आयोजन के साथ-साथ उनकी दावत का भी प्रबन्ध किया जाता है। इस प्रकार की पार्टियों में आमतौर पर वयस्क लोग हिस्सा नहीं लेते।

आज 31 अक्टूबर का दिन था और श्रीमती ड्रेक ने अपने घर में हैलोइन दिवस पार्टी का आयोजन किया था। इस इलाके की प्रमुख महिलाएं सहायता देने के लिए श्रीमती ड्रेक के घर आई हुई थीं। इन महिलाओं में श्रीमती एरियाडन ऑलिवर व श्रीमती जूडिथ बटलर प्रमुख थीं। श्रीमती ऑलिवर व श्रीमती बटलर अच्छी मित्र थीं और इस इलाके में श्रीमती ऑलिवर अपनी अंतरंग मित्र बटलर के साथ ही रहती थीं।

पार्टी के आरम्भ होने में अभी कुछ समय शेष था और इसकी तैयारियां जोर-शोर से चल रही थीं। मकान को सजाया जा रहा था तथा कमरों में भीतर फर्नीचर को सुव्यवस्थित किया जा रहा था। नौकर लोग मकान के अंदर व बाहर भाग-दौड़ कर रहे थे। सब्जियों की टोकरियां लाई जा रही थीं। फूलों को फूलदानों में रखा जा रहा था। इस समय यह मकान अव्यवस्था का एक नमूना बना हुआ था।

आज की हैलोइन पार्टी में 10 वर्ष से 17 वर्ष तक के बच्चों को आमन्त्रित किया गया था।

"मैं आज की पार्टी को हैलोइन पार्टी का नाम नहीं दे रही हूं।" मेजबान श्रीमती ड्रेक बोली—"मैं इसे 'इलैवन प्लस' का नाम दे रही हूं, क्योंकि इसमें इसी आयु वर्ग के बच्चे भाग ले रहे हैं।"

"लेकिन रोवेना, ऐसा कहना ठीक नहीं होगा।" मिस विटाकर अपनी नाक से नीचे उतर आए चश्मे को ठीक करते हुए बोलीं। मिस विटाकर स्थानीय स्कूल में एक अध्यापिका थीं और सही को सही व गलत को गलत कहने पर जोर देती थीं। "सभी स्कूलों में इलैवन प्लस को पहले ही खत्म किया जा चुका है।"

"मैं काफी समय से यहां बैठी गप्पे मारने में मशगूल हूं," श्रीमती ऑलिवर बोलीं, "वास्तव में मुझे आपकी सहायता करनी थी, लेकिन मैं करूं भी क्या?"

अब श्रीमती ऑलिवर की नजर सेबों की पेटियों पर पड़ी और वह फिर बोल पड़ी—"वाह! कितने लाल-लाल सेब हैं ये!"

इस समय इस कमरे में जोइस नाम की एक 13 वर्ष की लड़की मौजूद थी, जो श्रीमती ऑलिवर की ओर नजर टिकाए उसकी बातों को ध्यान से सुन रही थी।

"आपको सेब अच्छे लगते हैं ना?" वह उत्सुकतापूर्वक श्रीमती ऑलिवर से पूछ बैठी—"मैंने इस बारे में किसी उपन्यास में पढ़ा है। आप ही जासूसी उपन्यास लिखने वाली श्रीमती एरियाडन ऑलिवर हैं ना?"

"हां," श्रीमती ऑलिवर ने जवाब दिया।

"मुझे विश्वास है कि आज की पार्टी में संयोगवश यदि कोई हत्या हो जाए तो आप अपने अनुभव के आधार पर उस मामले को सुलझाने में अवश्य सफल होंगी।"

"नहीं-नहीं, ऐसा न कहो," श्रीमती ऑलिवर बोली—"अब हत्या के मामलों में मेरी कोई दिलचस्पी नहीं है।"

"क्यों?"

"यह सही है कि मैंने हत्या के विषय पर कई उपन्यास लिखे हैं, किन्तु इन उपन्यासों में मुझे कोई विशेष सफलता न मिल पाई।"

"लेकिन आपने तो हत्या संबंधित उपन्यासों के अलावा भी कई उपन्यास लिखे हैं।" जोइस बोली—"अपने उपन्यासों से आप काफी धन कमा लेती होंगी।"

"हां," श्रीमती ऑलिवर धीमी आवाज में बोली।

"आपके उपन्यासों में फिन नाम का एक जासूस भी होता है," जोइस फिर बोली।

इस समय कमरे में स्थानीय चर्च के आर्गन-वादक की पत्नी श्रीमती हारग्रीव्ज आ गई। उसके हाथ में हरे रंग की एक बड़ी बाल्टी थी और वह हांफ रही थी।

"सेबों को बाल्टी में डुबोए रखने के लिए यह बाल्टी ठीक है," वह बोली।

"इस बाल्टी को आप कहां रखेंगी?" स्थानीय डॉक्टर की कम्पाउंडर मिस ली ने पूछा।

"मेरे विचार में इसे पुस्तकालय कक्ष में रखा जाना चाहिए।" श्रीमती ड्रेक बोली—"पुस्तकालय का गलीचा काफी पुराना है और पानी गिरने से वह खराब नहीं होगा। अन्य कमरों में पानी ले जाना ठीक न होगा।"

"ठीक है, मैं इस बाल्टी को वहीं ले जाती हूं।" श्रीमती हारग्रीव्ज बोली और पुस्तकालय कक्ष की ओर चल दी। उसके जाने के बाद बातचीत पुनः आरम्भ हो गई।

इस बीच श्रीमती ऑलिवर सोफे पर बैठ गई और कमरे में उपस्थित लोगों का अध्ययन करने लगी। श्रीमती ऑलिवर एक उपन्यासकार थी और इस समय वह सोच रही थी कि यदि अगले उपन्यास में वह इन सब लोगों को चित्रित करना चाहे तो इनका चित्रण कैसे करेगी? देखने में ये सब लोग भले ही दीखते थे, लेकिन मानव मन की गहराइयों को कौन समझ सकता है।

श्रीमती ऑलिवर इन सब लोगों की पृष्ठभूमि के बारे में अधिक कुछ नहीं जानती थी। ये सब लोग वुडले कॉमन में रहते थे और श्रीमती बटलर ने इनके बारे में कुछ मामूली-सी जानकारियां उन्हें दी थीं। इस इलाके में श्रीमती ड्रेक ही सबसे महत्त्वपूर्ण महिला थी। इस समय कमरे में कुछ बच्चे भी उपस्थित थे। इनके नाम थे-नैन, बीट्रिस, कैथी, डियाना, जोइस आदि।

जोइस घमंडी किस्म की लड़की दीखती थी और श्रीमती ऑलिवर से बार-बार सवाल कर रही थी। श्रीमती ऑलिवर को उसकी यह आदत अच्छी न लगी थी। जोइस के साथ एन नाम की लड़की थी, जो जोइस से अधिक लम्बी और सुन्दर दीखती थी।

तभी कमरे में एक नन्हा-सा लड़का दाखिल हुआ और उसने श्री ड्रेक से कहा—"मेरी मम्मी ने पार्टी में काम आने के लिए ये आईने भेजे हैं।"

"शुक्रिया, एड्डी," श्रीमती ड्रेक ने धन्यवाद ज्ञापन कर आईने उसके हाथ से ले लिये।

"ये आईने तो साधारण किस्म के हैं।" एन बोली—"क्या हम अपने भावी पतियों को शक्लें इनमें देख पायेंगे?"

"हां, हां, क्यों नहीं," श्रीमती ड्रैक हंसते हुए बोली।

"मैंने आपकी 'द डयिंग गोल्डफिश' नामक पुस्तक पढ़ी है," एन ने श्रीमती ऑलिवर से कहा—"यह पुस्तक वाकई बहुत रोचक थी।"

"मुझे यह पुस्तक अच्छी नहीं लगी," जोइस बोली—"इसमें ज्यादा खूनखराबा न था। मुझे हत्याओं व खूनखराबों से भरी पुस्तकें अच्छी लगती हैं।"

श्रीमती ऑलिवर से इसका कोई जवाब न बन पाया।

"मैंने एक बार अपनी आंखों से हत्या होते देखी है।" जोइस बोली।

"जोइस, बेवकूफी की बात न करो।" मिस विटाकर उसे फटकारते हुए बोली।

"मैं सच कह रही हूं।"

"क्या तुमने सचमुच कोई हत्या होते देखी है?" कैथी ने हैरानी से आंखें फाड़ते हुए पूछा।

"ऐसा नहीं हो सकता," श्रीमती ड्रेक बोली—"न जाने आज क्यों जोइस ऐसी बातें कर रही है।"

"मैं सच कह रही हूं। 16 आने सच।"

"यदि यह सच है, तो तुमने इस बारे में पुलिस को सूचित क्यों न किया?"

"क्योंकि उस समय मैं यह न जानती थी कि यह हत्या ही थी अथवा कुछ और," जोइस बोली—"इस घटना के काफी समय बाद मुझे यह पता चला कि यह हत्या थी।"

"यह सब झूठ है," एन बोली—"यह जोइस की कल्पना मात्र है।"

"अच्छा यह बताओ कि हत्या कब हुई?" बीट्रिस ने पूछा।

"वर्षों पहले," जोइस ने जवाब दिया—"मैं उस समय बहुत छोटी थी।"

"हत्यारा कौन था और उसका शिकार कौन था?"

"यह मैं तुम्हें नहीं बताऊंगी," जोइस बोली।

तभी मिस ली एक और किस्म की बाल्टी लेकर कमरे में आई और बातचीत का सिलसिला खत्म हो गया। लगभग सभी लोग पुस्तकालय कक्ष में चले गए, जहां पानी से भरी बाल्टियों को ले जाने और उनमें सेब रखने की प्रक्रिया से काफी पानी बिखर गया था। मैले व पुराने कपड़ों से पानी को सोखा जाने लगा।

"मैंने आपके एक इन्टरव्यू में पढ़ा है कि आपको सेब बहुत अच्छे लगते हैं," एन ने फिर श्रीमती ऑलिवर से कहा।

"हां, सेब मेरी कमजोरी रही हैं," श्रीमती ऑलिवर ने जवाब दिया।

"क्या ही अच्छा होता, यदि आपको सेबों के बजाय तरबूजों का शौक होता," कमरे में उपास्थित एक लड़के ने कहा।

इस टिप्पणी पर कमरे में उपस्थित सभी लोग ठहाका लगाकर हंस पड़े।

दो

हैलोइन डे पार्टी शाम के 7:30 बजे आरम्भ हुई। श्रीमती रोवेना ड्रेक एक अच्छी आयोजिका थीं और इस पार्टी का आयोजन बढ़िया स्तर का हुआ था। मकान की सीढ़ियों पर लाल व नीले रंग की बत्तियां जगमगा रही थीं। सभी बच्चे 'झाड़ू प्रतियोगिता' में भाग लेने के लिए अपने-अपने हाथों में नए खरीदे हुए झाड़ू लेकर आ रहे थे।

मेहमानों का स्वागत करने के बाद श्रीमती ड्रेक ने पार्टी के कार्यक्रम की घोषणा की—"सबसे पहले 'झाड़ू प्रतियोगिता' होगी जिसमें तीन पुरस्कार रखे गए हैं—पहला, दूसरा व तीसरा। इसके बाद केक काटा जाएगा। केक खाने के बाद सेबों को बिना हाथ का प्रयोग किए दांतों से पकड़ने व खाने की प्रतियोगिता होगी। इसके लिए पानी से भरी बाल्टियों में सेब रखे हुए हैं। सेब प्रतियोगिता के बाद डांस, जिसमें लड़के व लड़कियों की जोड़ियां नाचेंगी। डांस के बीच में बत्ती को बार-बार गुल किया जाएगा, जिस दौरान जोड़ों को बदलना होगा। इसके बाद लड़कियां छोटे कमरे में जाकर अपने आईने में अपने भावी पतियों को देखेंगी। तत्पश्चात् डिनर होगा और डिनर के बाद स्नैपड्रैगन प्रतियोगिता होगी। अन्त में विजेताओं को पुरस्कारों का वितरण कर पार्टी को समाप्त कर दिया जाएगा।"

श्रीमती ड्रेक की घोषणा के अनुसार बच्चों की झाड़ू प्रतियोगिता आरम्भ हुई। सभी बच्चे अपने साथ खूबसूरती से सजाए हुए झाड़ू लेकर आए थे। किन्तु अधिकतर बच्चों की झाड़ुओं की सजावट साधारण स्तर की ही थी। लिहाजा इस प्रतियोगिता में विजेताओं के बारे में निर्णय देना मुश्किल न था।

सेब खाने की प्रतियोगिता पुस्तकालय कक्ष में हुई, जहां पानी से भरी हुई कई बाल्टियां रखी हुई थीं। पानी के ऊपर सेब तैर रहे थे। बच्चों को बिना हाथों का प्रयोग किए सेब खाने का निर्देश दिया गया था। पानी पर तैर रहे सेबों को अपने दांतों से पकड़ने व खाने की प्रक्रिया में बच्चों के मुंह व बाल भीग गए, किन्तु वे इस मनोरंजक खेल का पूरा मजा लूट रहे थे।

लड़कियों के आकर्षण का विशेष केन्द्र हेलोइन डाइन थी, जिसका पात्र श्रीमती गुडबाडी निभाती थी। वास्तव में श्रीमती गुडबाडी स्थानीय नगरपालिका में मेहतरानी का काम करती थी। वह अपने चेहरे पर विभिन्न प्रकार के रंगों व प्रसाधनों का प्रयोग कर डाइन का रूप धारण कर लेती थी। साथ ही वह अपने हाव-भाव, वस्त्रों व बातचीत के लहजे को भी बदल लेती थी।

अपने डाइन के रूप में वह बच्चों, विशेषकर लड़कियों का काफी मनोरंजन करती थी। आज भी वह पार्टी में उपस्थित थी और बीट्रिस से मुखातिब थी।

"बीट्रिस," वह कह रही थी- "तुम्हारा नाम तो बहुत अच्छा है। क्या तुम यह जानना चाहती हो कि तुम्हारा भावी पति कैसा होगा? यदि ऐसी बात है तो आओ और इस रोशनी के नीचे बैठ जाओ। अपने हाथ में एक आईना रखो और इसे निहारती रहो। थोड़ी देर में रोशनी के गुल होते ही तुम्हें अपने आईने में अपने होने वाले सुन्दर पति की शक्ल दिखाई देगी।"

तभी कमरे की बिजली गुल हो गई और बाहर से रोशनी की एक तीव्र रेखा कमरे में पूर्वनिर्धारित किसी विशेष स्थान पर पड़ी और उसकी छाया आईने में पड़ी। इससे आईने में एक शक्ल उभरी, जिसे देखकर बीट्रिस खुशी से चिल्ला उठी।

"वाह! वाह!" वह खुशी से नाच उठी और बोली—"मुझे उस आईने में अपने भावी पति की शक्ल दिखाई पड़ रही है।"

"तुम्हारा पति तो वाकई में बहुत खूबसूरत है," श्रीमती ऑलिवर आईने के करीब आकर बोली- "वह पॉप सिंगर एड्डी प्रेसवेट जैसा लगता है।"

"इस चमत्कार के पीछे क्या राज है?" बीट्रिस पूछ बैठी।

"यह सब निक्की की कलाकारी है।" श्रीमती ऑलिवर बोली—"इस काम में निक्की का दोस्त डैस्मंड, निक्की की सहायता करता है। निक्की की फोटोग्राफी में काफी दिलचस्पी है और वह नित नए प्रयोग करता रहता है। कुछ खूबसूरत व्यक्तियों के चित्रों पर रोशनी डाल कर और फिर आईने में इनकी छाया दिखाकर वे तुम जैसी भोली-भाली लड़कियों का मनोरंजन करते हैं।"

"लड़कियां भोली-भाली नहीं बल्कि मूर्ख होती हैं।"

श्रीमती ड्रेक बोलीं—"उन्हें बेवकूफ बनाना काफी आसान है। तुम्हारा क्या विचार है?"

"शायद तुम ठीक ही कह रही हो," श्रीमती ऑलिवर ने सोचते हुए जवाब दिया।

वार्तालाप को यहीं समाप्त कर श्रीमती ड्रेक ने डिनर की घोषणा कर दी। सभी बच्चों ने चाव से भोजन व पकवान खाए, जो वाकई बहुत स्वादिष्ट बने थे। डिनर के बाद विजेता बच्चों को पुरस्कार वितरित किए गए।

पार्टी का समापन कार्यक्रम 'स्नैपड्रैगन' था, जिसमें एक गर्म प्लेट पर गर्म किशमिश के दाने रखे जाते हैं और अतिथियों से कहा जाता है कि वे इन जलते किशमिश के दानों को उंगलियों से उठा लें। बच्चों ने इस कार्यक्रम को भी काफी पसन्द किया। इसके बाद पार्टी खत्म होने की घोषणा कर दी गई।

"आज की पार्टी काफी सफल रही" रोवेना ड्रेक बोलीं।

"इसकी सफलता का श्रेय आपको जाता है।" श्रीमती ऑलिवर बोलीं, "इसको सफल बनाने में आपने बहुत परिश्रम किया।"

"इस सफलता पर हम सब की बधाइयां स्वीकार करो, रोवेना।" पार्टी में उपस्थित सभी वयस्क सदस्यों ने अलग-अलग ये उद्गार व्यक्त किए और अपने-अपने घरों की ओर चल दिए।

तीन

लन्दन के एक फ्लैट में टेलीफोन की घंटी बज उठी। घंटी की आवाज सुन हर्क्यूल पोइरो कुर्सी से उठा और फोन की ओर बढ़ने लगा, वह जानता था कि यह फोन उसके मित्र सौली का होगा, जिसके साथ उसने आज की शाम बितानी थी। किन्तु सौली के फोन करने का अर्थ था कि आज शाम वह पोइरो से मिलने में असमर्थ था। आज सुबह हुई मुलाकात में ही सौली ने उससे कहा था कि उसकी छाती में हल्का-सा दर्द उठ रहा है और वह फ्लू के आगमन का संकेत था। लेकिन उस समय पोइरो ने यह न सोचा था कि वह फ्लू सौली को इतनी जल्दी धर दबोचेगा।

'यह निश्चित है कि सौली फ्लू का बहाना नहीं बना रहा है,' पोइरो मन-ही-मन सोचने लगा। 'अवश्य ही उस बेचारे को जुकाम ने घेर लिया होगा। अब मुझे आज की शाम अकेले ही बितानी होगी।'

पोइरो के लिए अकेली बिताई जाने वाली यह पहली शाम न थी। आजकल उसे अकसर अपनी शामें अकेले ही बितानी पड़ती थीं। अपने स्वभाव में पोइरो दार्शनिक स्वभाव का न था, जो शून्य में ताकते हुए जीवन-मरण के प्रश्नों पर विचार करते हुए अपना समय बिता दे। उसका मस्तिष्क तेज था और अपने मस्तिष्क को काम में उलझाए रखने के लिए उसे बाहरी स्त्रोतों से किसी न किसी प्रकार की उत्तेजना की आवश्यकता रहती थी। आज शाम सौली से होने वाली मुलाकात में भी उसे केनिंग रोड म्युनिसिपल बाथ हत्याकांड पर बहस कर हत्यारे का पता लगाने का प्रयत्न करना था। इस हत्याकांड के विषय में उसने एक धारणा बना ली थी और इसके समर्थन में कुछ तर्क भी इकट्ठे कर लिए थे। हालांकि वह जानता था कि सौली बहस कर क्षण भर में उसके तर्कों को उड़ा देगा, लेकिन वह वाद-विवाद उसके मानसिक स्वास्थ्य के लिए आवश्यकता था।

तभी पोइरो का नौकर जॉर्ज कमरे में आया।

"सर मिस्टर सोलोमन का फोन आया था," वह बोला।

"हां।"

"सर, उन्होंने संदेश दिया है कि वे भी आज शाम आपसे नहीं मिल पाएंगे। उन्हें फ्लू हो गया है।"

"लगता है आज के दिन सारी दुनिया को फ्लू हो गया है।" पोइरो ने चिढ़कर जवाब दिया—"वास्तव में इन लोगों को मामूली-सा जुकाम हो जाता है, किन्तु लोगों को प्रभावित करने के लिए वे इसे फ्लू का नाम दे देते हैं।"

"सर, यह अच्छा ही है कि ये लोग आपसे मिलने नहीं आ रहे हैं।" जॉर्ज बोला—"फ्लू संक्रामक रोग है और दूसरे लोगों को आसानी से लग जाता है।"

"ठीक है।"

तभी टेलीफोन की घंटी बज उठी।

"फ्लू से पीड़ित यह तीसरा व्यक्ति अब कौन है?" पोइरो ने झल्लाकर कहा—"मैंने तो दो ही व्यक्तियों को मिलने का समय दिया था!"

पोइरो ने रिसीवर उठाया और जॉर्ज को बाहर चले जाने का संकेत कर दिया।

"हेलो, मैं हर्क्यूल पोइरो बोल रहा हूं।" पोइरो ने सुनने वाले पर रोब झाड़ने के अन्दाज में कहा।

"अच्छा ही हुआ आप मुझे घर पर ही मिल गए।" फोन के दूसरे ओर से एक महिला की आवाज गूंजी—"मुझे डर था कि कहीं आप बाहर न चले गए हों।"

"कहिए, आपको मुझसे क्या काम है?"

"मैं आपसे तत्काल मिलना चाहती हूं।" महिला बोली।

"लेकिन आप हैं कौन?"

"क्या आप मुझे नहीं जानते?" महिला की आवाज में अचरज का भाव था।

"अरे हां, याद आ गया।" पोइरो ने कहा—"मैं आपको भली प्रकार जानता हूं। आप मेरी मित्र श्रीमती एरियाडन ऑलिवर हैं।"

"बिलकुल ठीक। मैं इस समय बुरी स्थिति में हूं।"

"आपके हांफने के स्वर से साफ झलक रहा है कि आप अच्छी स्थिति में नहीं हैं।" पोइरो ने कहा—"क्या आप कुछ देर पहले दौड़ रही थीं?"

"मेरे हांफने का कारण मेरा दौड़ना नहीं, बल्कि एक भावनात्मक समस्या में फंस जाना है।" श्रीमती ऑलिवर बोलीं—"क्या मैं अभी आपसे मिल सकती हूं?"

पोइरो ने तेजी से स्थिति पर विचार किया, जाहिर था कि श्रीमती ऑलिवर इस समय घबराई हुई अवस्था में थीं। यदि इस समय वह पोइरो के घर आकर उससे मिलतीं तो अपनी आदत के अनुसार वह उसे कोई लम्बा दुखड़ा सुनातीं और उसके कई घंटे लेतीं। ऐसी स्थिति में उसकी बात काट कर उसे वापस घर जाने के लिए कहना भी मुमकिन न था, क्योंकि ऐसा करना असभ्यता का परिचय देना था। पोइरो जानता था कि श्रीमती ऑलिवर आदतन खुद को किसी-न-किसी समस्या में उलझाए रखती थीं और यही उनके तनाव का स्थायी कारण था।

"एरियाडन, लगता है तुम घबराई हुई हो।"

"हां, मैं घबराई हुई हूं" श्रीमती ऑलिवर ने जवाब दिया। "मैं एक ऐसी विचित्र स्थिति में फंस गई हूं, जिसमें घबरा जाना स्वाभाविक ही है। तुम ही एक ऐसे व्यक्ति हो, जो इस स्थिति में मुझे कुछ सलाह दे सकते हो। क्या मैं तुम्हारे पास आ जाऊं?"

"बेशक, मैं तुम्हारी प्रतीक्षा करूंगा।" यह कह कर पोइरो ने फोन रख दिया और जॉर्ज को बुलाया।

"श्रीमती ऑलिवर 10 मिनटों के भीतर यहां आ रही हैं," पोइरो ने जॉर्ज को निर्देश दिया, "उनके लिए जलपान का प्रबन्ध करो।"

अब पोइरो श्रीमती ऑलिवर से मिलने व उसकी विचित्र समस्या सुनने के लिए तैयार था।

दरवाजे की घंटी बज उठी। किन्तु यह घंटी केवल एक बार नहीं, बल्कि बार-बार बजती रही। जाहिर था कि श्रीमती ऑलिवर उत्तेजित मूड में थीं।

जॉर्ज ने दरवाजा खोला और आगन्तुक को अन्दर आने के लिए कहा। किन्तु इससे पहले कि जॉर्ज अपने मालिक को आगन्तुक के आने की सूचना दे, श्रीमती ऑलिवर पोइरो के कमरे में दाखिल हो चुकी थीं। उसके हाथ में पानी से भीगी एक बरसाती थी। जॉर्ज उसके पीछे चला आ रहा था।

"आप अपनी इस बरसाती को क्यों नहीं दे देतीं," पोइरो ने कहा—"इसमें से पानी चू रहा है।"

"बरसाती का भीगा होना स्वाभाविक ही है।" श्रीमती ऑलिवर बोलीं—"बाहर बारिश हो रही है। पानी भी अजीब चीज है। यह जीवनदान देने के साथ-साथ जीवन को छीन भी लेता है।"

पोइरो ने अर्थपूर्ण निगाहों से श्रीमती ऑलिवर की ओर देखा।

"क्या आप बियर या कोई पेय लेना पसन्द करेंगी?" पोइरो ने शिष्टाचारवश पूछा।

"नहीं, मुझे पानी या पानी से बनी सभी चीजों से नफरत है।"

अब पोइरो चौंक पड़ा।

"मुझे सचमुच पानी से नफरत है," श्रीमती ऑलिवर ने कहा—"मैं इससे पहले यह कभी न जानती थी कि पानी विनाश का कारण भी बन सकता है।"

"तुम न जाने क्यों बहुत उत्तेजित दीख रही हो," पोइरो ने कहा—"अब तुम कुर्सी पर बैठ जाओ और मुझे सारी बात बताओ।"

"मुझे अब भी लगता है कि वह...वह सब सच नहीं हो सकता," आराम-कुर्सी में बैठते हुए श्रीमती ऑलिवर बोलीं—"लेकिन कितने दुर्भाग्य की बात है कि यह सच है।"

"मुझे सारी बात विस्तार से बताओ।"

"मैं तुम्हें सारी बात बताने के लिए ही यहां आई थी।" श्रीमती ऑलिवर बोलीं—"लेकिन अब मुझे समझ नहीं आ रहा कि मैं अपनी बात कहां से आरम्भ करूं।"

"धीरज रखो," पोइरो ने श्रीमती ऑलिवर को सांत्वना देते हुए कहा—"अपनी समस्या के सभी सूत्रों को अपने दिमाग में इकट्ठा कर लो और फिर मुझे बताना आरम्भ कर दो।"

"ठीक है, सुनिए," श्रीमती ऑलिवर बोलीं—"मेरी कहानी का आरम्भ एक पार्टी से होता है। क्या आप जानते हैं कि हैलोइन पार्टी क्या होती है?"

"हां, 31 अक्टूबर के दिन को हैलोइन दिवस के रूप में मनाया जाता है। इस दिन बच्चों के लिए विभिन्न प्रकार के खेलों व मनोरंजन के साधनों का प्रबन्ध किया जाता है।"

"हां, इस दिन बच्चों के लिए एक पार्टी का आयोजन किया गया," श्रीमती ऑलिवर बोलीं—"वास्तव में इसे बच्चों की पार्टी करार देना ठीक न होगा। यह 'इलैवन प्लस' वाले किशोरों की पार्टी थी।"

"इलैवन प्लस?"

"यानी इस पार्टी में 11 वर्ष से अधिक उम्र के किशोर ही शामिल किए गए थे। आप जानते ही हैं कि आजकल स्कूलों में 11वीं कक्षा की परीक्षा में पास होने के बाद बच्चों को बड़े स्कूलों में भेज दिया जाता है।"

"ठीक है," पोइरो ने बात काटते हुए कहा—"हम अपने असली मुद्दे से दूर हट रहे हैं।"

श्रीमती ऑलिवर ने लम्बी सांस ली और अपने असली मुद्दे पर आ गई।

"सारा मामला सेबों से आरम्भ हुआ," श्रीमती ऑलिवर बोलीं।

"सेबों से?"

"जी हां, बिना हाथ का प्रयोग किये सेब खाने वाली प्रतियोगिता से," श्रीमती ऑलिवर ने जवाब दिया—"आप जानते हैं कि हैलोइन डे के दिन बच्चों के लिए इस प्रकार की एक प्रतियोगिता भी रखी जाती है।"

"हां, मैं जानता हूं।"

"सेबों की प्रतियोगिता के अलावा इस पार्टी में अन्य कई प्रकार के खेल व प्रतियोगिताएं थीं, जैसे गर्म किशमिश उठाने की प्रतियोगिता, आईने में भावी पतियों को देखने का चमत्कार आदि-आदि।"

"फिर?"

"यह पार्टी पूरी तरह सफल रही," श्रीमती ऑलिवर ने कहा—"पार्टी का समापन स्नैपड्रैगन प्रतियोगिता यानी गर्म तश्तरी पर से गर्म किशमिश उठाने की प्रतियोगिता से हुआ। शायद स्नैपड्रैगन प्रतियोगिता के समय ही वह दर्दनाक हादसा हुआ था।"

"कौन-सा हादसा?"

"हत्या का हादसा," श्रीमती ऑलिवर बोलीं—"स्नैपड्रैगन प्रतियोगिता के बाद सभी लोग घर जाने लगे। घर जाते समय वह लड़की कहीं न दिखाई दी।"

"कौन-सी लड़की?"

"उस लड़की का नाम जोइस था। सभी लोग उसे पुकारने लगे। उसे आसपास तलाशा भी गया, किन्तु वह कहीं भी न मिली। तभी किसी ने कहा कि शायद जोइस किसी अन्य व्यक्ति के साथ पहले ही घर चली गई हो। इस पर जोइस की मां को अपनी बेटी की इस गैर जिम्मेदाराना हरकत पर गुस्सा आ गया। वह बोली कि यदि किसी कारण जोइस को घर लौटने की जल्दी थी, फिर भी उसे कम-से-कम अपनी मां को इसकी सूचना अवश्य दे देनी चाहिए थी। इस प्रकार पार्टी से लौटते हुए हम जोइस को न खोज पाए।"

"क्या वह वास्तव में पहले ही घर चली गई थी?"

"नहीं, वह घर नहीं गई थी," यह कहते हुए श्रीमती ऑलिवर की आवाज भर्रा गई।

"काफी खोजबीन के बाद हमने उसे पुस्तकालय कक्ष में पाया। यहीं उसकी हत्या कर दी गई थी। इस कमरे में पानी से भरी कई बाल्टियां रखी हुई थीं। इन बाल्टियों में कुछ सेब भी तैर रहे थे, क्योंकि यहीं बिना हाथों का प्रयोग किए सेब खाने की प्रतियोगिता आयोजित की गई

थी। हत्यारे ने पानी से भरी एक बाल्टी में जोइस का सिर डुबो दिया था और इस स्थिति में उसे तब तक रखा था, जब तक उसके प्राण-पखेरू उड़ नहीं गए थे। जोइस ने पानी से अपना मुंह बाहर निकालने के लिए अवश्य संघर्ष किया होगा। यदि यह बाल्टी प्लास्टिक की बनी होती तो जोइस द्वारा किए गए संघर्ष के कारण वह अवश्य उलट जाती और उसके प्राण शायद बच जाते। किन्तु हत्यारे ने इस काम के लिए लोहे की एक भारी बाल्टी को चुना था, जिसके सिरे तक पानी भरा हुआ था। इस प्रकार पानी की एक बाल्टी में जोइस का मुंह डुबो कर उसकी हत्या कर दी गई थी...यह सब सेबों की उस प्रतियोगिता के कारण संभव हो पाया। अब मुझे सेबों से सख्त नफरत हो गई है।"

यह बयान करते हुए श्रीमती ऑलिवर सुबक उठीं। पोइरो ने कॉग्नैक पेय का, एक गिलास श्रीमती ऑलिवर को दिया।

"इसे पी लो," वह बोला—"इससे तुम अपनी उन बातों पर नियन्त्रण करने में सफल हो पाओगी। हत्यारे का पता लगाने के लिए भावनाओं पर नियंत्रण कर विवेक व संयम से काम लेना होगा।"

चार

"आप ठीक कह रहे हैं।" श्रीमती ऑलिवर बोलीं—"मुझे भावुक नहीं होना चाहिए।"

"आपको एक सदमा लगा है और मुझे आपसे पूरी सहानुभूति है। यह हादसा कब हुआ?"

"कल रात को ही।"

"अब आप मेरे पास किस उद्देश्य से आयी हैं?"

"मेरा विचार था कि आप मेरी सहायता करेंगे।" श्रीमती ऑलिवर बोलीं—"आपने समझ लिया होगा कि यह मामला काफी गम्भीर है।"

"इस बारे में इतनी जल्दी कोई धारणा नहीं बन सकती। इस मामले में किसी निर्णय पर पहुंचने के लिए तुम्हारे द्वारा दी गई सूचना पर्याप्त नहीं है। पुलिस को इस हत्या की सूचना मिल चुकी होगी। डॉक्टर को भी शव परीक्षण के लिए बुलाया गया होगा। इस बारे में डॉक्टर ने क्या रिपोर्ट दी है?"

"डॉक्टर शव परीक्षण के बाद ही अपनी रिपोर्ट देगा और शव परीक्षण कल अथवा परसों होना निश्चित हुआ है।"

"उस लड़की जोइस की उम्र क्या रही होगी?" पोइरो ने पूछा।

"शायद 12 अथवा 13 वर्ष।"

"क्या शारीरिक और मानसिक रूप से वह अपनी उम्र के बराबर ही दीखती थी?"

"नहीं, मानसिक रूप से वह अपनी उम्र से अधिक परिपक्व दीखती थी।"

"क्या वह शारीरिक रूप से भी आकर्षक थी?"

"हां," श्रीमती ऑलिवर बोलीं—"लेकिन यह बलात्कार अथवा आकर्षण से प्रेरित अपराध न था। ऐसी स्थिति में इस अपराध को सुलझाना काफी आसान हो सकता था।"

“इस प्रकार के अपराध आजकल काफी आम हो चले हैं, कोई बड़ी बात नहीं, यदि जोइस को हत्या के पीछे भी इसी प्रकार की घिनौनी प्रवृत्ति काम कर रही हो। लेकिन फिलहाल मैं निश्चित रूप से कुछ नहीं कह सकता। अभी तुमने मुझे इस अपराध से सम्बन्धित सभी तथ्य नहीं बताए हैं।”

“हां, अभी मैंने आपको यहां आने का विशेष कारण नहीं बताया है।”

“क्या तुम उस लड़की जोइस को जानती थी?” पोइरो ने पूछा।

“नहीं, मैं उसे बिलकुल नहीं जानती थी,” श्रीमती ऑलिवर ने जवाब दिया—“लेकिन पहले मैं आपको बता दूं कि मैं अब वुडले कॉमन नामक इलाके में रहती हूं, जहां यह अपराध हुआ है।”

“वुडले कॉमन?”

“हां, यह लंदन से केवल 30 अथवा 40 मील दूर है। यह मैनचैस्टर के काफी करीब है। इस इलाके में कुछ गिने-चुने मकान व एक स्कूल हैं। लंदन व मैनचैस्टर से वहां आसानी से आया-जाया जा सकता है और अकसर लोग यही करते हैं। यह सामान्य स्तर के लोगों के रहने के लिए उपयुक्त स्थान है।”

“वुडले कॉमन?” यह कह पोइरो विचारों में डूब गया।

“मैं वहां अपनी मित्र श्रीमती जूडिथ बटलर के साथ रहती हूं। जूडिथ विधवा है। जूडिथ और मैं एक बार समुद्री यात्रा करते समय मिले थे और शीघ्र ही हममें गहरी मित्रता हो गई। जूडिथ की एक लड़की है, जिसका नाम मिरांडा है। मिरांडा की उम्र भी 12 अथवा 13 वर्ष है। जूडिथ ने ही मुझसे कहा कि उसकी एक मित्र हेलोइन डे पर एक पार्टी का आयोजन कर रही है और मुझे उस पार्टी में चलना चाहिए। इच्छा न होते हुए भी मैं इस पार्टी में गई और नतीजा आपके सामने है।”

“क्या पार्टी में उपस्थित लोग तुम्हें जानते थे?”

“हां,” श्रीमती ऑलिवर बोलीं—“पार्टी में उपस्थित बच्चों में से एक लड़की ने मुझसे कहा कि उसने मेरे कुछ उपन्यास पढ़ रखे हैं और उसे हत्या और रोमांच से भरे उपन्यास ही अच्छे लगते हैं।”

“क्या पार्टी में कुछ किशोर युवक भी उपस्थित थे?”

“हां,” श्रीमती ऑलिवर बोलीं—“उनकी उम्र 16 से 18 वर्ष के भीतर रही होगी।”

“हो सकता है यह हत्या इनमें से ही किसी ने की हो। क्या पुलिस का यही विचार है?”

“पुलिस फिलहाल कुछ नहीं कह रही है,” श्रीमती ऑलिवर बोलीं—“लेकिन मामले की प्रगति से लगता है कि पुलिस भी अन्ततः इसी निर्णय पर पहुंचेगी।”

“क्या जोइस एक अच्छी लड़की थी? मेरा मतलब उसके शारीरिक आकर्षण से नहीं, बल्कि उसके स्वभाव, उसके आचरण आदि से है।”

“मेरे सुनने के मुताबिक वह अच्छी लड़की न थी। वह घमंडी स्वभाव की थी और अपनी उम्र के लिहाज से बड़े बोल बोलती थी। मैं जानती हूं कि किसी भी मृतक के बारे में ऐसा कहना असभ्य माना जाता है, लेकिन...।”

"हत्या के मामले को सुलझाने के लिए हमारे लिए सब कुछ जानना आवश्यक है," पोइरो ने कहा—"मृतक का स्वभाव, अन्य लोगों से उसके सम्बन्ध आदि अकसर हत्या का सुराग ढूंढने में सहायता करती है। उस समय घर में कितने लोग मौजूद थे?"

"उस दिन पार्टी में पांच या छः महिलाएं, एक स्कूल अध्यापिका, स्थानीय डॉक्टर की पत्नी तथा उसकी बहन, दो बूढ़े दम्पति, दो किशोर लड़के, पद्रंह वर्ष की एक लड़की तथा 11-12 वर्ष के दो-तीन बच्चे...बस यही लोग उस घर में मौजूद थे। उपस्थित लोगों की कुल संख्या 25 या 30 रही होगी।"

"क्या वहां कुछ अपरिचित लोग भी थे?"

"नहीं, वहां उपस्थित सभी लोग एक-दूसरे को जानते थे। पार्टी में उपस्थित सभी लड़कियां एक ही स्कूल में पढ़ती थीं। वहां एक या दो महिलाएं ऐसी भी थीं, जो पार्टी के आयोजन में हाथ बंटाने के लिए आई थीं। पार्टी के समाप्त होने पर अधिकतर महिलाएं अपने-अपने बच्चों के साथ चली गईं। मैं, जूडिथ तथा एक-दो महिलाएं, श्रीमती ड्रेक की सहायता करने के लिए रुक गई। आप जानते ही हैं कि पार्टी समाप्त होने पर घर की हालत खस्ता होती है। हम लोग एक-एक कमरे को साफ करने लगे। सफाई करते हुए जब हम लोग पुस्तकालय कक्ष में पहुंचे तो वहां हमें जोइस की लाश मिली। उस की लाश को देखकर अचानक मुझे ख्याल आ गया कि कुछ ही घंटे पहले उसने क्या कहा था।"

"क्या कहा था?"

"उसने एक ऐसी बात कही थी, जो शायद उसकी हत्या से सम्बन्ध रखती हो। ये मेरा केवल अनुमान ही है। मैंने यह बात डॉक्टर, पुलिस या अन्य किसी व्यक्ति को नहीं बताई है, किन्तु आपको बताना चाहती हूं। हो सकता है आप इस बात से कोई निष्कर्ष निकाल सकें।"

"हां, ठीक है," पोइरो ने कहा—"क्या जोइस ने पार्टी में कोई विशेष बात कह दी थी?"

"नहीं, उसने पार्टी के दौरान नहीं, बल्कि पार्टी शुरू होने से कुछ घंटे पहले यह कहा था। उस दिन दोपहर बाद जब पार्टी के आयोजन की तैयारियां चल रही थीं और जोइस मेरे पास आई तो मेरे द्वारा लिखे गये उपन्यासों के बारे में चर्चा करने लगी थी। इस चर्चा के दौरान उसने कहा कि उसने अपनी आंखों से एक हत्या होते देखी है। यह सुनकर उसकी मां ने उसे डांटा और कहा कि यह असम्भव बात है। उसके मित्रों ने कहा कि यह उसकी कोरी कल्पना है, लेकिन इस सबके बावजूद वह अपनी बात पर अड़ी रही और कहती रही कि उसने एक हत्या अपनी आंखों के सामने होते देखी है। इस पर सब लोग हंसने लगे, जिसके फलस्वरूप जोइस का मूड खराब हो गया।"

"क्या तुमने जोइस की बात पर विश्वास किया?"

"नहीं।"

पोइरो कुछ देर चुप्पी साधे मेज पर अपनी उंगलियों को बजाता रहा। फिर बोला—"क्या जोइस ने कुछ अन्य विवरण, नाम इत्यादि दिए?"

"नहीं, वह केवल उत्तेजित स्वर में यही दोहराती रही कि उसने अपनी आंखों के सामने किसी की हत्या होते देखी है। उसकी उत्तेजना व उसके द्वारा अपनी बात को दोहराये जाने का मुख्य कारण यही था कि कमरे में उपस्थित लोग उसकी बात पर न केवल यकीन नहीं कर रहे थे, बल्कि उसकी खिल्ली उड़ा रहे थे। जहां तक इस बारे में विवरण दिए जाने का सवाल है, वह केवल यही कह रही थी कि यह घटना कई साल पहले हुई और इस बीच वह इस घटना को लगभग भूल ही गई थी।"

"क्या उसने बताया कि वह घटना कितने वर्ष पहले हुए थी?"

"नहीं, वह केवल यही कहती रही कि यह घटना कई वर्ष पहले हुई थी। कमरे में उपस्थित किसी लड़की ने उससे यह भी पूछा कि हत्या को अपनी आंखों से देखने पर उसने पुलिस को इस बारे में सूचित क्यों न किया?"

"इसके जवाब में वह क्या बोली?"

"उसने केवल यही कहा कि उस समय वह बहुत छोटी थी और यह न जानती थी कि हत्या क्या होती है। हत्या होने के काफी समय बाद उसे इस बात का अहसास हुआ था कि उसने जो कुछ देखा था, वह वास्तव में एक नृशंस हत्या थी।"

"तुम्हारे बयान के मुताबिक कमरे में उपस्थित किसी भी व्यक्ति ने जोइस की बात पर विश्वास न किया—स्वयं तुमने भी नहीं, लेकिन बाद में जब जोइस की हत्या का तथ्य तुम्हारे सामने आया तो क्या उस समय तुम्हें लगा कि शायद जोइस ठीक कह रही हो?"

"जी हां, उस समय मुझे जोइस द्वारा कही गई उस बात का ख्याल आया और मैंने निश्चय किया कि मैं आपसे मिलूंगी और सभी तथ्य आपके सामने रखूंगी।"

पोइरो ने इस सम्मान के लिए श्रीमती ऑलिवर का धन्यवाद किया। फिर संजीदगी से सोचते हुए वह बोला—"श्रीमती ऑलिवर! मैं तुमसे एक गम्भीर सवाल पूछने जा रहा हूं। क्या तुम्हारे ख्याल से इस लड़की ने वास्तव में ही किसी की हत्या होते देखी होगी अथवा उसका यह कथन बिलकुल मनगढ़ंत था?"

"उस समय तो मेरा यही ख्याल था कि या तो जोइस कोरी कल्पना के आधार पर यह बात कह रही थी अथवा उसने किसी कहानी अथवा उपन्यास में किसी हत्या के बारे में पढ़ रखा होगा और वह कमरे में उपस्थित लोगों पर प्रभाव डालने के लिए इसे एक वास्तविक घटना बता रही हो। लेकिन अब खुद जोइस की हत्या के बाद मुझे ऐसा लग रहा है मानो इन दोनों बातों में कोई सम्बन्ध है। हो सकता है कि जोइस उस हत्याकांड की चश्मदीद गवाह रही हो और शायद यही तथ्य खुद उसकी मौत का कारण बना हो।"

"इन दो बातों के सम्बन्ध जोड़ने से कुछ और दिलचस्प बातें भी सामने आती हैं," पोइरो ने सोचने की मुद्रा में जवाब दिया, "इसका मतलब यह हुआ कि पार्टी में उपस्थित लोगों में से ही किसी ने जोइस की हत्या की है तथा हत्यारा उस समय भी कमरे में अथवा कमरे के आस-पास मौजूद था। जब जोइस यह कह रही थी कि उसने अपनी आंखों के सामने एक हत्या होते देखी है।"

“क्या आपके विचार में मेरा इन दो बातों में आपसी सम्बन्ध देखना एक उपन्यास की सृजनात्मक कल्पना मात्र है अथवा इसका कोई ठोस आधार भी है?” श्रीमती ऑलिवर ने पूछा।

“हो सकता है तुम्हारा अनुमान सही हो और यह हमें इस हत्या की गुत्थी सुलझाने में सहायता भी करे,” पोइरो बोला—“इतना तो स्पष्ट ही है कि जोइस की हत्या किसी ऐसे व्यक्ति ने की है, जिसमें जोइस के सिर की काफी देर तक पानी से भरी बाल्टी में डुबोए रखने की शक्ति थी। यह एक घृणित हत्या थी और हत्यारे ने बिना समय गंवाए यह हत्या कर दी। जाहिर है कि हत्यारे को जोइस की ओर से किसी खतरे का अंदेशा था और उसने मौका पाते ही खतरे के स्रोत को खत्म कर दिया।”

“किन्तु जोइस को शायद पता नहीं होगा कि जो हत्या उसने देखी थी, उसमें हत्यारे की भूमिका में कौन था,” श्रीमती ऑलिवर ने कहा। “यदि उसे पता होता कि वह व्यक्ति कमरे में मौजूद था, तो वह उस हत्या के बारे में कुछ न कहती।”

“हां, तुम ठीक कह रही हो। उसने हत्या तो देखी होगी, पर हत्यारे को शायद नहीं देखा होगा। किन्तु हमें इस संभावना से आगे जाना होगा।”

“क्या मतलब?”

“हो सकता है कि उस समय कमरे में खुद हत्यारा न बैठा हो, बल्कि उस हत्यारे का सहायक अथवा कोई व्यक्ति जिसका उस हत्या से गहरा सम्बन्ध हो, बैठा हो। मान लो उस समय कमरे में कोई ऐसा पुरुष बैठा हो जिसकी पत्नी, बहन, बेटी या किसी अन्य सम्बन्धी ने हत्या की हो और उसे इस बात का ज्ञान हो। इसी प्रकार हो, सकता है कि उस समय कमरे में कोई महिला बैठी हो, जिसके पति, भाई, प्रेमी अथवा किसी अन्य सम्बन्धी ने वह हत्या की हो। जोइस की यह बात सुनकर वह व्यक्ति चौंक गया होगा और ऐसी स्थिति में जोइस का मुंह बन्द करने के लिए उसकी मौत जरूरी थी।”

“अब आप इसके बारे में क्या करने जा रहे हैं?”

“मुझे लगने लगा है कि वुडले कॉमन इलाके का नाम मैंने पहले भी किसी मामले के सिलसिले में सुना हुआ है,” पोइरो बोला—“अब मुझे इस बारे में सोचने के लिए कुछ समय दो।”

पांच

हर्क्यूल पोइरो अपने एक पुराने मित्र सुपरिटेंडेंट स्पैंस के मकान के दरवाजे की ओर बढ़ रहा था। सुपरिटेंडेंट स्पैंस एक रिटायर्ड पुलिस अधिकारी था और इस समय अपने बाग में बागवानी करने में व्यस्त था। वह बूढ़ा था और उसके सिर के सारे बाल सफेद हो गए थे, हालांकि उसका मोटापा पहले की भांति बरकरार था। दरवाजे पर पोइरो को खड़ा देख उसने अपने बागवानी के औजार नीचे रखे तथा गेट पर लगे ताले को खोलने के लिए आगे बढ़ा।

“हेलो पोइरो!” उसने अपने पुराने मित्र पोइरो का अभिवादन करते हुए कहा—“इतने समय बाद आज तुम्हें यहां देख मैं अचंभित हूं।”

"चलो मुझे इस बात की खुशी है कि तुम मुझे पहचान तो रहे हो।"

"मैं भला तुम्हें कैसे भूल सकता हूं।" स्पैंस ने ठहाका लगाते हुए कहा।

स्पैंस ने दरवाजा खोला और दोनों पुराने मित्र बाग के बीच में से गुजरते हुए मकान के बरामदे की ओर चल दिये।

"आज तुमने यहां आने की तकलीफ कैसे की?" स्पैंस बोला।

"तुम तो जानते ही हो कि इस प्रकार की तकलीफें मैं क्यों करता हूं।" पोइरो ने कहा—"मैं एक हत्या के सिलसिले में तुमसे बात करने आया हूं।"

"पुलिस विभाग से रिटायर होने के बाद मैंने खून-खराबे से संबंधित सभी काम छोड़ दिया है," स्पैंस बोला—"लेकिन पहले यह बताओ कि तुम्हें मेरे नए मकान का पता किसने दिया?"

"कुछ समय पहले तुमने मुझे क्रिसमस बधाई कार्ड भेजा था। उस कार्ड में तुम्हारा पता लिखा हुआ था।"

"अरे हां, मुझे याद आ गया। मैं बूढ़ा आदमी हूं और क्रिसमस के मौके पर अपने पुराने मित्रों को अवश्य याद कर लेता हूं।"

"दरअसल हम दोनों ही बूढ़े हो चले हैं।"

"लेकिन तुम्हारे सिर पर तो सफेद बाल नजर नहीं आ रहे हैं।"

"इसका श्रेय बालों को काला करने वाली उस क्रीम को जाता है, जिसे मैं नियमित रूप से इस्तेमाल करता हूं," पोइरो बोला—"अच्छा यह बताओ कि तुमने वुडले कॉमन में अपनी रिटायर्ड जिन्दगी बिताने का क्यों फैसला कर लिया?"

"दरअसल वुडले कॉमन में मैं अपनी बहन के साथ रहता हूं," स्पैंस ने कहा—"मेरी बहन विधवा है और उसके बच्चे विवाह कर दूर रहने चले गए हैं। इसलिए मुझे यहां आकर अपनी बहन के साथ रहना पड़ा। इस मकान में मैं अपनी बहन के साथ अपना रिटायर्ड जीवन चैन व आराम के साथ बिता रहा हूं।"

बातें करते हुए हर्क्यूल पोइरो और सुपरिंटेंडेंट स्पैंस बरांडे तक पहुंच गए, जहां कुछ आरामकुर्सियां रखी हुई थीं। वे दोनों कुर्सियों पर बैठ गए। सूर्य की खुशनुमा किरणें वातावरण को आरामदेह बना रही थीं।

"तुम क्या पीना पसंद करोगे?" स्पैंस अपने पुराने मित्र सहयोगी की आवभगत करना चाहता था।

"मेरे लिए बीयर ठीक रहेगी।"

स्पैंस घर के भीतर घुसा व बीयर की बोतलें व दो गिलास ले आया। इसके बाद दोनों मित्र बीयर की चुस्कियां लेते हुए बातचीत में मशगूल हो गए।

"अपने लम्बे व्यावसायिक जीवन में मैंने कितनी ही हत्याओं के मामलों को सुलझाया है," स्पैंस ने कहा—"लेकिन इसी इलाके में कुछ दिन पहले हुई हत्या के बारे में सुनकर तो मैं खुद सकते में आ गया। यह एक घृणित हत्या थी और इस प्रकार की गिरी हुई व कमीनी हरकत मैंने अपने पूरे जीवन में नहीं देखी है।"

"आप ठीक कह रहे हैं।"

"लेकिन तुम इस मामले में मेरे पास न जाने क्या करने आए हो," स्पैंस ने कहा—"अब मेरा पुलिस विभाग से कोई सम्बन्ध नहीं है। वह संबंध कई वर्ष पूर्व टूट चुका है।"

"पुलिस विभाग में एक बार काम करने वाले व्यक्ति का इस विभाग से कभी नाता नहीं टूटता," पोइरो ने कहा—"मैं भी अपने देश में कुछ वर्ष पुलिस में काम कर चुका हूं। और इसीलिए इस उम्र में भी मैं इन्हीं कामों में व्यस्त रहता हूं।"

"हां, मैं जानता हूं कि तुम भी कुछ वर्ष पुलिस विभाग में सेवा कर चुके हो। लेकिन काफी समय से सक्रिय न होने के कारण अब इन मामलों में मेरी बुद्धि मंद पड़ चुकी है।"

"सक्रिय न सही, लेकिन तुम अफवाहें तो सुनते ही होंगे," पोइरो बोला—"इसके अलावा अपने व्यवसाय के तुम्हारे कुछ पुराने सहयोगी तुमसे मिलते ही रहते होंगे और इस प्रकार के मामलों पर तुम्हारी उनसे बातचीत भी होती होगी।"

"तुम इस मामले से किस प्रकार संबंधित हो? मैंने सुना था कि तुम लंदन में रहते हो। फिर वुडले कॉमन के इस हत्याकांड से तुम्हारा क्या सम्बन्ध है?"

"हां, मैं अब भी लंदन में ही रहता हूं। मैं अपनी एक मित्र श्रीमती ऑलिवर की प्रार्थना पर इस मामले में दिलचस्पी ले रहा हूं। तुम श्रीमती ऑलिवर को तो जानते हो?"

"कुछ याद नहीं आ रहा।"

"श्रीमती ऑलिवर एक उपन्यासकार है और आमतौर पर जासूसी उपन्यास लिखती हैं। वर्षों पहले जब हम दोनों मिलकर श्रीमती मैकगिंटी की हत्या की गुत्थी को सुलझा रहे थे, उन्हीं दिनों मैंने श्रीमती ऑलिवर से तुम्हारी मुलाकात करवाई थी। क्या तुम भूल गए हो?"

"नहीं, मुझे श्रीमती मैकगिंटी अच्छी तरह याद हैं। दरअसल इस बात को वर्षों बीत चुके हैं। मुझे श्रीमती ऑलिवर का भी कुछ-कुछ ख्याल आ रहा है, लेकिन श्रीमती ऑलिवर इस हत्या के मामले में कैसे उलझ गईं?"

"श्रीमती ऑलिवर उस पार्टी में गई थीं," पोइरो बोला।

"क्या वह इसी इलाके में रहती हैं?"

"वे यहां अपनी एक मित्र श्रीमती जूडिथ बटलर के घर ठहरी हुई हैं...और उनका मकान चर्च के पास ही है। उनके पति हवाई जहाज के पायलट थे। उनकी एक लड़की भी है, जो बहुत सभ्य व सुसंस्कृत है। मेरे विचार में श्रीमती बटलर खुद भी एक आकर्षक महिला हैं, हैं ना?"

"मैं श्रीमती बटलर से केवल एक बार ही मिला हूं और आपके विचार से सहमत हूं," पोइरो ने जवाब दिया।

"अच्छा, तुम्हारी इस हत्या के मामले में दिलचस्पी भला क्यों है?"

"श्रीमती ऑलिवर लंदन स्थित मेरे मकान में आई थीं। इस मामले को लेकर वह बहुत परेशान दीख रही थीं और उन्होंने ही मुझे इस मामले में मदद देने के लिए कहा।"

"तुम्हारे जीवन में ऐसा तो सदा ही होता आया है।"

"किन्तु इस बार मैं एक कदम और आगे बढ़ गया हूं," पोइरो बोला—"इस मामले में सलाह लेने के लिए तुम्हारे पास आया हूं।"

"मुझे अफसोस है कि मैं इस मामले में तुम्हारी कोई सहायता शायद ही कर पाऊं।"

"तुम मेरी बहुत सहायता कर सकते हो," पोइरो ने कहा—"तुम इस इलाके में रहने वाले लोगों के बारे में बता सकते हो—विशेषकर उन लोगों के बारे में, जो इस पार्टी में शामिल हुए थे। जाहिर है कि इस पार्टी में उपस्थित कोई व्यक्ति जोइस को पुस्तकालय में ले गया होगा और सेबों के खेल के बहाने उसकी हत्या कर दी। ऐसी स्थिति में जोइस के पास शोर मचाने अथवा संघर्ष करने का भी मौका न रहा होगा।"

"जब मैंने यह देखा दुःखद समाचार सुना तो मुझे बेहद अफसोस हुआ," स्पैंस ने कहा—"लेकिन तुम मुझसे क्या जानना चाहते हो। पिछले एक वर्ष से मैं यहां रह रहा हूं। मेरी बहन को इस इलाके में रहते हुए तीन वर्ष हो चुके हैं। इस इलाके में रहने वाले लोगों की संख्या बहुत कम है तथा अधिकतर लोग यहां स्थायी रूप से बसे भी नहीं हैं। आमतौर पर कुछ पुराने लोग यह इलाका छोड़कर चले जाते हैं तथा नये भी बसे हैं, अकसर कुछ लोग यहां लम्बे अर्से से भी बसे हुए हैं। स्कूल अध्यापिका मिस एमलिन तथा डॉ. फर्ग्यूंसन की गिनती इन स्थायी रूप से बसे हुए लोगों में होती है।"

"यदि आप इलाके में रहने वाले लोगों के बारे में इतना कुछ जानते हैं, तो आप यह भी जानते होंगे कि इन लोगों में ऐसे दुष्ट व्यक्ति कौन हैं, जो इस प्रकार की घिनौनी हत्या कर सकते है?"

"सबसे पहले हमें इस हत्या का स्वरूप समझना होगा, जो आजकल हो रही आम हत्याओं से भिन्न है," स्पैंस ने कहा—"सरसरी निगाह से देखने पर लगता तो यह है कि इस हत्या के पीछे हत्यारे का उद्देश्य बलात्कार अथवा अन्य किसी प्रकार का कुत्सित काम करना न था। आजकल बलात्कार के मामले बड़ी संख्या में हमारे सामने आ रहे हैं। हमारे जमाने में इस प्रकार के इक्के-दुक्के मामले ही हुआ करते थे और आमतौर से इस प्रकार की हरकतें करने वाले लोग मानसिक रूप से बीमार लोग ही होते थे। किन्तु आजकल इस प्रकार की वारदातें सामान्य होती जा रही है। आजकल इस प्रकार के अपराधियों की संख्या काफी बढ़ गई है और ये लोग जब भी किसी महिला या किसी स्कूली छात्रा को अकेला देखते हैं, तो इनकी भावनाएं भड़क उठती हैं और वे अमानवीय हरकतें कर बैठते हैं।"

"क्या जोइस की हत्या के पीछे भी इसी प्रकार का उद्देश्य होगा?"

"इस बारे में हमें ध्यान से विचार करना होगा।" स्पैंस बोला—"यदि हम इस प्रकार की पूर्वधारणा लेकर मामले पर विचार करें तो हमें यह मानना पड़ेगा कि इस पार्टी में इस प्रकार का कोई व्यक्ति मौजूद था, जिसमें इस प्रकार की अमानवीय प्रवृत्ति मौजूद थी। हो सकता है कि उस व्यक्ति ने इससे पहले भी इस प्रकार का कोई घिनौना काम किया हो। किन्तु उस पार्टी में उपस्थित लोगों में ऐसा कोई भी व्यक्ति न था, जिसकी इस प्रकार की पृष्ठभूमि रही हो। कम से

कम सरकारी तौर पर मेरे सामने इस प्रकार का कोई तथ्य नहीं आया है। पार्टी में उपस्थित लोगों में जवान उम्र के केवल दो ही व्यक्ति थे—निकोलस रैनसम व डैस्मंड। लेकिन उनके केवल जवान होने के कारण ही हम इस प्रकार का गंभीर आरोप उन पर नहीं लगा सकते। मेरे पास सरकारी तौर से उनके चरित्रों व उनकी गतिविधियों के बारे में ऐसी कोई रिपोर्ट नहीं आई है, जिनके आधार पर हम उनको इस हत्या के लिए जिम्मेदार होने का आरोप लगा सकें।"

"दूसरी संभावना हो सकती है कि पार्टी के दौरान कोई बाहरी व्यक्ति मकान में घुस आया हो और उसने यह नीच काम किया हो। पार्टी के दौरान आमतौर पर मकान के दरवाजों, खिड़कियों आदि को बंद नहीं किया जाता है। हो सकता है पार्टी के दौरान कोई व्यक्ति किसी खुले दरवाजे अथवा खिड़की से अन्दर घुस आया हो। लेकिन क्या जोइस अथवा कोई भी लड़की किसी नितान्त अपरिचित व्यक्ति के कहने पर उसके साथ सेबों का खेल खेलने को तैयार हो जाएगी? मुझे तो ऐसा होना मुश्किल लगता है। लेकिन पहले मुझे यह बताओ कि श्रीमती ऑलिवर इस मामले में इतनी दिलचस्पी क्यों ले रही हैं? क्या इस घटना के आधार पर उनका कोई जासूसी उपन्यास लिखने का इरादा है?"

"नहीं, नहीं, ऐसी बात नहीं है," पोइरो बोला—"दरअसल हत्या के कुछ घंटे पूर्व उन्होंने जोइस को एक ऐसी बात कहते सुना था, जिसका हत्या से कुछ सम्बन्ध हो सकता है।"

"वह क्या बात थी?" स्पैंस ने दिलचस्पी लेते हुए पूछा।

"मैं आपको सारी बात बताता हूं," यह कहकर पोइरो ने स्पैंस को जोइस द्वारा पार्टी-पूर्व कही गई वह बात बता दी, जो श्रीमती ऑलिवर ने उसे बताई थी।

"यह तो वाकई महत्त्वपूर्ण बात है।" अपनी मूंछों को ताव देता हुआ स्पैंस बोला—"क्या उसने बताया कि उसके द्वारा देखा गया वह हत्याकांड कब और कहां हुआ था?"

"नहीं।"

"जोइस ने अचानक यह सब क्यों कहा?"

"दरअसल उस समय उस कमरे में श्रीमती ऑलिवर के जासूसी उपन्यासों पर चर्चा चल रही थी। चर्चा के दौरान किसी ने टिप्पणी की थी कि श्रीमती ऑलिवर के किसी उपन्यास विशेष में खूनखराबे की मात्रा काफी कम थी। जोइस अचानक बोल पड़ी कि वर्षों पहले उसने किसी की हत्या व खून बहते देखा है।"

"क्या उसने उपस्थित लोगों को प्रभावित करने के अन्दाज में ऐसा कहा?"

"हां, श्रीमती ऑलिवर का ऐसा ही विचार है।"

"हो सकता है जोइस सच बोल रही हो," स्पैंस बोला—"बच्चों में अकसर छोटी-मोटी चीजों को बढ़ा-चढ़ा कर कहने की प्रवृत्ति होती है। ऐसा करने में उनका उद्देश्य दूसरों को प्रभावित करना होता है। लेकिन इस मामले में बहुत संभव है, कि जोइस सच बोल रही हो।"

"हां, मेरा भी यही विचार बन रहा है। जोइस द्वारा यह बात बताने के कुछ ही घंटों बाद उसकी हत्या हो जाना केवल संयोग नहीं हो सकता। हालांकि इन दो बातों के बीच कारण और

परिणाम का संबंध हो सकता है। यदि यह बात है तो हत्यारे ने बिना समय खोए अपना काम कर लिया लगता है।"

"जिस समय जोइस ने यह बात कही थी, उस समय कमरे में कितने व्यक्ति मौजूद थे?"

"श्रीमती ऑलिवर के अनुसार उस समय कमरे में 14-15 व्यक्ति मौजूद थे। इनमें पांच-छः तो बच्चे ही थे तथा शेष वयस्क, जो पार्टी के आयोजन में सहायता देने के लिए आए थे। लेकिन यह भी श्रीमती ऑलिवर का केवल अनुमान ही है।"

"इस बारे में निश्चित रूप से हम स्थानीय लोगों से जान सकते हैं," स्पैंस बोला—"लेकिन इस समय तक मेरी जानकारी के अनुसार पार्टी में उपस्थित व्यक्तियों में अधिकतर महिलाएं ही थीं। बच्चों के पिता आमतौर पर हेलोइन पार्टी में नहीं जाते हैं। लेकिन कभी-कभी वे अपने बच्चों को वापिस ले जाने के लिए पार्टी में आ जाते हैं। मेरी जानकारी के अनुसार डॉ. फर्ग्यूसन व चर्च के पादरी पार्टी में आए थे। पार्टी में बच्चों की कुल संख्या 14 थी।"

"मुझे लगता है कि आपने इस हत्या के पीछे बलात्कार के उद्देश्य को नकार दिया है," पोइरो ने कहा—"यदि यह बात है तो इस हत्या के पीछे दूसरा उद्देश्य केवल यही हो सकता है कि हत्यारे ने कुछ वर्ष पहले एक और हत्या भी की थी और वह यह समझ बैठा था कि उस हत्या के बारे में किसी को कुछ भी पता नहीं है। किंतु जोइस द्वारा हत्या की चर्चा करने पर वह घबरा उठा और उसने बिना समय खोए जोइस को ठिकाने लगा दिया।"

"हां," स्पैंस बोला—"मेरा विचार था कि इस क्षेत्र में हत्यारे नहीं रहते-जोइस की हत्या ने मेरे इस विश्वास को झकझोर दिया है।"

"हत्यारे हर क्षेत्र में होते हैं सुपरिंटेंडेंट स्पैंस," पोइरो बोला!

"न जाने क्यों बार-बार पूछे जाने पर भी जोइस ने उस हत्या के बारे में अन्य विवरण क्यों नहीं दिया? क्या उसे चुप रहने के लिए रिश्वत दी गई थी अथवा धमकाया गया था?"

"नहीं, श्रीमती ऑलिवर के अनुसार जोइस ने कहा कि उस हत्या को देखने के समय वह इतनी छोटी थी, जिससे समझ न पाई कि यह एक हत्या थी।"

"ऐसा होना मुमकिन नहीं है," स्पैंस ने कहा।

"लेकिन ऐसा होना नामुमकिन भी नहीं है, मेरे दोस्त," पोइरो बोला—"हमें यह नहीं भूलना चाहिए कि जोइस केवल 13 वर्ष की थी। हम नहीं जानते कि जिस हत्या के बारे में वह कह रही थी, वह कितने समय पूर्व हुई थी। हो सकता है वह हत्या तीन या चार वर्ष पूर्व हुई हो। निस्संदेह जोइस उस समय बहुत छोटी रही होगी। इतनी कम उम्र में यह संभव है कि हत्या अपनी आंखों से देखने के बावजूद वह इसका महत्त्व न समझ पाई हो। जीवन में इस प्रकार की संभावनाएं हो सकती हैं। हो सकता है कि वह हत्या देखने के काफी समय बाद जोइस ने किसी उपन्यास में हत्या का यथार्थवादी चित्रण पढ़ा हो और तब उसे याद आ गया हो कि जो कुछ उसने देखा था, वह इसी प्रकार की हत्या थी, ऐसा नामुमकिन नहीं है।"

"तो तुम हत्या के बारे में तहकीकात करने यहां आए हो?" स्पैंस ने पूछा।

"हां, ऐसा करना जनहित में होगा, क्या आप ऐसा नहीं सोचते?"

"दरअसल हम दोनों पुलिस विभाग की सेवा कर चुके हैं और रिटायर होने के बावजूद हम जनहित के लिए भी मुसीबत अपने सिर लेने के लिए तैयार रहते हैं," स्पैंस ने कहा।

"आप इस इलाके के लोगों को अच्छी तरह जानते हैं। इसलिए मैं इस केस के संदर्भ में आपसे समय-समय पर जरूरी जानकारी हासिल करना चाहता हूं।"

"मैं तुम्हारी सहायता करने के लिए तैयार हूं," स्पैंस ने पोइरो की पीठ थपथपाते हुए कहा—"इस बारे में मेरी बहन एल्सपैथ भी हमारी बहुत सहायता कर सकती है। वह इस इलाके में रहने वाले सभी लोगों को मुझसे ज्यादा जानती है।"

छः

सुपरिंटेंडेंट स्पैंस से हुई बातचीत से संतुष्ट हो पोइरो ने उससे विदा ली।

पोइरो खुश था कि जोइस की हत्या के मामले में स्पैंस की दिलचस्पी जाग्रत करने में वह कामयाब हो गया था। वह जानता था कि स्पैंस स्वभावतः ऐसा आदमी है कि यदि वह किसी काम को पूरा करने का बीड़ा उठा ले तो उसे पूरा करके ही छोड़ता है। इस कारण पोइरो को विश्वास था कि अब स्पैंस के माध्यम से उसे न केवल इस इलाके में रहने वाले सभी लोगों की पृष्ठभूमि मिल जाएगी, बल्कि पुलिस विभाग से इस मामले में हो रही तहकीकात की भी पूरी रिपोर्ट मिल जाएगी।

पोइरो ने अपनी कलाई पर बंधी घड़ी पर नजर डाली। उसे याद आया कि उसने 'एपल ट्रीन' नामक मकान के सामने केवल दस मिनट बाद ही श्रीमती ऑलिवर से मिलने का समय तय किया है। इस हत्या के सन्दर्भ में 'एपल ट्रीज' नामक नाम न केवल महत्त्वपूर्ण था, बल्कि प्रतीकात्मक भी था। जोइस की हत्या का कारण सेब ही तो थे। दूसरे शब्दों में सेबों का खेल खेलने के बहाने ही तो उसकी हत्या की गई थी।

पोइरो श्रीमती ऑलिवर द्वारा निर्देशित मार्ग पर चलते-चलते 'एपल ट्रीज' मकान पर पहुंचा। यह जॉर्जियन शैली में लाल ईंटों से बना मकान था और इसके चारों ओर एक खूबसूरत उद्यान फैला हुआ था। पोइरो ने उद्यान का दरवाजा खोला और लाल बजरी के रास्ते से चलता हुआ मकान के पास पहुंचा। तभी मकान का दरवाजा खुला और श्रीमती ऑलिवर पोइरो का अभिवादन करते हुए बरांमदे में निकल आई।

"आप बिलकुल ठीक समय पर आए हैं।" श्रीमती ऑलिवर पोइरो का अभिवादन करते हुए बोली—"आप वुडले कॉमन में कहां ठहरे हुए हैं?"

"एक गेस्ट हाउस में।"

"गेस्ट हाउस में?" श्रीमती ऑलिवर प्यार भरे स्वर में बोली—"आप मेरी मित्र श्रीमती बटलर के साथ ठहर सकते थे। जूडिथ बटलर का मकान भी इतना ही बड़ा है और हमेशा सूना पड़ा रहता है।"

"मैं वुडले कॉमन इस हत्या के मामले में तहकीकात करने आया हूं," पोइरो बोला—"इस कारण मेरे लिये यहां के निवासियों से कुछ दूरी बनाए रखना ही ठीक है।"

"ठीक है।" श्रीमती ऑलिवर बोलीं—"क्या आपने अपना काम आरम्भ कर लिया है?"

"जी हां।"

"अब तक आप किन-किन लोगों से मिल चुके हैं?"

"केवल अपने मित्र सुपरिटेंडेंट स्पैंस से।"

"अरे, मैं तो उन्हें जानती हूं।" श्रीमती ऑलिवर बोली, "अब वह कैसे हैं?"

"सुपरिटेंडेंट स्पैंस अब बूढ़े हो चुके हैं।"

"उनका बूढ़ा हो जाना तो स्वाभाविक ही है। क्या उम्र ढलने के साथ उनमें और कुछ परिवर्तन भी आए हैं?"

"हां, उनका वजन थोड़ा घट गया है तथा पढ़ने के लिए वे अब ऐनक का भी प्रयोग करते हैं। इसके अलावा वे स्वास्थ्य से ठीक ही लगते हैं।"

ये औपचारिक बातें समाप्त कर श्रीमती ऑलिवर मुख्य मुद्दे पर आई।

"अब आप व स्पैंस इस मामले में क्या करने जा रहे हैं?" उन्होंने पूछा।

"मैंने इस मामले में तहकीकात करने के लिए अपनी योजना बना ली है," पोइरो ने कहा—"सबसे पहले मैंने अपने मित्र स्पैंस से मुलाकात की है और उससे कुछ सूचनाएं एकत्र करने को कहा है। ये वे सूचनाएं हैं, जिन्हें मैं अन्य स्रोतों से प्राप्त न कर पाऊंगा।"

"स्पैंस ने पुलिस विभाग से अब तक सम्पर्क बना रखा है? क्या आपका मतलब पुलिस से प्राप्त होने वाली सूचनाओं से है?"

"हां, हमारे लिए यह जानना भी जरूरी है कि पुलिस ने इस मामलों की तहकीकात में कितनी प्रगति कर ली है।"

"और उसके बाद?"

"उसके बाद मैं आपसे मिलने आया हूं।" पोइरो बोला—"मैं यहां इस स्थान को भी देखना चाहता हूं, जहां यह हादसा हुआ है।"

श्रीमती ऑलिवर पीछे की ओर मुड़ीं और मकान पर एक नजर डाली।

"क्या आपको यह इस प्रकार का मकान दीखता है, जहां हत्या हो सकती है?"

"आप ठीक कहती हैं।" पोइरो बोला—"लेकिन अपने काम के सिलसिले में हमें हर प्रकार की सम्भावना का ख्याल रखना पड़ता है। वह स्थान देखने के बाद मैं आपके साथ जोइस की मां के पास जाना व उनसे कुछ सवाल पूछना चाहता हूं। आज शाम को ही स्पैंस ने स्थानीय पुलिस इंस्पेक्टर से मेरी मुलाकात तय की है। मैं यहां के डॉक्टर तथा यदि संभव हो पाया तो यहां की स्कूल अध्यापिका से भी बात करना चाहूंगा। फिर शाम के छः बजे मुझे स्पैंस व उसकी बहन से उनके घर में मिलना है और उनके साथ चाय व नाश्ता करना है। इस मौके पर मैं उनसे इस मामले पर भी बातचीत करने का इरादा रखता हूं।"

"आपके विचार में स्पैंस आपको और क्या जानकारी दे सकता है?"

"स्पैंस की अपेक्षा मुझे उसकी बहन से ज्यादा जानकारी मिल सकती है," पोइरो बोला—"उसकी बहन यहां काफी लम्बे अर्से से रह रही है। स्पैंस तो कुछ वर्ष पहले अपनी बहन के विधवा होने के बाद ही यहां आया है। जाहिर है कि उसकी बहन यहां रहने वाले लोगों को अच्छी तरह जानती होगी।"

"तुम आदमी नहीं कम्प्यूटर हो," श्रीमती ऑलिवर हंसते हुए बोली—"इतनी नियमितता व बारीकी से कोई कम्प्यूटर भी अपना कार्यक्रम नहीं बना सकता, जैसे कि तुम बना रहे हो।"

"शायद तुम ठीक ही कह रही हो," पोइरो बोला—"मैं सही मायने में एक कम्प्यूटर की ही भूमिका अदा कर रहा हूं। मैं कम्प्यूटर की भांति ही सूचनाएं इकट्ठी कर रहा हूं।"

"लेकिन यदि तुम्हारी एकत्रित की गई सूचनाएं गलत निकलीं तो?"

"ऐसा होना नामुमकिन है," हर्क्यूल पोइरो बोला—"कम्प्यूटर इस प्रकार की गलती नहीं किया करते।"

"मैं जानती हूं कि कम्प्यूटर आमतौर पर गलतियां नहीं किया करते। लेकिन कभी-कभी विचित्र संयोग भी हो जाते हैं। मेरे पिछले महीने के बिजली बिल में कम्प्यूटर ने कुछ इस प्रकार की ही गलती की थी। खैर, अब इन बातों को छोड़िये। आइये मैं आपकी मुलाकात श्रीमती ड्रेक से करवाती हूं।"

श्रीमती ड्रेक लगभग 40 वर्ष की एक लम्बी महिला थीं। उसके सुनहरे बालों में अब सफेदी आने लगी थी। उसकी आंखें नीली थीं और पूरे व्यक्तित्व में गजब का आत्मविश्वास झलक रहा था। उसको देखकर लगता था कि उसके द्वारा आयोजित कोई पार्टी असफल हो ही नहीं सकती थी।

'एपल ट्रीज' श्रीमती ड्रेक का मकान था और नफासत से सजाया गया दिखता था। मकान के भीतर हर कमरे में कालीन बिछे हुए थे तथा हर चीज करीने से सजी हुई थी। खिड़कियों पर खुशनुमा रंगों के पर्दे टंगे हुए थे। हर कमरे में उसके माहौल के अनुरूप फर्नीचर सजा हुआ था।

श्रीमती ड्रेक ने पोइरो व श्रीमती ऑलिवर का अभिवादन किया। श्रीमती ड्रेक के चेहरे पर नजर डालने पर पोइरो को लगा कि उस चेहरे पर खिन्नता का भाव है, जिसे श्रीमती ड्रेक छिपाने का प्रयत्न कर रही है। श्रीमती ड्रेक इस इलाके में रहने वाले लोगों में प्रमुख स्थान रखती थी। वह बहुत कार्यकुशल, प्रभावशाली और सक्षम महिला थी, उस जैसी महिला के लिए सफल पार्टियों का आयोजन करना बड़ी बात न थी। यह वाकई विडम्बना थी कि इस प्रकार की महिला के घर में हुई पार्टी में इस प्रकार का हादसा हो जाए और उन्हें हर प्रकार के छोटे-बड़े व्यक्ति के सामने जवाबदेही करनी पड़े। पार्टी में इस प्रकार के हादसे का हो जाना पार्टी के आयोजक की क्षमता पर प्रश्नचिन्ह लगा देता है। श्रीमती ड्रेक की प्रारम्भिक खिन्नता का यही कारण था। किन्तु शीघ्र ही उन्होंने अपनी इस भावना पर नियंत्रण पा लिया और पोइरो से बात करने लगी।

"मिस्टर पाईरो" श्रीमती ड्रेक ने अपनी सयत व आत्मविश्वास से भरी आवाज में कहना आरभ किया "मुझे यह देखकर बेहद खुशी हो रही है कि आप मेरे पास आए है । श्रीमती अंलिबर ने मुझे बताया है की इस सकट की घड़ी में आप हमारी सहयता कर सकते है।"

"मैडम, आप बिलकुल चिंता न करें," पोइरो ने श्रीमती ड्रेक को सांत्वना देने के अंदाज में कहा—"मैं आपकी हर संभव सहायता करूंगा। लेकिन अपने जीवन के अनुभवों से आप खुद भी समझ सकती हैं कि वर्तमान परिस्थिति में हत्यारे का पता लगाना काफी मुश्किल काम है।"

"मैं आपकी बात से सहमत हूं," श्रीमती ड्रेक बोली—"मुझे तो अब भी विश्वास नहीं हो रहा है कि मेरे घर में इस तरह का हादसा हुआ है। मेरा विचार है कि अब तक पुलिस अपनी तहकीकात में किसी-न-किसी निष्कर्ष पर अवश्य पहुंची होगी। इंस्पेक्टर रैगलन एक सक्षम पुलिस अधिकारी हैं। मिस्टर पोइरो! आप तो जानते ही हैं कि इन दिनों सारे देश में बच्चों की हत्याओं का सिलसिला चल पड़ा है। इसका एक कारण तो यह है कि हम अपना मानसिक संतुलन खोते जा रहे हैं, जिसके कारण अपराधवृत्ति बढ़ रही हैं। लेकिन इसका दूसरा कारण यह भी है कि आजकल माताएं अथवा परिवार अपने बच्चों का उस प्रकार से ध्यान नहीं रख रहे हैं, जिस प्रकार से हम रखा करते थे। मिसाल के तौर पर मुंह-अंधेरे उन्हें अकेले ही स्कूल भेज दिया जाता है और शाम होने पर उन्हें अकेले ही घर लौटने को कहा जाता है। आजकल माता-पिता ही नहीं, कई बार बच्चे भी मूर्खतापूर्ण व्यवहार करते हैं। वे किसी भी अजनबी की कार में बिना सोचे समझे लिफ्ट स्वीकार लेते हैं। इन सब कारणों से अपराध को खुली छूट मिल जाती है।"

"लेकिन श्रीमती ड्रेक जोइस की हत्या की पृष्ठभूमि तो इससे बिलकुल भिन्न है," पोइरो ने तर्क दिया।

"हां, हां, मैं जानती हूं" श्रीमती ड्रेक बोली—"इसीलिए तो मैंने अभी कहा कि मुझे अब तक यह विश्वास नहीं हो पा रहा है कि मेरे अपने घर में इस प्रकार का हादसा हो गया है। मेरी पार्टी व्यवस्थित ढंग से आयोजित की गई थी। सारा प्रबन्ध योजनाबद्ध तरीके से चल रहा था। ऐसे माहौल में इस प्रकार का हादसा हो जाना सचमुच ही असंभव-सी बात लगती है। लेकिन अफसोस यह है कि यह असंभव बात भी संभव हो गई। व्यक्तिगत रूप से मेरा विश्वास है कि यह काम किसी बाहरी व्यक्ति का होगा जो मेरे मकान में घुस आया होगा। पार्टी के आयोजन जैसे मौकों पर ऐसा होना असंभव बात नहीं है। उस व्यक्ति का मानसिक संतुलन अवश्य बिगड़ा हुआ होगा अन्यथा वह इस प्रकार की हरकत नहीं कर सकता। आप जानते ही हैं कि आजकल पागलखानों में स्थानाभाव के कारण पागलों को छोड़ दिया जाता है और ये छूटे हुए पागल इसी प्रकार की घृणित हरकतें कर समाज में गंदगी फैला देते हैं।"

थोड़ी देर रुककर श्रीमती ड्रेक पुनः बोली—"मुझे लगता है कि इसी प्रकार के किसी पागल व्यक्ति ने खिड़की से झांककर अन्दर कुछ बच्चों को आनन्द मनाते देखा होगा। वह मौका जान अन्दर घुस आया होगा और अपने मीठे शब्दों से उसने बेचारी जोइस को अपने जाल में फंसाया होगा। कितने अफसोस की बात है कि बेचारी जोइस को अपनी नादानी की सजा बेरहम मौत के रूप में मिली।"

"क्या आप मुझे वह स्थान दिखायेंगी, जहां यह हादसा हुआ?"

"हां, हां, क्यों नहीं," श्रीमती ड्रेक बोलीं।

"तो फिर चलिए।"

श्रीमती ड्रेक उठी और पुस्तकालय कक्ष की ओर चल दी।

"पुलिस का विचार है कि यह हादसा उस समय हुआ, जब स्नैपड्रैगन प्रतियोगिता चल रही थी।" वह बोली—"आप जानते होंगे कि स्नैपड्रैगन प्रतियोगिता डायनिंग रूम में चल रही थी।"

अब तक श्रीमती ड्रेक हॉल तक पहुंच चुकी थीं तथा पोइरो को एक डायनिंग टेबल तथा पर्दे दिखा रही थी। फिर हॉल को पार कर उन्होंने एक दरवाजा खोला और एक बड़े कमरे में दाखिल हुई।

"यही वह पुस्तकालय कक्ष है, जहां वह दुर्घटना घटी," श्रीमती ड्रेक ने कहा—"यही वह बाल्टी है, जो जोइस की मौत का कारण बनी।"

श्रीमती ऑलिवर पुस्तकालय में नहीं घुसी थीं। वह हॉल में खड़ी हुई श्रीमती ड्रेक व पोइरो की प्रतीक्षा कर रही थी।

"मैं उस कमरे में दाखिल नहीं होना चाहती," वह बोली—"इससे मेरे दिलो-दिमाग में उस दुर्घटना की याद ताजा हो जाती है।"

"इस बाल्टी में काफी पानी रहा होगा," पोइरो ने पूछा।

"जी हां।"

"यदि बच्ची का सिर बाल्टी में डुबोया गया था तो नीचे शीट पर काफी पानी रहा होगा?"

"जी हां, सेबों को केवल मुंह से पकड़ने वाली प्रतियोगिता में भी हमें इस बाल्टी को कई बार भरना पड़ा था।"

"जिस आदमी ने जोइस का सिर पानी में डुबोया था, वह खुद भी पानी से अवश्य गीला हुआ होगा?" पोइरो ने पूछा।

"हां, अवश्य।"

"क्या आपने किसी भीगे हुए व्यक्ति को पार्टी में देखा?" ड्रेक बोली—"दरअसल पार्टी के खत्म होने तक हममें हर व्यक्ति या तो भीग गया था अथवा उसके कपड़े अस्त-व्यस्त हो गए थे। इस कारण हमारा ध्यान विशेषरूप से भीगे किसी व्यक्ति पर न गया। पुलिस के अनुसार भी हत्यारे को पहचानने के लिए यह तथ्य किसी विशेष सूत्र का काम नहीं दे रहा।"

"क्या आप मुझे उस लड़की के बारे में जानकारी देंगी?"

"जोइस के बारे में?"

"जी हां।"

यह बात सुनकर श्रीमती ड्रेक थोड़ा चौंकी। शायद उसे आशा न थी कि उससे जोइस के बारे में कुछ पूछा जाएगा।

"हत्यारे तक पहुंचनने के लिए हमें उसके शिकार के बारे में जानना जरूरी होता है," पोइरो ने कहा।

"हां, हां, मैं आपकी बात से पूरी तरह सहमत हूं," श्रीमती ड्रेक बोलीं। हालांकि उनके बोलने के अन्दाज से लगता था कि वह पोइरो के इस सवाल से खिन्न हैं—"क्या हम वापिस ड्राइंगरूम में चलें?"

"क्या ड्राइंगरूम में आप मुझे जोइस के बारे में सब कुछ बतायेंगी?"

"जी हां।"

वे वापिस ड्राइंगरूम में आकर बैठ गए। श्रीमती ड्रेक के चेहरे पर आ गए भावों से लगता था वह बातचीत के वर्तमान पहलू से खुश नहीं है। फिर भी अपने चेहरे पर मुस्कान बिखेरते हुए बोली—"मिस्टर पोइरो! मैं समझ नहीं पा रही हूं आप जोइरो के बारे में मुझसे क्या जानकारी हासिल करना चाहते हैं? जोइस के बारे में सभी जानकारी आप जोइस की मां अथवा पुलिस से आसानी से प्राप्त कर सकते हैं। मैं जानती हूं कि जोइस की मां के लिए अपनी मृतक बेटी के बारे में कुछ भी बता पाना कितना दुःखद होगा, लेकिन....।"

"जोइस के बारे में जानकारी हासिल करने से मेरा मतलब एक स्नेही मां से उसकी मृतक बेटी का मूल्यांकन जानना नहीं है," पोइरो बोला—"मैं जोइस के बारे में निष्पक्ष व भावनाओं से रहित मूल्यांकन जानना चाहता हूं और इस प्रकार का मूल्यांकन उसकी मां या उसका कोई संबंधी नहीं दे सकता। यह काम वही कर सकता है, जो जोइस को जानता तो अवश्य हो, किन्तु जिसने उससे एक निश्चित दूरी बनाए रखी हो। श्रीमती ड्रेक! आप इलाके की जिंदगी में एक महत्त्वपूर्ण स्थान रखती हैं और यहां की सामाजिक व सांस्कृतिक गतिविधियों में हिस्सा लेती रही हैं। आप मानव स्वभाव की भी अच्छी पारखी हैं। मेरा विचार है कि जोइस के स्वभाव व उसकी आदतों का आप से बेहतर कोई निष्पक्ष मूल्यांकन नहीं कर सकता।"

"यह काम मुश्किल तो अवश्य है, लेकिन....लेकिन यदि आप कहते हैं, तो मैं कोशिश करता हूं। जोइस की आयु 12 या 13 वर्ष की रही होगी। इस उम्र के बच्चों का स्वभाव आमतौर से एक जैसा ही होता है।"

"नहीं, इस बात में मैं आपसे सहमत नहीं हूं," पोइरो ने कहा—"इस उम्र के बच्चों के स्वभावों में काफी अन्तर पाया जाता है। खैर, छोड़िए। क्या जोइस आपको अच्छी लगती थी?"

श्रीमती ड्रेक इस प्रश्न से सकपका गई।

"हां....हां....जोइस मुझे अच्छी लगती थी। दरअसल इस उम्र के सभी बच्चे मुझे अच्छे लगते हैं। बच्चे तो सबको अच्छे लगते हैं।"

"नहीं, मैं यहां भी आप से असहमत हूं," पोइरी बोला—"कुछ बच्चे ऐसे बदसूरत व गंदे स्वभाव के होते हैं कि उन्हें कोई पसंद नहीं करता।"

"आपकी बात भी सही दीखती है। दरअसल बच्चों में गंदी आदतें होने के लिए वे नहीं बल्कि उनके माता-पिता जिम्मेदार होते हैं। उनके माता-पिता उसके सही विकास की सारी जिम्मेदारी उनके स्कूलों पर छोड़ देते हैं और खुद निश्चित हो जाते हैं। इसके अतिरिक्त आजकल जवानी की दहलीज पर पांव रखते ही हमारे बच्चे अनैतिक जीवन बिताने लग जाते हैं। है न?"

"क्या आपके विचार में जोइस एक अच्छी लड़की थी अथवा नहीं?'' पोइरो ने जोर देकर पूछा। दरअसल पोइरो को लग रहा था कि श्रीमती ड्रेक उसके सवालों का सही व सटीक जवाब देने के बजाय मुख्य विपक्ष को जानबूझ कर टाल रही है।

श्रीमती ड्रेक के चेहरे पर गुस्से के चिन्ह उभरने लगे।

"मिस्टर पोइरो! आप भली प्रकार जानते हैं कि जोइस अब इस दुनिया में नहीं है और किसी मरे हुए व्यक्ति के बारे में इस प्रकार के सवालात करना बेमानी है।" वह बोलीं।

"मेरे लिए इस मामले के सिलसिले में यह जानना जरूरी है। यदि जोइस एक भली लड़की थी, तो सम्भवतः कोई भी व्यक्ति उसकी हत्या करने के लिए प्रेरित न होता। किंतु यदि उसके स्वभाव में किसी प्रकार की दुष्टता थी, तो उसकी हत्या एक स्वाभाविक बात बन जाती है।"

"मेरे विचार में जोइस के अच्छे या बुरे होने का उसकी हत्या से कोई सम्बन्ध नहीं है।" श्रीमती ड्रेक बोली।

"इस बात में मैं आपसे असहमति रखता हूं," पोइरो बोला—"इसके अतिरिक्त मैंने यह भी सुना है कि अपनी हत्या के कुछ घंटे पूर्व उसने किसी हत्या को अपनी आंखों से देखने का दावा किया था।"

"ओह!"

"क्या आपने जोइस के इस बयान को गंभीरता से नहीं लिया?"

"नहीं। मेरे विचार से जोइस का इस प्रकार की बात करना उसकी नादानी थी।"

"जोइस को इस प्रकार की बात कहने की प्रेरणा कैसे मिली?"

"उस समय कमरे में बैठे सभी लोग श्रीमती ऑलिवर के उपन्यासों पर चर्चा कर रहे थे। आप जानते ही हैं कि श्रीमती ऑलिवर एक मशहूर उपन्यासकार हैं और उनकी ख्याति दूर-दूर तक फैली हुई है," यह कह कर श्रीमती ड्रेक ने सामने बैठी श्रीमती ऑलिवर की ओर संकेत किया।

"यदि कमरे में श्रीमती ऑलिवर के उपन्यासों पर चर्चा न चल रही होती तो शायद जोइस वह बचकाना बयान न देती," श्रीमती ड्रेक ने पुनः कहा—"चर्चा के दौरान किसी ने श्रीमती ऑलिवर के किसी उपन्यास विशेष में हुए खूनखराबे का जिक्र कर दिया। इस पर जोइस नादानीवश कह उठी कि उसने अपनी आंखों से किसी की हत्या होते देखी है। मुझे तो उसके शब्द भी अच्छी तरह याद नहीं है। मेरा ध्यान तो उस समय पार्टी के आयोजन में लगा हुआ था।"

"लेकिन आप सभी कुछ ठीक-ठीक बता रही हैं।"

"हां, लेकिन मैंने जोइस की इस बात पर यकीन न किया,'' श्रीमती ड्रेक बोली—"जोइस की बहन ने भी उसे इस बचकाना बात पर डांट कर चुप करा दिया था।"

"क्या अपनी बहन की फटकार से जोइस गुस्सा हो गई थी?"

"हां, गुस्से में भरकर वह अपनी बात को बार-बार दोहराने लगी और लगातार यही कहती रही कि यह बात बिलकुल सच है।"

"क्या यह बात कह कर वह वहां बैठे लोगों को प्रभावित करना चाहती थी?"

"जी हां, मुझे भी ऐसा लगा था।"

"हो सकता है जोइस द्वारा बताई गई बात सच हो?" पोइरो ने सुझाव के रूप में कहा।

"नहीं, मैं इस पर बिलकुल विश्वास नहीं कर सकती," श्रीमती ड्रेक बोली—"जोइस इस प्रकार की बचकाना बातें अकसर किया करती थी।"

"क्या वह एक बेवकूफ लड़की थी?"

"यदि वह बेकवूफ नहीं तो कम-से-कम दंभी लड़की जरूर थी।" श्रीमती ड्रेक बोलीं—"वह हमेशा अपनी अन्य सहपाठियों से बड़ी बनना चाहती थी और उन्हें प्रभावित करने के लिए कई ऐसी चीजें देखने का दावा करती थी, जो वास्तव में उसने कभी न देखी थी।"

"तो क्या वह एक अच्छी लड़की न थी?"

"नहीं, वह ऐसी लड़की थी, जिसे हर समय नियंत्रण में रखे रहना आवश्यक था।"

"जोइस की बात का कमरे में उपस्थित अन्य बच्चों पर क्या प्रभाव पड़ा था? उनकी क्या प्रतिक्रिया थी?"

"वे सब जोइस पर हंस रहे थे," श्रीमती ड्रेक बोलीं—"लेकिन उनके हंसने का जोइस पर प्रतिकूल प्रभाव पड़ा। वह पहले से अधिक जोर देकर अपनी बात के सच्चे होने का दावा करती रही।"

"ठीक है, "पोइरो ने कुर्सी से उठते हुए कहा—"अब मैं चलता हूं मैं आपके द्वारा जोइस के बारे में दी गई सूचना से लाभान्वित हुआ हूं। मैं आपका शुक्रगुजार हूं कि आपने मुझे वह स्थान दिखा दिया, जहां यह दर्दनाक हादसा हुआ था। मुझे उम्मीद है कि इस स्थान को पुनः देखकर व मुझसे इस दर्दनाक विषय पर बातचीत कर आपके दिलो-दिमाग में वे दुखभरी यादें ताजा नहीं हुई होंगी। जिन्हें भुला देना ही आपके हित में है।"

"उस दर्दनाक घटना को याद कर किसी भी व्यक्ति के दिल का दुखना स्वाभाविक ही है" श्रीमती ड्रेक बोलीं—"विशेषकर उस व्यक्ति का, जिसके अपने घर में ही ऐसा हादसा हुआ हो। पार्टी का आयोजन करते समय मैं यह सपने में भी न सोच सकती थी कि यह अभिशाप की बिजली मेरे ही घर पर गिरेगी। लेकिन अब मुझे इस दुःख को भुलाना ही है और मैं इसकी पूरी कोशिश कर रही हूं। मुझे इस बात का भी अफसोस है कि जोइस ने अपनी नादानी में यह कह दिया था कि उसने किसी हत्या को अपनी आंखों के सामने होते देखी है। यह एक बच्चे द्वारा कहीं गई महज बचकानेपन की बात है, जिस पर कतई विश्वास नहीं किया जाना चाहिए।"

"क्या वुडले कॉमन इलाके में कभी कोई हत्या हुई है?"

"जहां तक मुझे याद है, यहां ऐसा कभी नहीं हुआ," श्रीमती ड्रेक ने दृढ़ता से जवाब दिया।

"आजकल हर जगह अपराध बढ़ रहे हैं," पोइरो बोला—"क्या इस प्रवृत्ति को देखते हुए यह अजीब बात नहीं है कि वुडले कॉमन में हत्या का एक भी मामला सामने नहीं आया है?"

"मुझे याद आ रहा है कि कुछ वर्ष पहले किसी ट्रक ड्राइवर ने अपने साथी की हत्या कर दी थी। इसी प्रकार एक बार यहां से 15 मील दूर एक खदान में एक नन्हीं लड़की की लाश पाई गई थी। लेकिन ये सब वर्षों पहले हुआ था। ये दोनों घिनौने अपराध थे और दोनों ही मामलों में हत्यारे शराब के नशे में धुत थे। अधिक शराब पी लेने का यही नतीजा होता है।"

"मेरे विचार में 12-13 वर्ष की किसी लड़की द्वारा इस प्रकार की किसी हत्या को देख लेने की सम्भावना काफी कम है," पोइरो बोला।

"मेरे विचार में तो यह असम्भव ही है," श्रीमती ड्रेक बोली—"मिस्टर पोइरो! मैं आपको फिर विश्वास दिलाना चाहती हूं कि जोइस द्वारा कही गई बात बिलकुल बेबुनियाद है और ऐसा कहने के पीछे उसका उद्देश्य केवल अपने मित्रों को प्रभावित करना था। ऐसा कह कर शायद वह उसी कमरे में बैठी मशहूर उपन्यास लेखिका का ध्यान अपनी ओर आकर्षित करना चाहती थी।"

यह कह कर श्रीमती ड्रेक ने एक बार फिर श्रीमती ऑलिवर की ओर देखा।

"शायद इस सारी समस्या की जड़ मेरा वहां उपस्थित रहना ही था," श्रीमती ऑलिवर बोल पड़ी।

"नहीं, नहीं, श्रीमती ऑलिवर, आप बुरा मत मानिये। मेरे कहने का यह मतलब बिलकुल न था।"

श्रीमती ड्रेक से विदा लेकर पोइरो और श्रीमती आलिवर मकान से बाहर निकल आये।

"क्या ही अच्छा होता कि हत्यारा नन्हीं जोइस के स्थान पर श्रीमती ड्रेक की ही हत्या कर देता।" उद्यान के रास्ते से बाहर निकलते हुए पोइरो ने कहा।

"मैं आपकी बात समझती हूं।" श्रीमती ऑलिवर बोली, "अपने व्यवहार से श्रीमती ड्रेक कई बार दूसरे व्यक्ति को गुस्सा दिला देती है।"

"क्या उनका पति भी ऐसा ही है?"

"नहीं, श्रीमती ड्रेक विधवा है," श्रीमती ऑलिवर बोली—"उनके पति की एक या दो वर्ष पहले मृत्यु हो गई, वह पिछले कई वर्षों से पोलियों से पीड़ित था और चल-फिर सकने में भी असमर्थ था। इससे पहले वह एक सफल बैंकर था तथा खेलों आदि में बहुत दिलचस्पी लेता था। लेकिन बीमार हो जाने के बाद उसे अपने सभी शौक छोड़ देने पर मजबूर होना पड़ा और यह गम उसे भीतर-ही-भीतर खा गया।"

"अच्छा एक बात मुझे और बताओ," जोइस की हत्या के विषय पर पुनः आते हुए प्रोइरो बोला—"क्या उस समय कमरे में उपस्थित किसी व्यक्ति ने जोइस की बात को गम्भीरता से लिया?"

"शायद नहीं।"

"वहां उपस्थित बच्चों में से किसी ने?"

"नहीं, मेरा ख्याल है कि वहां उपस्थित किसी बच्चे को जोइस की बात पर विश्वास नहीं आया। उन्हें शायद लग रहा था कि जोइस एक मनगढ़न्त बात कह रही है।"

"क्या तुम्हारा भी यही विचार है?"

"हां, मुझे भी ऐसा ही लगता है," श्रीमती ऑलिवर बोलीं—"श्रीमती ड्रेक शायद यह विश्वास दिलाना चाहती हैं कि इस प्रकार की कोई हत्या इस इलाके में हुई ही नहीं। लेकिन मुझे लगता है कि इस बारे में निश्चित रूप से कुछ नहीं कहा जा सकता।"

"क्या तुम्हारे ख्याल में श्रीमती ड्रेक एक अच्छी औरत है? क्या तुम उन्हें पसंद करती हो?"

"आप कई बार ऐसे सवाल पूछते हैं, जिनका जवाब देना मुश्किल हो जाता है," श्रीमती ऑलिवर बोली—"मेरा ख्याल है कि आपकी दिलचस्पी केवल यही जानने में रहती है कि अमुक व्यक्ति अच्छा है या बुरा। अब आप मुझे श्रीमती ड्रेक के चरित्र व स्वभाव का विश्लेषण करने के लिए कह रहे हैं। मेरा ख्याल है कि श्रीमती रोवेना ड्रेक एक सख्त स्वभाव की महिला है। वह कार्यकुशल हैं और अन्य लोगों से सख्ती से काम लेना जानती हैं। यह व्यक्ति-विशेष पर निर्भर करता है कि वह अफसराना किस्म की महिलाओं को पसन्द करता है अथवा नहीं....।"

"जोइस की मां के बारे में तुम्हारा क्या ख्याल है?"

"जोइस की मां बहुत भली महिला हैं। श्रीमती ड्रेक की तरह वह तेज-तर्रार और अफसराना स्वभाव की नहीं हैं। इस हादसे के बाद से मुझे उनसे बहुत सहानुभूति हो रही है। आप खुद ही समझ सकते हैं कि अपनी बेटी की हत्या पर किसी मां की क्या हालत हो सकती है। इस समय तो इलाके में लोगों की यही धारणा है कि हत्या से पहले जोइस के साथ बलात्कार हुआ होगा। इस बात से जोइस के परिवार के लोगों का दुःख और भी बढ़ गया है।"

"लेकिन अभी तक जोइस के साथ बलात्कार होने के कोई प्रमाण नहीं मिले हैं।"

"नहीं, लेकिन लोगों की जबानों को कौन रोक सकता है? आजकल समाज में बलात्कार के मामले लगातार बढ़ रहे हैं। इसलिए हर हत्या को बलात्कार के साथ जोड़कर देखा जा रहा है।"

"मुझे इस बात का अफसोस है।"

"क्या आप मेरी मित्र श्रीमती जूडिथ बटलर के साथ जोइस की मां श्रीमती रेनोल्ड्स से मिलने नहीं जा सकते?" श्रीमती ऑलिवर बोली- "दरअसल मैं श्रीमती रेनोल्ड्स को अच्छी तरह नहीं जानती। जूडिथ और श्रीमती रेनोल्ड्स में अच्छी मित्रता है।"

"ठीक है। मुझे यह प्रस्ताव मंजूर है।"

"अब तक आपका कम्प्यूटर कार्यक्रम आपकी योजना के अनुसार ठीक ही चल रहा है।" श्रीमती ऑलिवर हंसते हुए बोली।

"इसके लिए मैं तुम्हारा कृतज्ञ हूं," पोइरो ने मजाक के रूप में सिर झुकाकर आदाब बजाते हुए कहा।

इसके बाद दोनों ठहाका मारकर हंस पड़े।

सात

श्रीमती रेनोल्ड्स का व्यक्तित्व श्रीमती ड्रेक से बिलकुल भिन्न था। उनके अन्दाज में वह अफसरानापन तथा हाव-भाव में वह दक्षता नजर नहीं आ रही थी, जो श्रीमती ड्रेक के व्यक्तित्व का हिस्सा थी।

श्रीमती रेनोल्ड्स ने पारम्परिक काली पोशाक पहन रखी थी। उनके हाथ में एक गीला रूमाल था, जिससे लगता था कि वह अपने निरंतर गिर रहे आंसुओं को लगातार पोंछे जा रही थीं।

"मैं मिस्टर पोइरो को यहां लाने के लिए आपकी शुक्रगुजार हूं," श्रीमती रेनोल्ड्स श्रीमती ऑलिवर से बोली—"यदि मिस्टर पोइरो इस मामले में हमारी कुछ सहायता कर सकेंगे तो मैं सारी उम्र उनके अहसान को कभी न भूलूंगी। हाय! मेरी प्यारी बेटी अब कभी मेरे पास न आ सकेगी। मुझे समझ नहीं आ रहा कि उस हत्यारे की मेरी फूल-सी प्यारी बेटी से भला क्या दुश्मनी हो सकती थी। उस हत्यारे ने मेरी बेटी का मुंह पानी से भरी बाल्टी में डुबो दिया और उसे तब तक डुबोए रखा, जब तक उसके प्राणपखेरू उड़ न गए। हाय! मेरी बेटी चिल्ला भी न पाई—यह सोचकर मेरा कलेजा फटने को आ रहा है। मुझे समझ नहीं आ रहा कि मैं इस सदमे को कैसे बर्दाश्त कर पाऊंगी।"

"मैडम, मैं यहां आपका दिल दुखाने नहीं आया हूं," पोइरो बोला, "मैं आपसे केवल कुछ प्रश्न पूछने आया हूं, जिनके उत्तर आपको बेटी के हत्यारे को ढूंढ निकालने के लिए आवश्यक है। क्या अपनी बेटी की हत्या के सिलसिले में आपको किसी व्यक्ति पर संदेह है?"

"मुझे तो कुछ समझ ही नहीं आ रहा," श्रीमती रेनोल्ड्स बोली—"भला मेरी फूल जैसी लड़की से किसी को दुश्मनी क्यों होती? हमारा इलाका काफी अच्छा इलाका है और इसमें रहने वाले सभी लोग भले हैं। मेरा तो ख्याल है कि अवश्य कोई बाहरी व्यक्ति मौका जान मकान में घुस आया होगा। वह व्यक्ति या तो मानसिक रूप से अंसतुलित रहा होगा अथवा शराब के नशे में धुत होगा। इसी प्रकार के किसी व्यक्ति ने ऐसा कोई बुरा काम किया होगा।"

"क्या आपको विश्वास है कि हत्यारा कोई पुरुष ही होगा? क्या यह किसी महिला का काम नहीं हो सकता?"

"हे भगवान! क्या महिलाएं भी इस प्रकार के काम को कर सकती हैं?" श्रीमती रेनोल्ड्स चकित होकर बोली—"नहीं, नहीं, मैं यह नहीं मान सकती। कोई महिला इस प्रकार का काम कर ही नहीं सकती।"

"कोई शक्तिशाली महिला इस प्रकार का काम करने में शारीरिक रूप से तो समर्थ हो ही सकती है," पोइरो ने पुनः कहा।

"मैं मानती हूं कि आजकल कई महिलाओं का स्वास्थ्य भी पुरुषों जैसा होने लगा है और वे पुरुषों जैसे काम भी करने लगी है। किन्तु फिर भी मुझे नहीं लगता कि यह काम किसी महिला का हो सकता है।"

"मैडम, मैं यहां अधिक देर ठहरकर तथा आपकी बेटी के बारे में अधिक सवाल पूछकर आपका दिल नहीं दुखाना चाहता," पोइरो बोला—"यह काम पुलिस कर ही रही है और मैं इसे दोहराकर आपकी तकलीफ को बढ़ाना नहीं चाहता। लेकिन मुझे आपसे एक जरूरी सवाल पूछना है, जिसका सम्बन्ध उस पार्टी से कुछ घंटे पहले आपकी बेटी द्वारा दिए गए एक बयान से है। क्या आप खुद उस पार्टी में शरीक हुई थी?"

"जी नहीं, मैं वहां नहीं गई थी। मैं केवल अपने बच्चों को वहां छोड़ आई थी और शाम को उनको वापस घर ले जाने के लिए वहां गई थी। मेरे तीनों बच्चे पार्टी में साथ ही गए थे। इन बच्चों में एक बड़ी लड़की है, जिसको उम्र 16 वर्ष की है। मेरे बेटे का नाम लियोपोल्ड है और उसकी उम्र 11 वर्ष की है। जोइस पार्टी में वह क्या बात कह रही थी, जिसके बारे में आप जानना चाहते हैं?"

"मेरी सूचना के अनुसार जोइस ने कहा था कि उसने कुछ वर्ष पूर्व अपनी आंखों के सामने एक हत्या होते देखी थी। श्रीमती ऑलिवर उस समय वहां मौजूद थीं और आपको जोइस द्वारा कहे गए शब्द तक बता सकती हैं।"

''जोइस! जोइस ने ऐसा कहा था? जोइस जैसी नन्हीं लड़की भला कैसे कोई हत्या देख सक्ती है।

"कमरे में उपस्थित सभी लोगों का यही ख्याल है, जोइस द्वारा किसी हत्या को देखा जाना मुमकिन नहीं है," पोइरो बोला—"मैं आपसे यह जानना चाहता हूं कि क्या ये संभव हो सकता है कि जोइस सच बोल रही हो? क्या जोइस ने इस बारे में आपसे कभी बात की थी?"

"हत्या को देखने की बात?"

"जोइस की उम्र की किसी बच्ची के लिए 'हत्या' शब्द का अर्थ काफी विस्तृत हो सकता है। संभव है उसने किसी व्यक्ति को कार की चपेट में आते देखा हो, जिसे वास्तव में दुर्घटना कहना चाहिए। किन्तु जोइस उसे हत्या समझ बैठी हो। इसी प्रकार हो सकता है उसने किसी व्यक्ति को नदी में डूबते देखा हो और उसे हत्या समझ बैठी हो। क्या आपकी याददाश्त में जोइस ने आपसे इस प्रकार की किसी घटना की चर्चा की थी?"

"नहीं, जोइस ने इस प्रकार की किसी भी घटना अथवा दुर्घटना की चर्चा घर में कभी नहीं की थी," श्रीमती रेनोल्ड्स ने जोर देकर कहा—"यदि उसने पार्टी में इस प्रकार की बात कही थी, तो निश्चित रूप से वह मजाक कर रही होगी।"

"जोइस अपनी बात पर दृढ़ थी," श्रीमती ऑलिवर ने कहा—"वह बार-बार यह कहे जा रही थी कि उसने वह हत्या खुद अपनी आंखों से देखी थी।"

"क्या वहां उपस्थित किसी व्यक्ति ने उसकी बात पर यकीन किया?" श्रीमती रेनोल्ड्स ने पूछा।

"मैं नहीं जानता," पोइरो ने जवाब दिया।

"मेरे विचार में वहां उपस्थित किसी व्यक्ति ने जोइस की बात पर यकीन नहीं किया," श्रीमती ऑलिवर बोलीं—"शायद वे लोग उसकी बात पर यकीन कर उसे प्रोत्साहित नहीं करना चाहते थे।"

"मेरी सूचना के अनुसार वे जोइस द्वारा कही गई इस बात पर उसका मजाक उड़ा रहे थे," पोइरो ने यह बात श्रीमती रेनोल्ड्स को उत्तेजित करने के लिए जानबूझ कर कही। उसकी इस बात का श्रीमती रेनोल्ड्स पर तत्काल प्रभाव पड़ा।

"मेरी बेटी का मजाक उड़ाना तो ठीक नहीं है," यह कहते हुए श्रीमती रेनोल्ड्स के चेहरे पर गुस्से के चिन्ह उभर आए—"क्या वे ये समझ रहे थे कि जोइस को झूठ बोलने की आदत ही थी?"

"मैं तो केवल इतना ही कहूंगा कि जोइस किसी गलतफहमी की शिकार हो गई थी," पोइरो ने कहा—"हो सकता है उसने हत्या जैसी दिखने वाली कोई दुर्घटना इत्यादि देखी हो और उसे ही हत्या समझ लिया हो।"

"यदि ऐसी कोई बात होती तो जोइस मुझे इस बात का जिक्र अवश्य करती," श्रीमती रेनोल्ड्स का गुस्सा अभी कम न हुआ था।

"हां, मैं आपकी से सहमत हूं," पोइरो बोला—"क्या आप निश्चित रूप से कह सकती हैं कि जोइस ने इस प्रकार की कोई बात आपसे कभी नहीं कही? जरा याद करके देखिये। हो सकता है आप इस बात को भूल गई हों।"

"इस प्रकार की दुर्घटना कितने समय पहले हुई होगी?" श्रीमती रेनोल्ड्स ने सोचने की मुद्रा में जवाब दिया।

"उस दुर्घटना के समय के बारे में अनुमान लगाना हमारे लिए भी एक समस्या बना हुआ है। वह घटना केवल तीन सप्ताह पहले घटी थी या तीन वर्ष पहले-हम इस बारे में अनुमान लगाने की स्थिति में नहीं हैं। जोइस के अनुसार वह उस समय बहुत 'छोटी' थी। 13 वर्ष की एक बच्ची के लिए 'छोटे' होने का क्या अर्थ है, हम नहीं कह सकते। क्या पिछले कुछ वर्षों में इस इलाके में क्या कोई सनसनीखेज घटना घटी है?"

"नहीं, मुझे ऐसी कोई घटना याद नहीं है," श्रीमती रेनोल्ड्स बोलीं—"हम रोज अखबारों में विभिन्न प्रकार के अपराधों की खबरें पढ़ते रहते हैं और आजकल इस प्रकार के अपराधों की संख्या निरंतर बढ़ रही है। यदि हमारे इलाके में कोई हत्या अथवा अन्य किसी प्रकार की अपराध की घटना घटी होती तो मुझे अवश्य मालूम होता। जोइस ने भी इस प्रकार की किसी घटना में कोई विशेष दिलचस्पी नहीं दिखाई है।"

"लेकिन जोइस ने पार्टी में जोर देकर कहा था कि उसने अपनी आंखों के सामने एक हत्या होते देखी है। क्या आपके विचार में वह गलतबयानी कर रही होगी?"

"यदि उसने ऐसा कहा था तो उसने हत्या किस्म की कोई घटना अवश्य देखी होगी," श्रीमती रेनोल्ड्स बोलीं—"संभव है कि वह किसी दुर्घटना को ही हत्या मान रही होगी।"

"क्या मैं इस बारे में आपके अन्य दो बच्चों से बात कर सकता हूं?" पोइरो ने पूछा।

"हां, जरूर। लेकिन मेरे विचार में वे भी आपकी विशेष सहायता नहीं कर पायेंगे। मेरी बेटी एन अपने कमरे में पढ़ रही है तथा मेरा बेटा लियोपोल्ड बाग में बच्चों के खेलने के लिए हवाई जहाज का एक नमूना तैयार कर रहा है।"

पोइरो लियोपोल्ड से बात करने बाग में पहुंचा। लियोपोल्ड नाटे कद का स्वस्थ लड़का था और इस समय पूरे ध्यान से हवाई जहाज का नमूना बनाने में जुटा हुआ था। पोइरो को उससे

बातचीत शुरू करने के लिए कुछ समय इन्तजार करना पड़ा। अपना काम खत्म करके ही लियोपोल्ड ने आगन्तुक की ओर देखा।

"तुम श्रीमती ड्रेक के घर आयोजित हेलोइन दिवस पार्टी में शरीक हुए थे," पोइरो ने बात आरम्भ की, "उस पार्टी से कुछ घंटे पूर्व तुम्हारी बहन जोइस ने कोई गम्भीर बात कही थी। क्या तुम्हें याद है कि उसने क्या कहा था?"

"आपका मतलब हत्या वाली बात से है?" लियोपोल्ड ने अन्यमनस्क भाव से पूछा।

"हां। मैंने सुना है कि जोइस ने किसी हत्या का जिक्र किया था, जो उसके अनुसार उसने खुद अपनी आंखों से देखी थी। क्या तुम्हारे विचार में जोइस ने सचमुच ही कोई हत्या देखी होगी?"

"नहीं, ऐसा नहीं हो सकता," लियोपोल्ड बोला—"आखिर वह किसकी हत्या देख सकती थी? बड़ी-बड़ी बातें कर लोगों को प्रभावित करना जोइस के स्वभाव का ही अंग था।"

"क्या मतलब?"

"दरअसल जोइस के व्यक्तित्व में बेवकूफी का अंश ही मिला हुआ था," लियोपोल्ड गम्भीर होकर बोला। अपनी बहन के बारे में उसका यह गम्भीर मूल्यांकन 11-12 वर्ष का एक बालक कर रहा है। "कभी-कभी लोगों को प्रभावित करने के लिए वह मनगढ़ंत बातें भी कह देती थी और फिर उन्हें सच साबित करने की कोशिश करती।"

"तो तुम्हें पूरा विश्वास है कि जोइस द्वारा कही गई हत्या की बात केवल उसके अपने दिमाग की उपज थीं?" पोइरो ने पूछा।

इसके उत्तर में लियोपोल्ड ने श्रीमती ऑलिवर की ओर देखा।

"मेरा ख्याल है कि जोइस केवल आपको प्रभावित करना चाहती थी," लियोपोल्ड ने श्रीमती ऑलिवर की ओर इशारा करके कहा—"आप जासूसी उपन्यास लिखती हैं ना? हत्या की बात कर जोइस आपका ध्यान अपनी ओर आकृष्ट करना चाहती होगी।"

"क्या वह उसके स्वभाव का ही एक अंग था?" पोइरो ने पूछा।

"हां," लियोपोल्ड बोला—"लेकिन आमतौर पर लोग उसकी बातों का यकीन नहीं करते थे।"

"क्या तुम उस समय उसकी बात सुन रहे थे? क्या तुम्हारे विचार से किसी ने उसकी बात पर यकीन किया था?"

"हां, मैंने उसकी बात सुनी थी, हालांकि मैंने इस पर कोई ध्यान नहीं दिया था। मुझे याद है कि उसकी बात सुनकर बीट्रिस व केथी हंस पड़े थे तथा अन्य लोगों के चेहरों पर भी अविश्वास के चिन्ह साफ झलक रहे थे।"

लियोपोल्ड से विदा ले पोइरो और श्रीमती ऑलिवर एन से मिले। ऐन 16 वर्ष की थी, किंतु अपने व्यक्तित्व और हावभाव में अपनी उम्र से अधिक परिपक्व दिखती थी। इस समय वह अपनी मेज पर झुकी किताबों की दुनिया में खोई हुई थी।

"हां, मैं पार्टी में गई थी," पूछने पर एन ने बताया।

"क्या तुमने जोइस को किसी हत्या के बारे में बात करते सुना?"

"हां, लेकिन यह बात सच नहीं हो सकती," एन बोली—"इस इलाके में वर्षों से हत्या जैसी कोई चीज नहीं हुई है।"

"फिर आखिर जोइस ने ऐसा क्यों कहा?"

"दूसरों को प्रभावित करने का प्रयत्न करना जोइस की पुरानी आदत रही है," एन बोलीं—"एक बार उसने अपने भारत यात्रा करने की मनगढ़ंत कहानी अपनी सहपाठिनों को सुनाई थी। वास्तव बात यह थी कि हमारे चाचा भारत देश का भ्रमण कर वापिस लौटे थे और लौटने पर उन्होंने भारत देश के बारे में हमें काफी दिलचस्प बातें बताई थीं। बस इसके आधार पर ही जोइस ने अपनी भारत यात्रा पर जाने की कहानी बना ली और सभी को प्रभावित कर दिया।"

"तो तुम्हारी याद के मुताबिक पिछले तीन-चार वर्षों में इस क्षेत्र में हत्या की कोई वारदात नहीं हुई है?"

"नहीं कम-से-कम वुडले कॉमन में तो ऐसा कुछ नहीं हुआ," एन बोली—"लेकिन अखबारों में मैनचेस्टर व लंदन में होने वाले अपराधों की खबरें तो छपती ही रहती हैं। इन दिनों अपराधों की संख्या में भी भारी वृद्धि हुई है।"

"एन! तुम्हारे विचार में तुम्हारी बहन की हत्या किसने की होगी? तुम उसके सभी मित्रों को तो जानती ही होगी। तुम कुछ ऐसे लोगों को भी जानती होगी, जिन्हें जोइस अच्छी नहीं लगती थी।"

"इस बारे में मैं कोई अनुमान नहीं लगा सकती," एन बोली—"उसकी हत्या करने वाला व्यक्ति कोई पागल ही हो सकता है। वह किसी सामान्य मस्तिष्क के व्यक्ति का काम नहीं हो सकता।"

"क्या तुम्हारी बहन कभी किसी व्यक्ति से झगड़ी थी या किसी व्यक्ति को उससे किसी प्रकार का चिढ़ था?"

"आप यह पूछना चाहते हैं कि क्या मेरी बहन का कोई दुश्मन था? नहीं, बिलकुल नहीं। आमतौर पर लोगों के दुश्मन नहीं हुआ करते। होता यह है कि किन्हीं कारणों से दो व्यक्तियों के आपसी सम्बन्ध ठीक नहीं रहते और वे एक-दूसरे से खिंचे-खिंचे रहते हैं अथवा दूरी बनाए रखते हैं।"

जाहिर था कि बातचीत खत्म हो चुकी थी और इससे पोइरो को जोइस की हत्या की गुत्थी सुलझाने में कोई सूत्र हाथ न लग पाया था। पोइरो और श्रीमती ऑलिवर कमरे से बाहर आ गए।

उनके कमरे में बाहर निकलने पर एन यकायक कह उठी—"जोइस मर चुकी है और मरे हुए व्यक्ति के बारे में कोई बुरी बात कहना अशुभ माना जाता है। लेकिन यह बात भी सच है कि जोइस को झूठ बोलने तथा अपनी कल्पना के आधार पर मनगढ़ंत कहानियां बना कर उन्हें सत्यकथाओं के रूप में सुनाने की आदत थी।"

"क्या हम इस मामले में कोई प्रगति कर रहे हैं?" कमरे से बाहर निकल श्रीमती ऑलिवर ने पोइरो से पूछा।

"फिलहाल नहीं," पोइरो बोला—"लेकिन इस प्रकार के पेचीदे मामले में कोई प्रगति न कर पाना भी अपने आप में दिलचस्प है।"

श्रीमती ऑलिवर पोइरो के इस विरोधाभास से भरे बयान को सुन चकित रह गईं।

आठ

इस समय छः बजे का समय था। हर्क्यूल पोइरो अपने मित्र सुपरिंटेंडेंट स्पैंस व उसकी बहन श्रीमती एल्सपैथ मैकके के साथ उनके मकान 'पाइन क्रैस्ट' में बैठा हुआ चाय का आनन्द ले रहा था। श्रीमती मैकके ने पोइरो के लिए विशेष रूप से नाश्ता बनाया था, जिसे पोइरो स्वाद ले-लेकर खा रहा था। नाश्ते का एक निवाला मुंह में रख व बाद में चाय के एक घूंट के साथ उसे निगलकर पोइरो तारीफ करने के अंदाज में बार-बार श्रीमती मैकके की ओर देख रहा था।

अपने शारीरिक गठन में श्रीमती मैकके अपने भाई स्पैंस से बिलकुल विपरीत थी। स्पैंस चौड़े कंधों वाला मोटा आदमी था, किन्तु उसकी बहन दुबली-पतली व लम्बी थी। श्रीमती मैकके की आंखें चौड़ी थीं और नाक तोते की भांति टेढ़ी व नुकीली। बातचीत के दौरान पोइरो को लगा कि श्रीमती मैकके काफी तेज बुद्धि की व समझदार महिला है और अपने भाई की भांति इस समस्या में गहरी दिलचस्पी ले रही है। इस इलाके में रहने वाले लोगों की पृष्ठभूमि को समझने में वह पोइरो के लिए सूचनाओं का एक महत्त्वपूर्ण स्रोत हो सकती थी और श्रीमती मैकके अपनी इस जिम्मेदारी को भली प्रकार समझ व निभा रही थी। संक्षेप में, भाई-बहन की यह जोड़ी हत्या की गुत्थी को सुलझाने में पोइरो की सहायता करने में महत्त्वपूर्ण भूमिका निभा रहे थे।

औपचारिकताओं व नाश्ते की समाप्ति के बाद मुख्य मुद्दे पर बातचीत का दौर आरम्भ हुआ।

"इस गुत्थी को सुलझाना काफी हद तक जोइस रेनोल्ड्स के चरित्र विश्लेषण पर निर्भर करता है।" पोइरो ने बातचीत शुरू की-"जोइस का चरित्र मुझे हैरानी में डाल रहा है।"

यह कहकर पोइरो ने अपने मित्र स्पैंस की ओर देखा। उसका विचार था कि स्पैंस इस विषय पर कुछ प्रकाश डालेगा।

"समस्या के इस पहलू पर मैं कुछ कह पाने की स्थिति में नहीं हूं," स्पैंस ने अपनी स्थिति को साफ किया—"मैं इस इलाके में अधिक समय तक नहीं रहा हूं। अच्छा हो कि इस पहलू पर तुम एल्सपैथ से जानकारी हासिल करो।"

अब पोइरो ने अर्थपूर्ण निगाहों से श्रीमती मैकके की ओर देखा।

"मैं तो यही कहूंगी कि जोइस को झूठ बोलने की आदत थी," श्रीमती मैकके बोली।

"क्या वह निश्चित रूप से इस प्रकार की लड़की थी, जिसकी बात पर विश्वास नहीं किया जा सकता?"

"नहीं, बिलकुल नहीं," श्रीमती मैकके दृढ़ता से बोली–"वह कोई भी मनगढ़ंत कहानी इतने विश्वास व दक्षता से कह डालती थी कि सुनने वाला चकित रह जाए। कम से कम मैं उसके द्वारा कही गई किसी भी बात पर विश्वास नहीं कर सकती।"

"क्या वह दूसरों को प्रभावित करने के लिए ऐसा करती थी?"

"हां, बिल्कुल ठीक," श्रीमती मैकके बोली–"आपने उसके भारत भ्रमण की कहानी तो सुनी ही होगी। वास्तव में हुआ यह था कि उन दिनों उसके स्कूल के अवकाश चल रहे थे और वह अपने माता-पिता के साथ अवकाश बिताने अपने सम्बन्धी के पास गए थे। इस बीच जोइस के कोई चाचा भारत भ्रमण से लौटे थे। जोइस ने उनसे भारत के कुछ अनुभव व कहानियां सुन ली होगी। बस फिर क्या था, अवकाश के बाद स्कूल लौटने पर उसने अपनी सभी सहपाठिनों को यह बताना शुरू कर दिया कि वह भारत देश के भ्रमण पर गई थी। उसने अपने चाचा से सुने हुए भारत यात्रा के सभी किस्से इस लहजे में उन्हें सुनाये मानो वे सब अनुभव खुद उसके साथ ही गुजरे हैं। उसने भारत के राजाओं के ऐश्वर्य, ताजमहल, शेरों का शिकार आदि का ऐसा सटीक वर्णन किया कि सुनने वाले दांतों तले उंगली दबा गए। जाहिर था कि अधिकतर लोगों ने उसकी बात पर विश्वास कर लिया। लेकिन मुझे उसके इस दावे पर शुरू से ही संदेह हो गया था। धीरे-धीरे मेरा यह संदेह पक्का हो गया कि जोइस भारत यात्रा पर नहीं गई थी और सफेद झूठ बोल रही थी। इसका कारण यह था कि अकसर रोज ही जोइस अपनी इस तथाकथित भारत यात्रा के किस्से सुनाती रहती और हर बार अपने वर्णन में अतिशयोक्ति की मात्रा को बढ़ाती। मिसाल के तौर पर यदि पहले दिन वह भारत में देखे गए शेरों की संख्या कुछ बताती तो अगले दिन उसकी संख्या में वृद्धि कर देती। तीसरे दिन शेरों की संख्या और अधिक बढ़ जाती। इससे मुझे यह स्पष्ट हो जाता कि जोइस मनगढ़ंत बातें कह रही है।"

"क्या वह लोगों को प्रभावित करने के लिए ही ऐसा करती थी?"

"हां, वह सदा लोगों का ध्यान अपनी ओर आकृष्ट करना चाहती थी," श्रीमती मैकके बोली–"शायद यह उसकी मनोवैज्ञानिक जरूरत बन गई थीं।"

"यदि कोई बच्चा भारत भ्रमण के बारे में कभी कुछ अतिशयोक्ति से भी बातें कर ले तो उसका यह मतलब नहीं हो सकता कि वह बच्चा हमेशा झूठ बोलता है।" स्पैंस ने कहा।

"मैं यह नहीं कहती कि जोइस हमेशा झूठ बोलती होगी," श्रीमती मैकके ने सफाई दी–"लेकिन इस प्रकार की लड़की के हर बयान में झूठ की गुंजाइश तो अवश्य ही रहती है।"

"इसका मतलब यह है कि जोइस द्वारा कही गई हत्या की बात पर आप यकीन करने को तैयार नहीं हैं?"

"हां, मेरे विचार में इस पर यकीन नहीं किया जाना चाहिए," श्रीमती मैकके बोली।

"हो सकता है तुम्हारा यह विचार गलत हो," स्पैंस बोला।

"यूं गलत होने को तो हर विचार गलत हो सकता है," श्रीमती मैकके ने दलील दी–" "इस संदर्भ में मुझे वह कहानी याद आती है, जिसमें एक लड़का अकसर झूठ ही चिल्लाया

करता था—"भेड़िया आया! भेड़िया आया!" उसकी आवाज सुनकर गांव के सभी लोग उसकी रक्षा करने के लिए निकल आते थे और वह लड़का उनकी खिल्ली उड़ाया करता था। लेकिन दिन सचमुच भेड़िया आ गया और उस लड़के के चिल्लाने के बावजूद कोई व्यक्ति उसकी सहायता के लिए न आया, क्योंकि उनके विचार में वह रोज की भांति उनका मजाक उड़ाने के लिए ही चिल्ला रहा था। लिहाजा उस शैतान लड़के को अपने मजाक की महंगी कीमत चुकानी पड़ी।"

"तो जोइस के बारे में तुम्हारी धारणा...।"

"मैं तो यही कहूंगी कि जोइस के उस कथन में झूठ की गुंजाइश अधिक दिखती है," श्रीमती मैकके बोली—"लेकिन फिर भी मैं इस बारे में निश्चित रूप से कुछ न कहूंगी। हो सकता है जोइस ने कोई हत्या वास्तव में देखी हो या कम-से-कम इस प्रकार की किसी हत्या के बारे में कुछ सुना हो।"

"तुम्हें याद रखना चाहिए कि जोइस की हत्या हुई है," स्पैंस बोला—"क्या किसी झूठी, मनगढ़ंत बात के आधार पर उसकी हत्या संभव हो सकती है?"

"हां, मुझे उस तथ्य का भी अहसास है," श्रीमती मैकके बोली, "इसीलिए मैं निश्चित रूप से यह नहीं कह रही कि जोइस द्वारा कही गई हत्या की बात बिलकुल झूठ थी। हो सकता है मैंने जोइस के चरित्र को समझने में भी गलती की हो। लेकिन आप जोइस को जानने वाले किसी भी व्यक्ति से उसके बारे में पूछिए और वह आपको बता देगा कि जोइस को झूठ बोलने की आदत थी। हत्या वाली बात जोइस ने एक पार्टी शुरू होने के कुछ समय पहले कही थी। उस समय वह श्रीमती ऑलिवर से बातचीत करते हुए थोड़ी उत्तेजित भी थी। ऐसे माहौल में उसका उपस्थित लोगों को प्रभावित करने के लिए एक मनगढ़ंत बात कहना स्वाभाविक भी हो जाता है।"

"हमारी सूचना के अनुसार उस समय कमरे में उपस्थित किसी व्यक्ति ने उस पर विश्वास नहीं किया," पोइरो बोला।

इस बीच श्रीमती मैकके किसी विचार में डूब गई।

"आखिर जोइस ने किसकी हत्या होते देखी होगी?" पोइरो ने पूछा और बारी-बारी सामने बैठी भाई और बहन के चेहरों को देखने लगा।

"मेरे विचार में किसी की नहीं," श्रीमती मैकके ने दृढ़ता से जवाब दिया।

"पिछले कुछ वर्षों में इस इलाके में अथवा इसके आस-पास के क्षेत्रों में कुछ मौतें तो अवश्य हुई होंगी," पोइरो ने पूछा।

"हां, लेकिन सामान्य रूप की।" स्पैंस ने जवाब दिया—"जैसे किसी बूढ़े की मौत या किसी बीमार व्यक्ति का दम तोड़ना या मोटर-कार की कोई दुर्घटना, आदि।"

"क्या इनमें से कोई मौत असामान्य किस्म की न थी?"

"मतलब?" श्रीमती मैकके ने पूछा।

इससे पहले कि पोइरो अपनी बात समझा पाता, स्पैंस ने बोलना आरम्भ किया—"पोइरो, मैंने इस कागज पर कुछ नाम लिखे हैं। ये वे व्यक्ति हैं, जो पिछले कुछ वर्षों में यहां रहे हैं और

जिनके जीवन अथवा अन्य किसी पहलू के बारे में संदिग्धता बनी हुई है। मैंने यह सूची तुम्हारी सहायता के लिए बनाई है ताकि तुम्हें हर प्रकार के व्यक्ति से अनगिनत सवाल पूछने से कुछ राहत मिल जाए।"

पोइरो के कहने पर स्पैंस ने अपनी सूची में दर्ज किए नामों को पढ़ना आरम्भ किया—"श्रीमती लैलविन स्मिथ, शार्लट बैनफील्ड, जेनर व्हाइट और लेसली फेरयर।" फिर थोड़ी देर रुककर उसने श्रीमती लैलविन स्मिथ का नाम दोबारा पढ़ा।

"हां, श्रीमती लैलविन स्मिथ के मामले से हमें इस बारे में कोई सूत्र मिल सकता है," श्रीमती मैकके बोली—"उसके साथ वह विदेशी लड़की रहती थी।"

"विदेशी लड़की?"

"हां, और एक रात वह विदेशी लड़की अचानक कहीं चली गई।" श्रीमती मैकके बोली—"उसके बाद उसके बारे में फिर कभी कुछ नही सुना गया।"

"श्रीमती लैलविन स्मिथ?"

"हो सकता है उस विदेशी लड़की ने श्रीमती स्मिथ की दवाई में कुछ मिला दिया हो। श्रीमती स्मिथ की मौत हो गई थी। उस विदेशी लड़की की योजना श्रीमती स्मिथ की दौलत को हड़पने की थी। यह और बात है कि उसकी तकदीर ने विचित्र पलटा खाया और उसे बिना दौलत हथियाए ही गायब हो जाना पड़ा।"

पोइरो ने इस बारे में अधिक जानकारी प्राप्त करने के लिए स्पैंस की ओर देखा।

"उस लड़की के बारे में फिर कभी कुछ नहीं सुना गया," श्रीमती मैकके फिर बोली—"ये विदेशी लड़कियां सभी ऐसी ही होती हैं।"

"क्या वह लड़की श्रीमती स्मिथ के पास परिचायिका के रूप में काम करती थी?"

"जी हां, श्रीमती स्मिथ काफी बूढ़ी थीं और वह लड़की उनकी सेवा करते हुए उनके पास ही रहती थी। लेकिन श्रीमती स्मिथ की मौत के एक या दो हफ्ते बाद वह लड़की अचानक गायब हो गई।"

"क्या वह लड़की अपने किसी प्रेमी के साथ भाग गई?"

"इस बारे में किसी को कुछ नहीं मालूम," श्रीमती मैकके बोली—"किसी को यह भी नहीं पता कि उसका कोई प्रेमी था भी अथवा नहीं। आमतौर पर इस इलाके में हर व्यक्ति को यह पता होता है कि किस लड़की का प्रेमी कौन है। लेकिन उस लड़की के प्रेम या प्रेमी के बारे में किसी को कुछ पता नहीं।"

"क्या श्रीमती लैलविन स्मिथ की मौत असामान्य किस्म की मौत थी?"

"नहीं। वे हृदयरोग से पीड़ित थीं। इस रोग के उपचार के लिए स्थानीय डॉक्टर नियमित रूप से उनके पास आता था।"

"लेकिन संदिग्ध व्यक्तियों की सूची में आपने श्रीमती स्मिथ नाम सबसे पहले लिखा है," पोइरो ने स्पैंस की ओर मुड़कर पूछा।

"श्रीमती स्मिथ एक धनी महिला थीं और एक बहुत बड़ी जागीर की मालिक थीं।" स्पैंस बोलना आरम्भ किया—"हृदयरोग व बुढ़ापे के कारण उनकी मौत अन्ततः तो निश्चित ही थी, लेकिन फिर भी वह मौत अचानक हो गई। श्रीमती स्मिथ की अचानक मौत से डॉ. फर्ग्यूसन भी कुछ हैरान हुए थे। मेरा अनुमान है कि डॉ. फर्ग्यूसन के अनुसार उनकी मौत इतनी जल्दी नहीं होनी चाहिए थी। लेकिन मौत पर किसी का नियंत्रण नहीं होता। इसके अतिरिक्त श्रीमती स्मिथ डॉक्टर की सलाह पर अमल करने से सदा कतराती थीं। डॉक्टर उसे जो काम नहीं करने को कहता, श्रीमती स्मिथ ठीक वही काम करती। उदाहरण के लिए श्रीमती स्मिथ को बागवानी का बहुत शौक था और वह डॉक्टर के मना करने के बावजूद पूरा दिन बागवानी में ही जुटी रहती। तुम जानते ही हो कि हृदयरोग से पीड़ित व्यक्तियों को अधिक शारीरिक श्रम नहीं करना चाहिए। लेकिन श्रीमती स्मिथ इसके विपरीत श्रम करती रहती।"

उसके बाद श्रीमती मैकके पोइरो को श्रीमती स्मिथ का जीवन-परिचय देने लगी—"श्रीमती स्मिथ हृदयरोग से पीड़ित होने के बाद ही यहां आई। इससे पहले वह विदेशों में ही रहती थी। वह यहां जीवन के अन्तिम दिन अपने भतीजे और उसकी पत्नी श्री और श्रीमती ड्रेक के नजदीक रहकर बिताने आई थी। यहां आकर श्रीमती स्मिथ ने 'क्वैरी हाउस' खरीद लिया। यह विक्टोरियन फैशन में बना एक बड़ा मकान था, जिसके चारों ओर कुछ खाली खदानें बनी हुई थीं। इन खदानों को खूबसूरत बागों में विकसित करने की बहुत संभावनाएं थीं। श्रीमती स्मिथ ने ऐसा करने का बीड़ा उठाया और हजारों पौंड खर्चकर इन खदानों को भूमिगत बागों में विकसित करवाया। ऐसा करने के लिए श्रीमती स्मिथ ने विदेश से एक उद्यान-विशेषज्ञ को बुलाया और इस काम पर अपना पूरा ध्यान लगाया। यह भूमिगत उद्यान वास्तव में बहुत खूबसूरत बनाया गया है। इसकी खुबसूरती तो देखते ही बनती है।"

"मैं खुद जाकर इस खूबसूरत भूमिगत उद्यान को देखना चाहता हूं," पोइरो बोला—"क्या मालूम इस गुत्थी को सुलझाने में मुझे वहां कोई सूत्र हाथ लग जाए।"

"यदि मैं तुम्हारे स्थान पर होता तो मैं वहां अवश्य जाता," स्पैंस बोला—"वह उद्यान वास्तव में ही दर्शनीय हैं।"

"क्या वह महिला इतनी अधिक धनी थी कि केवल अपने शौक के लिए इस प्रकार का उद्यान बनवा डाले?" पोइरो ने पूछा।

"हां, उसका पति समुद्री जहाज निर्माता था और श्रीमती स्मिथ के लिए बेशुमार दौलत छोड़ गया था।"

"श्रीमती स्मिथ की मौत निश्चित तो थी, किन्तु यह समय से कुछ अधिक पहले हो गई," स्पैंस बोला—"किन्तु मरने के बाद किसी ने उसकी स्वाभाविकता पर कोई संदेह न किया। डॉक्टर द्वारा बताया गया कि वह मौत अकस्मात् हृदयगति रुक जाने के कारण हुई थी।"

"मौत के बाद श्रीमती स्मिथ के शव का परीक्षण नहीं किया गया?"

स्पैंस ने नकारात्मक लहजे में सिर हिलाया।

"श्रीमती स्मिथ और उसके उद्यान-विशेषज्ञ ने इन खदानों को वाकई एक खूबसूरत भूमिगत उद्यान में परिवर्तित कर दिया था," वह बोला—"वे दोनों तीन या चार वर्ष तक अपनी इस योजना पर मेहनत करते रहे थे। श्रीमती स्मिथ ने अपने विदेश प्रवास के दौरान आयरलैंड में इस प्रकार का एक उद्यान देखा था और तभी से इस प्रकार का एक व्यक्तिगत उद्यान बनाने का भूत उसके मस्तिष्क पर सवार हो गया था। अपने जीवन के अन्तिम क्षण तक वह अपने इस सपने को साकार करने में लगी रही। वह उद्यान वास्तव में ही एक आदर्श उद्यान बन पड़ा है और देखने लायक चीज है।"

"इसका मतलब यह हुआ कि श्रीमती स्मिथ की मृत्यु एक स्वाभाविक मौत मानी गई और स्थानीय डॉक्टर ने भी इसकी पुष्टि कर दी। क्या ये वही डॉक्टर हैं, जो आजकल भी इसी इलाके में अपनी व्यवसाय चला रहे हैं और जिनसे हम शीघ्र ही मुलाकात करने जा रहे हैं?"

"हां, उसका नाम डॉ. फर्ग्यूसन है। उसकी उम्र लगभग 60 वर्ष की है और इस इलाके में उसकी अच्छी साख है।"

"आपने अभी तक कहा कि श्रीमती स्मिथ की मौत अस्वाभाविक मौत लगी थी," पोइरो ने कहा—"क्या इस अस्वाभाविकता के पीछे कोई विशेष कारण रहा होगा?"

"इसका एक कारण संभवतः वह विदेशी लड़की हो सकती है," श्रीमती मैकके बोली।

"लेकिन उस विदेशी लड़की पर ही शक क्यों?"

"लोगों के विचार में उस विदेशी लड़की ने ही श्रीमती स्मिथ की वसीयत में फेरबदल की होगी," श्रीमती मैकके ने जवाब दिया—"उसके अतिरिक्त वह काम और कौन कर सकता था?"

"यह एक दिलचस्प मामला जान पड़ता है," पोइरो ने कहा—"श्रीमती स्मिथ के वसीयतनामे में फेरबदल की यह क्या बात है?"

"श्रीमती स्मिथ की मृत्यु के बाद जब उनका वसीयतनामा खोला गया तो पाया गया कि इसमें श्रीमती स्मिथ की मृत्यु के बाद कुछ फेरबदल की गई है।"

"क्या वहां पुराने वसीयतनामे के स्थान पर कोई नया वसीयतनामा रखा मिला?"

"नहीं, वसीयतनामे के साथ एक विशेष नोट रखा हुआ था, जिसे कानून की भाषा में कोडिसिल कहा जाता है।"

पौइरी ने इस बारे में अधिक जानकारी प्राप्त करने के लिए स्पैंस की ओर प्रश्नसूचक निगाहों से देखा।

"मैं तुम्हें यह बात अच्छी तरह समझाता हूं," स्पैंस बोला—"श्रीमती स्मिथ ने अपना वसीयतनामा काफी पहले से ही बनवा रखा था। इस वसीयतनामे के अनुसार उनके धन का कुछ हिस्सा उनके कुछ पुराने नौकरों तथा कुछ धर्मार्थ ट्रस्टों को दिया जाना था, किन्तु धन का अधिकतर हिस्सा व उनकी सारी जागीर उनके भतीजे व उसकी पत्नी श्री व श्रीमती ड्रेक को जानी थी। मैं तुम्हें पहले ही बता चुका हूं कि इस दुनिया में श्रीमती स्मिथ का निकटतम संबन्धी उनका भतीजा ही था और श्रीमती स्मिथ अपने जीवन के अन्तिम दिन उसके निकट काटने के

लिए ही यहां आकर रहने लगी थी। ऐसी हालत में यह स्वाभाविक ही था कि वह अपनी दौलत का अधिकतम हिस्सा अपने भतीजे व उसकी पत्नी के नाम ही लिख दें।"

"कोडिसिल में क्या लिखा था?" पोइरो ने पूछा।

"किन्तु उस कोडिसिल के अनुसार श्रीमती स्मिथ की सारी दौलत उस विदेश परिचारिका के नाम लिखी गई थी। कोडिसिल में यह लिखा गया था कि क्योंकि इस परिचारिका ने श्रीमती स्मिथ के अन्तिम दिनों में पूरी लगन व श्रद्धा के साथ उनकी सेवा की थी, इसलिए वह अपनी सारी दौलत उसी विदेशी लड़की के नाम छोड़ जाती हैं।"

"अब मुझे उस विदेशी लड़की के बारे में कुछ जानकारी दीजिए।" पोइरो ने कहा।

"वह किसी यूरोपीय देश से आई थी, जिसका नाम अब मुझे भी याद नहीं है।"

"वह श्रीमती स्मिथ के साथ कितने समय से रह रही थी?"

"लगभग डेढ़ वर्ष से।"

"आप लोग श्रीमती स्मिथ को बार-बार बूढ़ी औरत के नाम से बुला रहे हैं। आखिर उसकी उम्र कितनी रही होगी?"

"65 या 66 वर्ष के करीब।"

"65 वर्ष के किसी व्यक्ति को अधिक बूढ़ा नहीं कहा जाना चाहिए।" पोइरो ने कहा।

"दरअसल श्रीमती स्मिथ ने अपने जीवन-काल में अपने वसीयतनामे में कई बार मामूली परिवर्तन किए थे।" श्रीमती मैकके बोली—"अकसर वह नौकरों तथा धर्मार्थ ट्रस्टों को दी जाने वाली रकम में फेरबदल करती रहती। किन्तु वसीयतनामे में किए गए हर फेरबदल में भतीजे को दी जाने वाली रकम व जागीर में कोई परिवर्तन न होता। इसके अतिरिक्त श्रीमती स्मिथ ने अपने उद्यान-विशेषज्ञ को पूरे जीवन भर अपने मकान में रहने की इजाजत भी दी थी। भूमिगत उद्यान की देखरेख के लिए भी एक स्थायी रकम रखी गई थी तथा इसे सार्वजनिक रूप से खुला रखने के निर्देश भी दिए गए थे।"

"कोडिसिल को देखकर श्री और श्रीमती ड्रेक ने अवश्य यह दावा किया होगा कि अपनी मौत के पहले श्रीमती स्मिथ के दिमाग का सन्तुलन बिगड़ गया था और इस मानसिक असन्तुलन का फायदा उठाकर उनकी विदेशी परिचारिका ने ही उनसे वह कोडिसिल लिखवाई थी?" पोइरो ने लम्बा सवाल किया।

"श्री और श्रीमती ड्रेक अवश्य ऐसा करते।" स्पैंस बोला—"लेकिन ऐसा करने की नौबत ही न आई। वकीलों ने जब इस कोडिसिल का निरीक्षण किया तो उन्हें साफ नजर आया कि कोडिसिल पर श्रीमती स्मिथ की लिखावट न थी। किसी अन्य व्यक्ति ने श्रीमती स्मिथ की लिखावट की नकल की थी। इस प्रकार यह जालसाजी का मामला बन गया।"

"तहकीकात करने पर यह स्पष्ट हो गया कि यह जालसाजी उस विदेशी लड़की ने ही की होगी।" श्रीमती मैकके आगे बोलीं—"श्रीमती स्मिथ व्यापार सम्बन्धी पत्रों को छोड़ अन्य सभी पत्रों को हाथ से लिखकर भेजना पसंद करती थीं। उनके अनुसार अपने मित्रों व सम्बन्धियों को टाइप कर पत्र भिजवाना अशिष्टता की निशानी थी, किन्तु बूढ़ी होने के कारण वह अपने सभी

पत्र हाथ से लिख पाने में असमर्थ थीं लिहाजा वह अपने पत्र अपनी इस विदेशी परिचारिका से लिखाना पसंद करती थीं। वह उसे यह भी निर्देश देती थी, कि वह अपनी लिखाई को मालकिन की लिखाई जैसा ही बनाकर लिखे ताकि पत्र मिलाने वाले व्यक्ति को यह पता न चले कि पत्र किसी अन्य व्यक्ति से लिखवाया गया है। वह उस परिचारिका को अपने हस्ताक्षर करने का निर्देश भी देती थीं। श्रीमती स्मिथ की मेहतरानी श्रीमती मिंडन ने श्रीमती स्मिथ द्वारा विदेशी परिचारिका को इस प्रकार के निर्देश देते सुना है। इस प्रकार धीरे-धीरे वह विदेशी परिचारिका अपनी मालकिन की लिखावट की नकल करने में दक्ष हो गई। श्रीमती स्मिथ के पत्र लिखते हुए उस विदेशी लड़की को किसी दिन यह भी सूझा होगा कि वह अपनी मालकिन की वसीयत में भी परिवर्तन कर सकती है और इस प्रकार श्रीमती स्मिथ की सारी दौलत को हथिया सकती है। मौका जानकर उसने ऐसा ही किया होगा। किन्तु वकीलों की निगाहें बहुत पैनी निकलीं और उन्होंने इस जालसाजी को तत्काल पकड़ लिया।"

"क्या यह काम श्रीमती स्मिथ के अपने वकीलों ने किया?"

"हां, फुलर्टन, हैरीसन एण्ड लैडबैटर नाम की वकीलों की एक कम्पनी है। यह मैनचैस्टर की एक मशहूर कम्पनी है। श्रीमती स्मिथ के सारे काम इसी कंपनी की मार्फत होता था। इस कम्पनी के वकीलों को श्रीमती स्मिथ के कोडिसिल पर संदेह हुआ और उन्होंने इस बारे में लिखावट विशेषज्ञों से सलाह ली। उनका संदेह सही प्रमाणित हुआ और उन्होंने उस विदेशी लड़की को बुलवाकर उससे कुछ सवालात किए। बस, इसके कुछ दिनों बाद एक दिन वह लड़की अचानक गायब हो गई। वह अपने साथ अपना पूरा सामान तक न ले गई। वकीलों की कम्पनी उसके खिलाफ जालसाजी के अपराध में मुकदमा चलाने की तैयारी कर रही थी, लेकिन वह लड़की तो इससे पहले ही भाग निकली। यदि कोई व्यक्ति देश छोड़कर कहीं और जाना चाहे तो ऐसा करने में कोई विशेष दिक्कत नहीं आती है। आप जानते ही हैं कि महाद्वीप के देशों में एक दिन की सैर करने के लिए तो कानूनन पासपोर्ट बनाने की भी आवश्यकता नहीं पड़ती। यदि इनमें से किसी देश में किसी व्यक्ति का कोई सगा-सम्बन्धी या मित्र हो तो देश छोड़ कर वहां चले जाना तो और भी आसान हो जाता है। उस विदेशी लड़की ने भी समय रहते यही किया होगा। इससे पहले कि पुलिस अथवा गुप्तचर एजेंसियों को उसके इरादों के बारे में कोई शक होता, वह लड़की चुपचाप देश छोड़कर भाग गई। हमारा विचार है कि वह अपने देश वापिस चली गई होगी अथवा अन्य किसी देश में अपना नाम बदलकर रह रही होगी।"

"क्या इस इलाके में रहने वाले सभी लोगों ने श्रीमती स्मिथ की मौत को एक स्वाभाविक मौत ही माना?" पोइरो ने पूछा।

"हां, इस बारे में किसी भी व्यक्ति ने किसी प्रकार के संदेह का इजहार न किया। जब डॉक्टर ने ही इसे स्वाभाविक मृत्यु माना तो अन्य कोई व्यक्ति इस बारे में शक कर ही कैसे सकता था? हो सकता है जोइस श्रीमती स्मिथ के घर जाती हो और उसने उस विदेशी लड़की को श्रीमती स्मिथ को दवा इत्यादि पिलाते देखा हो। संभव है किसी समय श्रीमती स्मिथ ने कहा हो—'आज की दवाई पहले से अधिक कड़वी है या इस दवा का स्वाद अजीब सा है,' आदि-आदि।"

"एल्सपैथ! तुम यह सब ऐसे बयान कर रही हो, मानो तुमने खुद श्रीमती स्मिथ को ऐसे कहते सुना हो।" स्पैंस ने अपनी बहन की ओर मुड़कर कहा—"यह सब तुम्हारी कोरी कल्पना का नतीजा है।"

"श्रीमती स्मिथ की मृत्यु घर के भीतर हुई अथवा बाहर?" पोइरो ने पूछा।

"मृत्यु के समय वह घर के भीतर ही थीं। एक दिन वह अपने उद्यान से हांफते हुए घर लौटी। घर पहुंचकर उसने कहा कि वह बहुत थक गई थी और अपने पलंग पर लेट गई। श्रीमती स्मिथ इसके बाद बिस्तर से कभी न उठ पाई। बिस्तर पर लेटकर आराम करते हुए ही उनके प्राण-पखेरू उड़ गए थे। चिकित्सा के दृष्टिकोण से यह एक स्वाभाविक मौत थी।"

पोइरो ने अपनी जेब से एक नोटबुक निकाली। इसके पहले पृष्ठ पर शीर्षक के स्थान पर लिखा था—'शिकार।' इसके नीचे उसने लिखा—श्रीमती लैलविन स्मिथ, इसके बाद अगले पृष्ठ पर उसने स्पैंस द्वारा बताए सभी नाम लिख लिए।

श्रीमती लैलविन स्मिथ के बाद अगला नाम शार्लट बैनफील्ड का था।

"शार्लट बैनफील्ड?" पोइरो ने पूछा।

स्पैंस बोला—"शार्लट बैनफील्ड 16 वर्ष की एक दुकान कर्मचारी थी। उसकी लाश खदान के पास के जंगल में मिली। उसके सिर पर कई घाव थे। उसकी हत्या के सिलसिले में दो नवयुवकों पर संदेह किया गया था। वे दोनों नवयुवक उसके प्रेमी रहे थे। लेकिन हत्या के बारे में कोई प्रमाण न मिल पाया।"

"क्या इन दो नवयुवकों से पुलिस को हत्यारे के बारे में कोई सुराग न मिल पाया?" पोइरो ने पूछा।

"नहीं। दोनों युवक घबराए हुए थे। वे अपनी सफाई देने के लिए पुलिस के सामने कुछ झूठ बोले और एक-दूसरे के तर्कों को काटते रहे। लेकिन उन्हें हत्यारा सिद्ध करने के लिए पुलिस के पास प्रमाण न थे और इसलिए दोनों युवक छूट गए। बहुत संभव है कि उन्हीं दो युवकों में से किसी ने शार्लट की जान ले ली हो।"

"वे दोनों युवक कौन थे?"

"एक युवक 21 वर्षीय पीटर गोर्डन था। वह उस समय बेकार था, हालांकि उससे पहले उसे एक-दो बार मामूली-सी नौकरियां मिली थीं, जहां उसने टिककर काम नहीं किया था। वह कामचोर व सुस्त था। उसकी शक्ल-सूरत अच्छी थी। एक या दो बार वह मामूली चोरियों में पकड़ा गया था, परन्तु उसके विरुद्ध पुलिस रिकॉर्ड में कोई गम्भीर बात न थी।"

"और दूसरा?"

"दूसरा युवक 20 वर्षीय टॉमस हड था। वह शर्मीले स्वभाव का युवक था और हकलाता था। वह जीवन में अध्यापक बनना चाहता था, किन्तु अच्छा ग्रेड प्राप्त न कर सकने के कारण उसकी यह इच्छा पूरी न हो पाई। उसकी मां विधवा थी और उससे बहुत प्यार करती थी। वह उसे महिलाओं से मित्रता नहीं करने देती थी और अपने साथ ही चिपकाए रखना चाहती थी।

वह एक दुकान में नौकरी करता था और उसके खिलाफ पुलिस में कोई रिपोर्ट न थी। लेकिन मनोवैज्ञानिक कारणों से उसमें अपराध करने की प्रवृत्ति थी।"

लड़के की हत्या का संभावित कारण ईर्ष्या हो सकती है, लेकिन प्रमाणों के अभाव में दोनों में से किसी पर मुकदमा न चलाया जा सका। दोनों के बचाव में मजबूत दलीलें थीं। टॉमस हड के बारे में उसकी मां कसमें खा-खाकर कहती थी कि हत्या के समय उसका बेटा घर में उसके पास ही बैठा हुआ था और वह उस पूरी शाम कहीं ही नहीं। किसी अन्य व्यक्ति ने भी उसे उस शाम घर से बाहर न देखा था। इसी प्रकार गोर्डन के बारे में उसके मित्रों ने हलफनामे भरे व गवाहियां दीं और इस प्रकार उसे कुसूरवार न ठहराया जा सका।"

"यह सब कितने समय पहले हुआ?"

"लगभग 18 महीने पहले।"

"कहां पर?"

"वुडले कॉमन के पास ही एक खेत की पगडंडी पर।" स्पैंस बोला।

"वुडले कॉमन से लगभग तीन-चौथाई मील दूर।" एल्सपैथ ने मोइरो को सही दूरी बताई।

"रेनोल्ड्स परिवार के घर के पास ही?"

"नहीं, वुडले कॉमन गांव के दूसरे सिरे की ओर।"

"मेरा विचार है जोइस इस हत्या के बारे में नहीं बोल रही होगी।" पोइरो ने कुछ सोचते हुए कहा—"शार्लट बैनफील्ड के सिर पर घाव थे, जिससे स्पष्ट है कि उसकी हत्या हिंसात्मक तरीके से की गई थी। यदि जोइस ने यह हत्या देखी होती तो उसे तत्काल यह समझ आ जाता कि यह हत्या ही थी। किन्तु जोइस के अनुसार उसने जब वह हत्या देखी थी, उस समय वह समझ ही न पाई थी कि इसे ही हत्या कहते हैं। हत्या होने के काफी समय बाद उसे इस बात का अहसास हुआ था। इससे जाहिर है कि जोइस ने शार्लट बैनफील्ड की हत्या नहीं देखी थी।"

इसके बाद पोइरो ने अपनी नोटबुक में लिखा हुआ अगला नाम पढ़ा।

"लेसली फेरियर।"

इस बार फिर स्पैंस ने ही लेसली फेरियर का परिचय देना आरम्भ किया—"लेसली फेरियर 28 वर्ष का था और वकीलों की कम्पनी मैसर्ज फुलर्टन, हैरीसन एंड लेडबैटर में बतौर क्लर्क के काम करता था।"

"क्या यह वही कम्पनी है, जिसके बारे में तुम मुझे पहले बता चुके हो?" पोइरो ने पूछा।

"हां।"

"लेसली फेरियर के साथ क्या हुआ?"

"ग्रीन स्वैन पब के पास उसकी हत्या कर दी गई थी। उसकी पीठ पर तेज चाकू के घाव पाए गए। कहा जाता है कि उसका एक मशहूर भूपति हैरी ग्रिफिन की पत्नी से रोमांस चल रहा था। श्रीमती ग्रिफिन एक सुन्दर महिला थी। वह लेसली से चार-पांच वर्ष बड़ी थी, लेकिन कहा जाता है कि उसे नवयुवकों से ही रोमांस करने का चाव था। श्रीमती ग्रिफिन की सुन्दरता अब भी बरकरार है।"

"हत्या का कोई संभावित कारण?"

"कहा जाता है कि लेसली ने श्रीमती ग्रिफिन से अपने सम्बन्ध तोड़ दिए थे तथा किसी अन्य लड़की से प्रेम करने लगा था। किन्तु यह पता नहीं चल पाया है कि वह लड़की कौन थी।"

"क्या इस हत्या के मामले में किसी पर शक किया गया था? भूपति ग्रिफिन पर या उसकी सुन्दर पत्नी पर?"

"हो सकता है कि यह हत्या उन दोनों में से ही किसी ने करवाई हो," स्पैंस बोला—"मुझे हत्या के पीछे श्रीमती ग्रिफिन के होने की संभावना अधिक लगती है। श्रीमती ग्रिफिन मूडी और जज़्बाती स्वभाव की महिला बताई जाती थी। अपने प्रेमी को किसी दूसरी महिला से प्रेम करते देख उसकी ईर्ष्या की भावना जाग गई होगी और संभवतः उसने यह हत्या करवाई होगी। किन्तु इस मामले में कुछ और संभावनाओं को भी अनदेखा नहीं किया जा सकता। लेसली फेरियर का व्यावसायिक जीवन भी दोष रहित न था। कुछ वर्ष पहले वह अपनी कम्पनी के हिसाब में गड़बड़ी करता पकड़ा गया था। यह जालसाजी और धोखाधड़ी का मामला था। लेसली फेरियर की पारिवारिक पृष्ठभूमि भी ठीक न थी। उसके माता-पिता बहुत समय पहले से ही तलाक लेकर अलग-अलग रहने लगे थे और लेसली को माता-पिता के सामान्य प्यार से भी वंचित रहना पड़ा था। खैर, जालसाजी के मामले में उसके मालिकों ने उसकी मदद की और वह बहुत थोड़े समय कारावास भुगतकर बाहर आ गया था। इसके बाद ही उसे वकीलों की कम्पनी फुलर्टन, हैरीसन एंड लैडबेटर में नौकरी मिली थी।"

"क्या इस एक कड़वे अनुभव के बाद उसने अपना रास्ता ठीक कर लिया था?" पोइरो ने पूछा।

"इस बारे में भी निश्चित रूप से कुछ नहीं कहा जा सकता। अपने व्यावसायिक जीवन में तो वह नियमित हो गया था और ठीक काम करता था। किन्तु सुना जाता है कि अपने कुछ मित्रों के साथ वह जालसाजी भरे सम्बन्ध रखने से बाज न आता था। इसका यह मतलब हुआ कि उसने अपना रास्ता तो न बदला केवल अपने कामों में पहले से अधिक सावधान हो गया था।"

"उसकी हत्या के बारे में दूसरी संभावना क्या रही होगी?"

"दूसरी संभावना यह है कि शायद उसकी हत्या उसके ही किसी साथी ने कर दी हो। लैसले बुरी संगति में रहता था और बुरी संगति रखने का हश्र यही होता है।"

"उसके बारे में कोई और विशेष बात?"

"हां, उसके मरने के बाद उसके बैंक एकाउंट में काफी पैसा पाया गया था। यह धन उसकी आमदनी के प्रत्यक्ष स्रोतों से बहुत अधिक था। उसके एकाउण्ट में इतना अधिक धन होना अपने आप में उसके जीवन व कार्यकलापों पर प्रश्नचिन्ह लगा देता है।"

"क्या यह धन उसने मैसर्ज फुलर्टन, हैरीसन एंड लैडबेटर से चुराया था, जहां वह काम करता था?" पोइरो ने कौतूहलवश प्रश्न किया।

"नहीं, इसकी संभावना नहीं के बराबर है। उस कम्पनी ने अपने एकाउण्टेंट को नियुक्त किया था। उस चार्टर्ड एकाउटेंट की रिपोर्ट के अनुसार कम्पनी के हिसाब-किताब में किसी भी प्रकार की गड़बड़ न थी।"

"क्या पुलिस इस बारे में किसी निष्कर्ष पर न पहुंच पाई?" पोइरो ने पूछा।

"नहीं।"

"मेरे विचार में जोइस इस हत्या का हवाला भी नहीं दे रही थी।" पोइरो ने विचार व्यक्त किया।

इसके बाद पोइरो ने अपनी सूची में लिखा आखिरी नाम पढ़ा—"जेनट व्हाइट।"

"जेनट व्हाइट की उस समय गला घोंटकर हत्या कर दी गई थी, जब वह स्कूल से अपने घर जा रही थी। वह अपनी एक सहयोगी अध्यापिका नोरा एम्ब्रोस के साथ रहती थी। नोरा एम्ब्रोस ने पुलिस को बताया कि जेनट अकसर उसे एक आदमी के बारे में बताया करती थी, जिससे वह कभी प्रेम किया करती थी, किन्तु जिससे अब उसने सम्बन्ध तोड़ दिए थे। यह व्यक्ति जेनट को धमकी भरे पत्र लिख उसे सदा तनाव भरी मानसिक स्थिति में रखता था। इस व्यक्ति की पहचान नहीं हो पाई है। नोरा एम्ब्रोस को भी न तो उस व्यक्ति का नाम पता था और न ही वह यह जानती थी कि वह कहां रहता था।"

"यह कहानी अन्य कहानियों से अधिक दिलचस्प है।" पोइरो बोला और जेनट व्हाइट के नाम को रेखांकित कर दिया।

"ऐसा क्यों?" स्पैंस ने पूछा।

"जोइस द्वारा अन्य हत्याओं के मुकाबले यह हत्या देखने की संभावना अधिक जान पड़ती है। इस हत्या में वह हत्या के शिकार को पहचान सकती थी, क्योंकि जेनट व्हाइट को वह पहले से ही जानती होगी और संभवतः स्कूल में उससे पढ़ी भी होगी। शायद उसने हत्यारे की शक्ल न देखी हो, लेकिन उसे जेनट व्हाइट से संघर्ष करते देखा हो। शायद उसने इसे सही मायनों में हत्या का मामला भी न समझा हो। जेनट व्हाइट की हत्या कब हुई?"

"ढाई वर्ष पहले।"

"समय की दूरी के लिहाज से भी जोइस द्वारा यह हत्या देखे जाने की संभावना ठीक बैठती है। आज से ढाई वर्ष पूर्व जोइस सचमुच छोटी और नासमझ रही होगी। जेनट व्हाइट और उसके हत्यारे के बीच हो रहे संघर्ष को वह हत्या न समझी होगी। हो सकता है वह समझी हो कि वे अपने विशेष ढंग से गले मिल रहे थे। लेकिन बाद में जब जेनट व्हाइट की हत्या का समाचार चारों ओर फैला होगा, उस समय उसे ख्याल आया होगा कि उसने जो संघर्ष देखा था, वह वास्तव में हत्या थी।"

पोइरो ने श्रीमती मैकके की ओर देखा और पूछा—"क्या आप मेरी इस व्याख्या से सहमत हैं?"

"मैं आपकी बात समझती हूं," श्रीमती मैकके बोलीं—"लेकिन क्या आपकी तहकीकात करने की प्रक्रिया उल्टी नहीं है? तीन दिन पहले जोइस की हत्या के हत्यारे को तलाश करने के बजाय आप तीन वर्ष पहले जेनट व्हाइट की हत्या के हत्यारे को ढूंढने का प्रयास कर रहे हैं। आखिर क्यों?"

"मैं अतीत से आरम्भ कर भविष्य की ओर चल रहा हूं," पोइरो ने कहा—"मैं तीन वर्ष पहले हुई जेनट व्हाइट की हत्या से अपनी जांच-पड़ताल आरम्भ कर उसे तीन दिन पहले हुई जोइस की हत्या तक लाने की कोशिश कर रहा हूं। अब हमें यह सोचना है कि उस पार्टी में ऐसा कौन-सा व्यक्ति मौजूद हो सकता है, जिसका जेनट व्हाइट की हत्या से सम्बन्ध रहा हो।"

"तुम्हारे इस अनुमान के आधार पर हम इन दो हत्याओं का प्रत्यक्ष सम्बन्ध जोड़ सकते हैं।" स्पैंस बोला—"जोइस ने पार्टी से कुछ समय पहले एक पुरानी हत्या का चश्मदीद गवाह होने का दावा किया था। संभवतः उस कमरे में अथवा उसके आस-पास कोई ऐसा व्यक्ति भी मौजूद रहा होगा, जिसका ढाई वर्ष पहले हुई जेनट व्हाइट की हत्या से प्रत्यक्ष या अप्रत्यक्ष सम्बन्ध रहा हो। जोइस की यह बात सुन वह व्यक्ति घबरा गया होगा और उसने तत्काल मौका पाकर उसकी हत्या कर दी होगी।"

"पार्टी के दौरान या इससे पहले वहां कौन-कौन लोग उपस्थित थे?" पोइरो ने पूछा।

"मैंने उन लोगों की एक सूची बनाई है।"

"क्या आपने इस सूची को ठीक तरह से जांच लिया है?"

"हां, मैं इस सूची में दर्ज नामों की प्रामाणिकता के बारे में पूरी तरह से आश्वस्त हूं," स्पैंस बोला—"मैं एक भूतपूर्व पुलिस अधिकारी हूं और हर तथ्य की पूरी जांच-पड़ताल करता हूं। मेरी सूची में निम्नलिखित 18 नाम दर्ज हैं।"

हेलोइन दिवस पार्टी में उपस्थित लोगों की सूची—

श्रीमती ड्रेक (मेजबान)

श्रीमती बटलर

श्रीमती ऑलिवर

मिस विटाकर (स्कूल अध्यापिका)

रैवरेंड चार्ल्स कौट्रल (पादरी)

साइमन लैम्पटन (सहकारी पादरी)

मिस ली (डॉ. फर्ग्यूसन की कम्पाउण्डर)

एन रेनोल्ड्स

जोइस रेनोल्ड्स

लियोपोल्ड रेनोल्ड्स

निकोलस रैनसम

डैसमंड हौलेंड

बीट्रिस आईले

कैथी ग्रांट

डायना ब्रैंट

श्रीमती गार्ल्टन (परिचारिका)

श्रीमती मिंडन (मेहतरानी)

श्रीमती गुडबॉडी (नौकरानी)

"क्या पार्टी में मेहमानों की कुल संख्या इतनी ही थी?" पोइरो ने पूछा।

"हां," स्पैंस ने जवाब दिया—"लेकिन इसके अलावा नौकर तथा अन्य व्यक्ति पार्टी के आयोजन के दौरान उस मकान में आते-जाते रहे। मिसाल के तौर पर बिजली मिस्त्री के कुछ नौकरों ने उस मकान में छोटे-छोटे रंगीन बल्ब लगाए। इसी प्रकार कुछ और व्यक्तियों ने आईने व प्लेट लाकर दिए। आस-पड़ोस के बहुत से लोग थोड़ी-थोड़ी देर के लिए वहां आए और श्रीमती ड्रेक को पार्टी के आयोजन के लिए बधाई देकर चले गए। इस प्रकार के लोग उस मकान में अधिक देर न ठहरे, इसलिए स्वाभाविक ही है कि हमारी सूची में इस प्रकार के लोगों का कोई उल्लेख नहीं है। लेकिन बहुत सम्भव है कि इसी प्रकार के किसी व्यक्ति ने जोइस द्वारा कही गई बात को सुन लिया हो। तुम जानते ही हो कि जोइस अपनी बात इतनी जोर-जोर से कह रही थी कि उस मकान के किसी भी कमरे में उपस्थित कोई भी व्यक्ति उसकी बात को सुन सकता था। वर्तमान परिस्थितियों में हमारी सूची को ही पूरी सूची कहा जा सकता है और हम इससे आगे नहीं जा सकते। अब तुम खुद इस सूची पर ध्यान दो। मैंने सूची में लिखे नामों के आगे संक्षेप में इन लोगों के जीवन परिचय भी दिए हैं।"

"धन्यवाद, स्पैंस," पोइरो बोला—"केवल एक सवाल और। तुमने पार्टी में उपस्थित कुछ लोगों से इस बारे में अवश्य बात की होगी। क्या उनमें से किसी ने यह बताया कि जोइस ने पार्टी से कुछ समय पूर्व किसी हत्या का जिक्र किया था?"

"नहीं। सरकारी तौर पर जोइस के हत्या सम्बन्धी कथन को रिकार्ड नहीं किया गया है। शायद उसे गंभीरता से नहीं लिया गया है। यह भी हो सकता है कि इस बारे में किसी ने पुलिस को बताया ही न हो। मुझे स्वयं इस बारे में कुछ पता न था, तुमने ही मुझे यह सूचना दी है।"

"यह तो दिलचस्प बात है," पोइरो हैरानीवश बोला।

"और महत्त्वपूर्ण भी," स्पैंस ने कहा।

"अब मुझे डॉ. फर्ग्यूसन से मिलना है," पोइरो ने उठते हुए कहा—"उनसे मुलाकात का समय हो गया है।"

यह कहकर पोइरो ने स्पैंस द्वारा दी गई सूची को जेब में रखा और कमरे से बाहर चला गया।

नौ

डॉ. फर्ग्यूसन 60 वर्ष के व्यक्ति थे और मूलतः स्कॉटलैंड के रहने वाले थे। उन्होंने अपनी आंखों से पोइरो को एक बार सिर से पैर तक देखा और फिर बोला—"बैठ जाइए-लेकिन इस कुर्सी पर नहीं, बल्कि उस कुर्सी पर। दरअसल इस कुर्सी की एक टांग कुछ ढीली है।"

डॉ. फर्ग्यूसन के निमंत्रण पर पोइरो उनके द्वारा दिखाई गई कुर्सी पर बैठ गया।

"सुना है आपने इस इलाके में काफी शोर मचवा रखा है," डॉ. फर्ग्यूसन ने कहा।

"जी, बात यह है कि..." पोइरो ने स्पष्टीकरण देना चाहा।

"आपके कुछ कहने की जरूरत नहीं है," डॉ. फर्ग्यूसन ने कहा—"मैं सब कुछ जानता हूं। दरअसल वुडले कॉमन जैसी छोटी जगह पर हर व्यक्ति सब कुछ जानता है। मैं जानता हूं कि वह उपन्यास लेखिका आपको दुनिया का सबसे बड़ा जासूस समझ यहां लाई है और आपके यहां आने से कोई लाभ होने के बजाय पुलिस विभाग के काम में दिक्कतें पैदा होंगी।"

"मेरा पुलिस के काम में रुकावटें पैदा करने का कोई इरादा नहीं है," पोइरो बोला—"मैं तो यहां केवल अपने एक पुराने मित्र सुपरिंटेंडेंट स्पैंस से मिलने आया हूं, जो अपनी विधवा बहन का साथ देने के लिए इसी इलाके में रहने लगा है।"

"स्पैंस? अच्छा, वह भूतपूर्व पुलिस अधिकारी? हां, हां, मैं उसे अच्छी तरह जानता हूं। वह पुराने किस्म का एक ईमानदार पुलिस अधिकारी रहा है।"

"आपने उसका बिलकुल सही मूल्यांकन किया है।"

"अच्छा तुमने स्पैंस को क्या बताया और स्पैंस ने तुम्हें क्या जानकारी दी?" डॉ. फर्ग्यूसन ने पूछा।

"स्पैंस और इंस्पेक्टर रैगलन दोनों मुझ पर बहुत मेहरबान हैं। मुझे विश्वास है आप भी मेरी मदद करेंगे।"

"मैं तुम्हारी कोई विशेष मदद नहीं कर सकता," डॉ. फर्ग्यूसन ने कहा—"मुझे तो खुद भी नहीं मालूम कि वास्तव में हुआ क्या था। मैंने तो केवल यही सुना है कि श्रीमती ड्रेक के घर हुई पार्टी के दौरान किसी बच्चे का सिर पानी से भरी बाल्टी में डुबोकर उसकी हत्या कर दी गई है। यह एक निहायत दर्दनाक घटना है। किन्तु इस प्रकार की घटनाएं आजकल काफी सामान्य हो गई हैं। एक डॉक्टर होने के नाते मैंने खुद पिछले कुछ वर्षों में इस प्रकार की काफी घटनाएं देखी हैं। दरअसल हमारे समाज में मानसिक रूप से असंतुलित बहुत से व्यक्ति, जिन्हें मानसिक अस्पतालों में रखा जाना चाहिए, खुलेआम घूम रहे हैं। मानसिक हस्पताल पहले से ही काफी भरे हुए हैं और उनमें नए रोगियों को रखने के लिए जगह ही नहीं हैं। लेकिन मानसिक रूप से असंतुलित ये व्यक्ति भी आमतौर पर पार्टियों में घुसकर ऐसा नहीं करते। पार्टी जैसी जगहों में उन्हें पकड़े जाने का डर होता है। लेकिन इस बार तो यह अनहोनी बात भी हो गई।"

"क्या आप अपने अनुमान से बता सकते हैं कि उस बच्ची की हत्या किसने की होगी?" पोइरो ने पूछा।

"इस सवाल का जवाब देना आसान नहीं है। इस संदर्भ में किसी व्यक्ति पर इल्जाम लगाने से पहले मेरे पास कोई ठोस प्रमाण होने चाहिए, इसके बिना गैरजिम्मेदाराना कहा जाएगा।"

"आप अनुमान तो लगा ही सकते हैं।" पोइरो ने कहा।

"अनुमान तो कोई भी व्यक्ति लगा सकता है।"

"डॉक्टर के रूप में जब मुझे किसी बीमार व्यक्ति का उपचार करने के लिए बुलाया जाता है, तो मुझे रोग का निदान जानने के लिए अनुमान ही लगाना पड़ता है," डॉ. फर्ग्यूसन ने

कहा—"लेकिन वह अनुमान कुछ ठोस जानकारी पर आधारित होता है। उदाहरण के लिए मुझे यह जानना पड़ता है कि रोगी ने पिछले दिनों से क्या-क्या खाया है, किस प्रकार के लोगों के संपर्क में रहा है, क्या अतीत में वह किन्हीं विशेष रोगों से पीड़ित रहा है आदि-आदि। इन प्रमाणों के आधार पर मैं अपने मन में सभी संभावनाओं को तोलकर कोई अनुमान लगाता हूं। इस अनुमान को ही रोग का निदान जानना चाहते हैं और यह जानने के बाद ही रोग का उपचार आरम्भ होता है। जाहिर है कि यही काम जल्दबाजी में और ठोस प्रमाणों के आधार के बिना नहीं हो सकता।"

"क्या आप इस बच्ची जोइस को जानते थे?"

"हां, जोइस के परिवार का पारिवारिक डॉक्टर मैं ही हूं," डॉ. रेनोल्ड्स ने कहा—"इस इलाके में दो ही डॉक्टर हैं—वौरिल और मैं। जोइस आमतौर से एक स्वस्थ लड़की थी और बहुत कम ही बीमार रहती थी। उसे कोई विशेष रोग न था—बस यही जुकाम, खांसी आदि। वह खाने में पेटू थी तथा बातूनी भी। अधिक खाने से कभी-कभी उसका पेट खराब हो जाता था। किन्तु अधिक बोलने की आदत ने अब तक उसका कोई नुकसान नहीं किया था।"

"किंतु आज उसका बातूनी होना उसके लिए मौत का कारण बन गया है," पोइरो ने कहा।

"हां, मैंने भी इस बारे में कुछ अफवाहें सुनी हैं। लेकिन मुझे यह कोई ठोस बात न लगी, जिस पर गौर करने की जरूरत हो।"

"लेकिन जोइस द्वारा कही गई वह बात उसकी हत्या का कारण बनी है," पोइरो ने कहा।

"कई संभावनाओं में यह भी एक संभावना हो सकती है-मैं यह मानता हूं। किन्तु केवल एक संभावना के आधार पर अन्य संभावनाओं को नकारा नहीं जा सकता। जैसा कि मैं पहले ही बता चुका हूं कि आज हमारे समाज में मानसिक रूप से असंतुलित लोगों की कमी नहीं है और हो सकता है वह काम भी इसी प्रकार के किसी व्यक्ति का हो। किसी व्यक्ति की भला जोइस से क्या दुश्मनी हो सकती थी? भला जोइस की हत्या से किसी व्यक्ति को क्या लाभ मिल सकता था? जाहिर है कि जोइस की हत्या का कारण खुद जोइस में नहीं, बल्कि उसके हत्यारे के दिमाग में है। जोइस की हत्या करने वाला दिमाग एक पागल का दिमाग रहा होगा। मैं मनोवैज्ञानिक नहीं हूं, लेकिन मानसिक असंतुलन की समझ अवश्य रखता हूं। मैं जानता हूं कि यदि हत्यारे को पकड़ भी लिया जाएगा तो उसे सुधार गृह भेज दिया जाएगा। लेकिन उससे क्या? जोइस तो पुनः जीवित नहीं हो सकती।"

"पार्टी में उपस्थित लोगों में आपके विचार में इस प्रकार का व्यक्ति कौन हो सकता है?"

"उस बारे में मैं निश्चित रूप से कुछ भी नहीं कह सकता," डॉ. फर्ग्यूसन ने कहा, "वह तो साफ जाहिर है कि हत्यारा उस दिन वहीं था। यदि वह वहां न होता तो हत्या कैसे होती? वह वहां उपस्थित मेहमानों, नौकरों, सहायकों आदि में से ही रहा होगा। या यह भी हो सकता है कि वह कोई बाहरी व्यक्ति हो और मौका जानकर अन्दर घुस गया हो। शायद उसे उस मकान की खिड़कियों व दरवाजों की स्थिति का अच्छा ज्ञान था। उस मकान का हर कोना उसके द्वारा ठीक से देखा हुआ हो सकता है छोटी उम्र का कोई लड़का ही होगा। ऐसा होना असामान्य नहीं

है। मैनचैस्टर में इस प्रकार का एक केस हुआ भी था। इस मामले की गुत्थी छः या सात वर्ष बाद सुलझी थी। वह केवल 13 वर्ष का एक लड़का था और हत्या करने का रोमांच अनुभव करना चाहता था। उसने नौ वर्ष के एक बच्चे की हत्या की और फिर उसकी लाश को कार में रख कई मील दूर जंगल में गया। उसने उस लाश को जलाकर हत्या के सारे प्रमाण खत्म कर दिये। इस हत्या की गुत्थी तब सुलझी, जब वह लड़का 21-22 वर्ष का हो चुका था। बाद में उसने खुद यह कहा कि उसे हत्या करने या इस बारे में सोचने भर में आनन्द आ जाता था। उसके बारे में मनोवैज्ञानिकों ने रिपोर्ट दी कि हत्या के समय उसका मानसिक संतुलन ठीक न था, आई गई खत्म। मैं खुद मनोवैज्ञानिक नहीं हूं, लेकिन मेरे कई मनोवैज्ञानिक मित्र हैं। उनमें से कई लोग तो समझदार हैं, किन्तु कई ऐसे भी हैं, जिन्हें खुद इलाज की आवश्यकता है। जोइस का हत्यारा शायद सामान्य पारिवारिक पृष्ठभूमि से आया होगा। उसके माता-पिता अच्छे रहे होंगे, उसकी शक्ल अच्छी होगी, उसका तौरतरीका व बर्ताव अच्छा रहा होगा। उसको देखकर शायद कोई यह न कह सकता होगा कि उसके दिमाग में कोई खराबी रही होगी। इस प्रकार की मानसिक विकृतियां बहुत लोगों में होती हैं, हालांकि इस प्रकार के लोग पहले भी रहे होंगे लेकिन आजकल इस प्रकार के लोगों की संख्या में निरन्तर बाढ़ आ रही है।"

"क्या आप को किसी व्यक्ति-विशेष पर संदेह नहीं है?"

"नहीं, मैं प्रमाणों के अभाव में रोग का निदान नहीं बता सकता," डॉ. फर्ग्यूसन ने कहा।

"अच्छा, आप इतना तो मानते ही हैं कि हत्यारा पार्टी में शामिल लोगों में से ही कोई होगा," पोइरो ने थोड़ा झुंझलाते हुए कहा, "आखिर बिना हत्यारे के तो हत्या संभव नहीं हो सकती।"

"कुछ जासूसी उपन्यासों में तो यह भी संभव हो जाता है। आपकी चहेती उपन्यासकार आपको इस बारे में बता सकती हैं। खैर, जोइस के हत्या के मामले में तो यह निश्चित ही है कि हत्यारा पार्टी में अवश्य रहा होगा, भले ही वह कोई मेहमान रहा हो, नौकर हो अथवा कोई बाहरी आदमी हो, जो मौका जान मकान में घुस गया हो। इस मकान से परिचित किसी भी व्यक्ति के लिए ऐसा करना मुश्किल नहीं है। हो सकता है कि मानसिक विकृति के शिकार किसी व्यक्ति के मन में यह आ गया हो कि हेलोइन पार्टी के बीच किसी की हत्या हो जाने से अच्छा मजा रहेगा। आरम्भ में तो केवल इतना ही कहा जा सकता है, बाकी तथ्य आप अपनी जांच-पड़ताल से निकाल ही लेंगे।"

डा. फर्ग्यूसन थोड़ी देर रुके और फिर बोले—"पार्टी में थोड़ी देर के लिए मैं भी शामिल हुआ था। मैं वहां काफी देर बाद गया था और मेरा उद्देश्य केवल यही देखना था कि पार्टी में क्या हो रहा है।"

दस

पोइरो मिस एमलिन से मिलने उसके स्कूल पहुंचा। मिस एमलिन स्कूल की प्रधानाध्यापिका थी और इस समय अपने कमरे में बैठी हुई थी। पोइरो को देख वह कुर्सी से उठ खड़ी हुई और पोइरो का अभिवादन किया।

"मिस्टर पोइरो! मुझे आपसे मिलकर खुशी हो रही है," मिस एमलिन बोली—"मैंने आपके बारे में पहले ही सुन रखा था।"

"धन्यवाद।"

"मुझे आपके बारे में अपनी एक मित्र बुलस्ट्रोड ने बताया था," मिस एमलिन ने आगे कहा—"वे मीडोबैंक स्कूल की प्रधानाचार्य रही हैं। आपको मिस बुलस्ट्रोड याद हैं ना?"

"जी हां, मैं उन्हें कभी नहीं भूल सकता। वे एक आकर्षक व्यक्तित्व वाली महिला थीं।"

"जी हां, उनके समय में मीडाबैंक स्कूल ने काफी प्रगति कर ली थी," मिस एमलिन ठंडी सांस लेते हुए बोली—"अब तो वह स्कूल काफी बदल गया है। खैर, पुरानी बातों को याद करने से क्या फायदा, आप तो जोइस रेनोल्ड्स की हत्या के बारे में मुझसे बातचीत करने आए हैं। मैं नहीं जानती कि आपकी इस हत्याकांड में कोई विशेष दिलचस्पी है या आप केवल सामान्य रूप से इसकी तहकीकात करने आये हैं? क्या आप व्यक्तिगत रूप से उस लड़की को या उसके परिवार को जानते थे?"

"नहीं, मैं इस मामले में अपनी श्रीमती मित्र एरियाडन ऑलिवर की प्रार्थना पर ही दिलचस्पी ले रहा हूं। आप जानती ही हैं कि श्रीमती ऑलिवर कुछ समय से इसी इलाके में रह रही हैं और वे उस पार्टी में भी शामिल हुई थीं, जहां यह हत्या हुई थी।"

"जी हां, मैं श्रीमती ऑलिवर को जानती हूं," मिस एमलिन बोली—"वे एक अच्छी उपन्यासकार हैं और मैं उनसे एक या दो बार मिली भी हूं। यह हत्या वाकई बहुत दर्दनाक रही है। कोई सोच भी नहीं सकता था कि इस इलाके में इस प्रकार की हत्या हो सकती है। यह बच्चों की पार्टी थी और बच्चों में इस प्रकार की घटना अप्रत्याशित है। मेरा विचार है कि इस हत्या का कारण मनोवैज्ञानिक रहा होगा। क्या आप इस विचार से सहमत हैं?"

"जी नहीं, मेरे विचार में यह हत्या भी अन्य प्रकार की हत्याओं की भांति ही थी और इसके पीछे कोई विशेष इरादा रहा होगा," पोइरो बोला।

"इरादा?"

"जी हां," पोइरो ने कहा—"पार्टी से कुछ घंटे पूर्व जब पार्टी की तैयारियां चल रही थीं। उस समय जोइस ने एक महत्त्वपूर्ण बयान दे डाला था। उसने कहा था कि कुछ वर्ष पूर्व उसने एक हत्या अपनी आंखों के सामने होते देखी थी।"

"क्या उस समय वहां उपस्थित लोगों ने उसका विश्वास किया?"

"मेरी सूचना के अनुसार अधिकतर लोगों ने उसका विश्वास नहीं किया।"

"मेरे विचार में वहां उपस्थित लोगों द्वारा उसकी बात पर विश्वास न किया जाना स्वाभाविक ही था," मिस एमलिन बोली—"मिस्टर पोइरो, मेरा विचार है कि इस प्रकार के मामलों में हमें भावुकता छोड़ ठंडे दिमाग से काम लेना चाहिए। मैं जोइस को जानती थी। वह क्लास में एक साधारण किस्म की लड़की थी। लेकिन झूठ बोलना उसके स्वभाव का ही एक अंग था। मैं यह नहीं कहती कि वह जान बूझकर, झूठ बोलकर किसी को धोखा देना चाहती

थी। उसमें केवल गप्पे मारने की आदत थी। वह अकसर ऐसी घटनाओं के बारे में बोलती थी, जो घटनाएं कभी हुई ही न हों और इस प्रकार की बातों से उसकी सहपाठिनें प्रभावित हुए बिना न रहती थीं। यह जोइस की आदत-सी बन चुकी थी।"

"क्या आपके विचार में जोइस ने किसी हत्या को अपनी आंखों से देखे जाने वाली बात को भी लोगों को प्रभावित करने के इरादे से ही कहा होगा?"

"हां," मिस एमलिन बोली—"मेरे विचार में वह विशेष रूप से श्रीमती ऑलिवर को ही प्रभावित करना चाहती होगी।"

"तो आप जोइस द्वारा किसी हत्या को अपनी आंखों देखे जाने वाली बात को सही नहीं मानतीं?"

"नहीं, मुझे इस बात पर सन्देह है।"

"आपके विचार में यह सारी बात जोइस की कल्पना मात्र है?"

"मैं यह नहीं कहूंगी कि यह सारी बात ही कल्पना रही होगी," मिस एमलिन अपनी बात को स्पष्ट करने के इरादे से बोली—"हो सकता है कि उसने कोई मामूली दुर्घटना देखी हो या खेल के मैदान में किसी खिलाड़ी के सिर पर बॉल लगते देखी हो। मेरे विचार में उसने इसी प्रकार की किसी मामूली घटना को बढ़ा-चढ़ाकर हत्या का मामला बना दिया होगा।"

"इसका मतलब यह हुआ कि जोइस की हत्या के बारे में हम केवल एक ही बात निश्चित रूप से कह सकते हैं और वह यह कि उसका हत्यारा उस दिन पार्टी में मौजूद रहा होगा।"

"बिलकुल ठीक," मिस एमलिन बोली—"यह तो स्वाभाविक ही है। भला बिना हत्यारे के कोई हत्या हो ही कैसे सकती है?"

"क्या आप हत्यारे के बारे में कोई अनुमान लगा सकती हैं?"

"आपका यह सवाल वाजिब है," मिस एमलिन बोली—"पार्टी में उपस्थित बच्चे नौ से पंद्रह के बीच की उम्र रहे होंगे और मेरे अनुमान के अनुसार वे सभी मेरे ही स्कूल के छात्र-छात्राएं रहे होंगे। स्कूल की प्रधानाध्यापिका होने के नाते मेरे लिए उन बच्चों व उनकी पारिवारिक पृष्ठभूमि को जानना स्वाभाविक हो जाता है।"

"मैंने सुना है कि एक या दो वर्ष पूर्व आपके अपने ही स्कूल की एक अध्यापिका का गला घोंटकर हत्या कर दी गई थी," पोइरो ने पूछा।

"आप शायद जेनट व्हाइट का हवाला दे रहे हैं? जी हां, वह 24 वर्ष की एक भावुक लड़की थी। मेरी जानकारी के अनुसार वह उस समय अकेली चल रही थी। हो सकता है कि वह किसी नवयुवक से मिलने जा रही हो। जेनट एक आकर्षक लड़की थी और नवयुवकों का उसके प्रति आकर्षित होना स्वाभाविक ही था। जेनट के हत्यारे का पता नहीं चल पाया है। पुलिस को इस बारे में कई नवयुवकों पर संदेह था और उनके बारे में पुलिस ने काफी छानबीन भी की, लेकिन पुलिस हत्यारे के बारे में कोई ठोस प्रमाण प्राप्त करने में असफल रही।"

"मिस एमलिन!" पोइरो बोला—"कम से कम एक विषय पर तो हम दोनों के विचार समान ही हैं और वह यह कि हम हत्या को बुरा मानते हैं।"

यह बात सुन मिस एमलिन चौंकी और पोइरो के चेहरे को देखने लगी। पोइरो को लगा कि उसके चेहरे का बारीकी से अध्ययन किया जा रहा था।

"आपका यह बयान काफी महत्त्वपूर्ण है," मिस एमलिन पुनः सामान्य रूप से बोलने लगीं—"विशेष रूप से इसलिए क्योंकि आज हमारे समाज का एक विशेष वर्ग हत्या जैसे अपराध को भी एक सामान्य अपराध मानने लगा है।"

यह कहकर एमलिन थोड़ी देर खामोश रहीं। पोइरो को लगा कि वह कुछ सोच रही है।

"मेरा विचार है कि आपको मिस विटाकर से बात करनी चाहिए," सहसा कुर्सी से खड़ी होकर मिस एमलिन बोलीं—"हो सकता है कि इस मामले में वह आपकी सहायता कर सके। मैं अभी उसे भेज देती हूं।"

यह कह कर मिस एमलिन कमरे से बाहर चली गई। फिर लगभग पांच मिनट के बाद दरवाजा खुला और 40 वर्ष की एक महिला कमरे में दाखिल हो गई।

"मिस्टर पोइरो!" वह बोली—"क्या मैं आपकी कोई सहायता कर सकती हूं?"

"यदि मिस एमलिन का यह विचार है कि आप सचमुच ही मेरे बहुत काम आ सकती हैं," पोइरो बोला—"मुझे मिस एमलिन की समझ पर पूरा विश्वास है।"

"क्या आप मिस एमलिन को पहले से ही जानते हैं?"

"नहीं, मैं आज पहली बार ही उनसे मिला हूं।"

"लेकिन पहली मुलाकात में ही आपने उनके बारे में एक निश्चित धारणा बना ली है?"

"मुझे विश्वास है कि आप इस धारणा को सत्य सिद्ध करेंगी।"

एक हल्का विश्वास लेकर मिस एलिजाबेथ विटाकर कुर्सी पर बैठ गई।

"शायद आप जोइस रेनोल्ड्स की मौत के बारे में जानकारी हासिल करने यहां आए हैं," वह बोली—"मुझे पता नहीं कि आप इस मामले में दिलचस्पी क्यों ले रहे हैं? क्या आप पुलिस विभाग की सहायता कर रहे हैं?"

"नहीं, मैं केवल अपनी एक मित्र की प्रार्थना पर इस मामले में दिलचस्पी ले रहा हूं।"

"ठीक है। आप मुझसे क्या जानना चाहते हैं?"

"मैं व्यर्थ प्रश्नों में समय बर्बाद न कर सीधे मुख्य मुद्दे पर आना पसंद करूंगा," पोइरो ने कहा—"क्या आप उस पार्टी में शामिल हुई थीं?"

"जी हां, मैं उस पार्टी में शामिल थी," एलिजाबेथ ने कुछ सोचते हुए जवाब दिया—"उस पार्टी का आयोजन सफल रहा था। उसमें बच्चों, वयस्कों तथा नौकरों को मिलाकर कुल 30 लोगों ने भाग लिया था।"

"क्या आपने पार्टी शुरू होने से पहले उसके आयोजन के लिए की जा रही तैयारियों में भी भाग लिया था?"

"पार्टी के आयोजन में श्रीमती ड्रेक को किसी प्रकार की सहायता की आवश्यकता ही न थी। इस प्रकार के कामों में वे स्वयं ही काफी दक्ष हैं। इसके अलावा उन्हें नौकरों की सेवाएं भी उपलब्ध थीं। इस कारण उन्हें पड़ोसियों आदि की आवश्यकता ही न थी।"

"तो क्या आप केवल एक मेहमान के रूप में ही शामिल हुई थीं?"

"जी हां।"

"उस पार्टी में क्या-क्या हुआ?"

"पार्टी में हुए कार्यक्रमों के बारे में आपको पहले ही पता चल गया होगा," एलिजाबेथ विटाकर बोली—"आप मुझसे शायद ये जानना चाहते हैं कि क्या मैंने उस पार्टी में कोई विशेष बात नोट की या क्या मेरे विचार में उस पार्टी में कोई विशेष बात हुई, जिसका कोई विशेष महत्त्व रहा हो?"

"आप बिलकुल ठीक कहती हैं," पोइरो बोला।

"ठीक है," एलिजाबेथ ने कहा—"मैं आपको ऐसी ही एक बात बताती हूं। पार्टी का सारा कार्यक्रम सुनिश्चित ढंग से चला। कार्यक्रम की अन्तिम इकाई स्नैपड्रैगन थी। आप जानते ही हैं कि स्नैपड्रैगन प्रतियोगिता में एक गर्म तवे पर किशमिश रखे जाते हैं। फिर वहां उपस्थित सभी लोग तवे पर गर्म किशमिश के दाने उठाने की कोशिश करते हैं और चारों ओर खुशी और हंसी का माहौल बन जाता है। स्नैपड्रैगन प्रतियोगिता के दौरान कमरा काफी गर्म हो गया था और मैं गर्मी से परेशान होकर बाहर हॉल में निकल आई थी। हॉल में खड़े होकर मैंने मकान की पहली मंजिल की ओर नजर डाली तो देखा कि श्रीमती ड्रेक पहली मंजिल के बाथरूम से बाहर निकल सीढ़ियों के पास पहुंच गई हैं। उनके हाथ में फूलों व पत्तियों से सजा हुआ एक बड़ा फूलदान था। उनकी नजर नीचे हॉल की ओर थी। लेकिन वे हॉल के उस कोने की ओर न देख रही थी जहां मैं खड़ी थी, बल्कि उस कोने की ओर देख रही थीं जहां एक दरवाजा पुस्तकालय की ओर जाता है। उनके हाथ में रखा फूलदान काफी भारी था और भार के कारण एक ओर झुका जा रहा था। मेरे ख्याल में फूलदान पानी से भरा हुआ था।"

श्रीमती ड्रेक उसी मुद्रा में सीढ़ी के मुहाने पर खड़ी रहीं और उनकी नजर नीचे हॉल में पुस्तकालय की ओर जाने वाले दरवाजे पर टिकी रही। फिर अचानक वह चौंक पड़ीं। मेरे विचार में कोई चीज देखी होगी, जिसे देखकर वह घबरा गईं और चौंक पड़ीं। थोड़ी देर तक श्रीमती ड्रेक की नजर पुस्तकालय की ओर जाने वाले दरवाजे की ओर टिकी रही और वह एक पत्थर की प्रतिमा की भांति खड़ी रहीं। ऐसी अवस्था में उनके हाथ से फूलदान गिरकर नीचे हॉल में गिरा और टूटकर चकनाचूर हो गया। फूलदान के टूटने से उसमें रखा पानी हॉल में बिखर गया।"

"हूं," पोइरो बोला और किसी सोच-विचार में डूब गया। थोड़ी देर बाद उसने प्रश्न किया—"आपके विचार में श्रीमती ड्रेक ने ऐसी क्या चीज देखी होगी, जिसने उन्हें चौंका दिया था?"

"उन्होंने पुस्तकालय की ओर जाने वाले दरवाजे पर अवश्य कुछ देखा होगा," मिस एलिजाबेथ ने जवाब दिया।

"लेकिन क्या?"

"मैं आपको पहले ही बता चुकी हूं कि श्रीमती ड्रेक की नजर पुस्तकालय की ओर जाने वाले दरवाजे पर टिकी हुई थीं," एलिजाबेथ बोली—"हो सकता है कि उन्होंने उस दरवाजे को

खुलते या उस दरवाजे की हत्थी को घूमते देखा हो। हो सकता है उन्होंने किसी ऐसे व्यक्ति को दरवाजे के अन्दर दाखिल होते या दरवाजे से बाहर निकलते देखा हो, जिसे देखने की उन्हें आशा न हो। वह व्यक्ति कोई अजनबी अथवा कोई ऐसा व्यक्ति हो सकता है, जिसे उस समय वहां नहीं होना चाहिए था। श्रीमती ड्रेक के चौंकने का कोई इसी प्रकार का कारण हो सकता है।"

"क्या आपकी नजर भी पुस्तकालय के दरवाजे की ओर थी?"

"नहीं, उस समय मेरी नजर दरवाजे के ठीक विपरीत पहली मंजिल पर खड़ी श्रीमती ड्रेक की ओर थी," एलिजाबेथ ने जवाब दिया।

"क्या आपको पूरा पिश्वास है कि श्रीमती ड्रेक दरवाजे की ओर देख कर ही चौंकी थीं?"

"जी हां," एलिजाबेथ ने जवाब दिया—"उनके चौंकने का कारण निश्चित रूप से उस दरवाजे का खुलना और उसमें से किसी व्यक्ति का अन्दर आना अथवा बाहर निकलना ही रहा होगा। यह श्रीमती ड्रेक के चौंकने का परिणाम था कि उनके हाथ से फूलदान छूट गया और हॉल के फर्श पर गिरकर चकनाचूर हो गया।"

"क्या आपने उस दरवाजे से किसी को बाहर निकलते देखा?"

"नहीं। मैं पहले ही बता चुकी हूं कि मेरी नजर उस दरवाजे की ओर थी ही नहीं। लेकिन उस दरवाजे से निकल कर कोई व्यक्ति हॉल में आया ही नहीं, यदि कोई व्यक्ति दरवाजे से बाहर निकला भी होगा तो मेरा ख्याल है कि वह व्यक्ति पुनः वापिस पुस्तकालय कक्ष के भीतर चला गया होगा।"

"इसके बाद श्रीमती ड्रेक ने क्या किया?"

"श्रीमती ड्रेक ने फूलदान के टूटने पर अफसोस जाहिर किया और सीढ़ियों से उतरकर नीचे आ गई। गुस्से व अफसोस की मिली-जुली भावना में उन्होंने फूलदान के टूटे हुए टुकड़ों को अपने पैरों से लात जमाकर इधर-उधर कर दिया। इतनी देर में मैं भी वहां पहुंच चुकी थी। मैंने तेजी से झाडू मारकर शीशे के टुकड़ों को एक किनारे रख दिया। क्योंकि पार्टी अभी चल ही रही थी, इसलिए उस समय इससे अधिक सफाई कर पाना संभव न था हालांकि सफाई की आवश्यकता तो काफी अधिक थी। इस समय तक बच्चे स्नैपड्रैगन प्रतियोगिता कमरे से बाहर निकलने लगे थे। थोड़ी देर में पार्टी समाप्त हो गई।"

"क्या श्रीमती ड्रेक ने चौंकने व चौंकने के कारण का आपसे कोई जिक्र नहीं किया?" पोइरो ने पूछा।

"नहीं, उन्होंने इस बारे में कोई चर्चा ही न की।"

"लेकिन आपको तो यह पूरा विश्वास है कि श्रीमती ड्रेक किसी चीज को देखकर चौंक पड़ी थीं?"

"जी हां। लेकिन यह भी संभव है कि मैं एक साधारण-सी बात को अनजाने में ही बहुत महत्त्व दे रही हूं। हो सकता है कि श्रीमती ड्रेक के चौंकने का कोई विशेष महत्त्व न हो।"

"मैं श्रीमती ड्रेक से केवल एक ही बार मिला हूं," पोइरो बोला—"यह मुलाकात भी तब हुई, जब मैं श्रीमती ऑलिवर के साथ एक बार श्रीमती ड्रेक के मकान पर उस स्थान पर

मुआयना करने गया था, जहां पर हत्या हुई थी। इस मुलाकात के दौरान श्रीमती ड्रेक से थोड़ी देर बातचीत की अपनी पहली ही मुलाकात में मुझे यह समझते देर न लगी थी कि श्रीमती ड्रेक एक मजबूत व आत्मविश्वासी स्वभाव की महिला है और किसी मामूली बात पर चौंक नहीं सकतीं। क्या आप मेरी इस बात से सहमत है?"

"मैं श्रीमती ड्रेक के बारे में आपके इस मूल्यांकन से सहमत हूं," एलिजाबेथ बोली—"वास्तव में मैं खुद भी यही सोच रही थी कि ऐसी कौन-सी बात हो सकती है, जिसने श्रीमती ड्रेक को चौंका दिया होगा।"

"क्या आपने उस समय श्रीमती ड्रेक से इस बारे में कोई सवाल न किया?"

"इस बारे में श्रीमती ड्रेक से किसी प्रकार की पूछताछ करने का मेरा कोई प्रयोजन ही न था," एलिजाबेथ बोली—"आप भूल रहे हैं कि उस समय श्रीमती ड्रेक मेरी मेजबान थीं और उनके हाथ से खूबसूरत फूलदान गिरकर चकनाचूर हो गया था। ऐसी स्थिति में उनसे यह पूछना कि उनके चौंकने का क्या कारण था एक अशोभनीय बात होती। लिहाजा मैंने उनसे इस प्रकार का कोई सवाल न पूछा।"

"आपके बयान के अनुसार इस घटना के थोड़ी देर बाद पार्टी समाप्त हो गई थी," पोइरो कुछ सोचते हुए बोलने लगा—"पार्टी के समाप्त होने पर बच्चों के अभिभावक उन्हें लेने आए थे और वे अपने-अपने बच्चों को लेकर चल दिए। यही वह समय था, जब सबका ध्यान जोइस के वहां उपस्थित न रहने पर गया। अब हम जानते हैं कि पार्टी के अन्त होने तक जोइस की हत्या हो चुकी थी और उसकी हत्या पुस्तकालय की ओर जाने वाले दरवाजे के भीतरी कक्ष की ओर जाने वाले पुस्तकालय-कक्ष में हुई थी। इस संदर्भ में किसी भी व्यक्ति का दरवाजा खोल बाहर हॉल में आने की चेष्टा करना और बाद में हाल के भीतरी कुछ लोगों को खड़ा देख पुनः दरवाजे के पीछे चला जाना महत्त्वपूर्ण हो सकता है कि यह व्यक्ति अन्त में पुस्तकालय से तब बाहर आया हो, जब पार्टी समाप्त होने पर लोगों की भीड़ बाहर आ रही हो और संभवतः यह व्यक्ति भी उस भीड़ व कोलाहल में मिल गया हो। मिस विटाकर, मुझे लगता है कि जोइस की हत्या का समाचार मिलने के पश्चात् ही आपको श्रीमती ड्रेक के अचानक उठने, उनके हाथ से फूलदान गिरकर चकनाचूर हो जाने तथा इन घटनाओं के महत्त्व के बारे में सोचने का ख्याल आया होगा।"

"जी हां," कुर्सी से खड़ी होकर एलिजाबेथ बोली—"मिस्टर पोइरो! इस बात के अतिरिक्त मेरे पास आपको बताने के लिए कुछ नहीं है। दरअसल यह बात बताना भी मेरी मूर्खता ही है। हो सकता है कि श्रीमती ड्रेक के चौंक उठने का कोई विशेष अर्थ न हो।"

"एक मिनट ठहरिये, मिस विटाकर," पोइरो बोला—"जाने से पहले मेरे एक या दो प्रश्नों का उत्तर अवश्य दे दीजिये।"

पोइरो की प्रार्थना पर मिस एलिजाबेथ विटाकर पुनः बैठ गयीं।

"ठीक है," वह बोली—"पूछिए।"

"क्या आप मुझे हेलोइन पार्टी में हुए कार्यक्रम की इकाइयों के क्रम के बारे में बता सकती हैं?"

"हां, हां, क्यों नहीं," एलिजाबेथ बोली और पार्टी के कार्यक्रम के बारे में सोचने लगी। "पार्टी का आरम्भ झाड़ू प्रतियोगिता से हुआ। इस प्रतियोगिता में सुसज्जित झाड़ू प्रदर्शित किये गये थे, जिनके लिए तीन या चार पुरस्कार भी निर्धारित थे। इसके बाद में गुब्बारों का खेल था, जिसमें गैस से भरे गुब्बारों को बच्चे कमरों में चारों ओर उड़ा रहे थे। ये खेल छोटी उम्र के बच्चों के मनोरंजन के लिए आयोजित किया गया था। इसके बाद लड़कियों के लिए आईनों का खेल था और हर लड़की को अपने-अपने आईनों में अपने काल्पनिक भावी पति की शक्ल दीखती थी।

"ऐसा किस प्रकार संभव हो पाया था?"

"ऐसा करना तो बहुत आसान है। यह एक तकनीकी जादू है, जो इस प्रकार की तकनीक में दिलचस्पी रखने वाले कुछ नवयुवकों ने आयोजित किया था। उस कमरे के दरवाजे के ऊपरी हिस्से में एक चौकोर भाग को काट लिया गया था और इसमें से बारी-बारी से कोई व्यक्ति अन्दर झांकता था। अन्दर झांकने वाले व्यक्ति की शक्ल की परछाई आईने में पड़ती थी और आईने के पास बैठी लड़की उस शक्ल वाले व्यक्ति को अपना भावी पति जान लेती थी।"

"क्या उन लड़कियों को यह पता चल जाता था कि आईने में वे किसकी शक्ल देख रही हैं?"

एलिजाबेथ बोली—"लेकिन अधिकतर लड़कियां इस बारे में अनभिज्ञ ही रही थीं। इसका कारण यह है कि दरवाजे से भीतर झांकने वाले अधिकतर नवयुवकों ने या तो अपने मुंह विभिन्न प्रकार के आकर्षक मुखौटों से ढक रखे थे अथवा कुछ प्रसाधनों का प्रयोग कर अपनी शक्ल में परिवर्तन करने की कोशिश की थी। इस खेल के कारण लड़कियों में हंसी-खुशी का वातावरण बना रहा। इसके बाद इसी प्रकार की कुछ और प्रतियोगिताएं भी हुई। फिर नृत्य हुए और नृत्यों के बाद डिनर हुआ। कार्यक्रम की अन्तिम इकाई स्नैपड्रैगन प्रतियोगिता ही थी।"

"आपने जोइस को अंतिम बार कब देखा?"

"मुझे कुछ याद नहीं आ रहा है कि मैंने उसे अंतिम बार कब देखा, "एलिजाबेथ विटाकर बोली—"दरअसल मैं उसे अच्छी प्रकार जानती भी न थी। जोइस मेरी कक्षा में नहीं थी। वह स्कूल के मेधावी या प्रतिभाशाली छात्रों में भी न थी। इसलिए मैंने उसकी ओर कभी कोई विशेष ध्यान न दिया था। मेरा ख्याल है कि पार्टी में मैंने उसे केवल झाड़ू प्रतियोगिता में ही देखा, जो पार्टी के आरंभ में ही हो गई थी। इसके बाद मुझे ध्यान नहीं आ रहा कि मैंने उसे पुनः देखा अथवा नहीं।"

"क्या आपने उसे किसी व्यक्ति के साथ पुस्तकालय की ओर जाते नहीं देखा?"

"नहीं," एलिजाबेथ ने दृढ़ता से जवाब दिया—"यदि मैंने उसे पुस्तकालय की ओर जाते देखा होता तो मैं शुरू में ही आप से यह कह देती। इस मामले की गुत्थी को सुलझाने के लिए यह एक महत्त्वपूर्ण तथ्य बन जाता है।"

"केवल एक प्रश्न और," पोइरो ने कहा—"आप इस स्कूल में कितने वर्ष से पढ़ा रही है?"

"लगभग छः वर्ष से।"

"आपके विषय क्या हैं?"

"गणित और लैटिन भाषा।"

"क्या आपको जेनट व्हाइट नाम की एक लड़की याद है, जो लगभग दो वर्ष पूर्व यहां पढ़ाती थी?" पोइरो ने पूछा।

जेनट व्हाइट का नाम सुनकर मिस एलिजबोथ विटाकर चौंक उठीं, किंतु कुछ सोचकर पुनः नीचे बैठ गई।

"लेकिन....लेकिन जेनट व्हाइट का इस मामले से कोई मतलब नहीं है," वह बोली।

"दुनिया में कोई चीज असम्भव नहीं है," पोइरो दार्शनिक अन्दाज में बोला।

"लेकिन कैसे? मेरी तो कुछ भी समझ में नहीं आ रहा है," एलिजाबेथ हताश-सी होकर बोली। जाहिर था कि हत्या से सम्बन्धित कई और तथ्यों के बारे में एलिजाबेथ बिलकुल अनभिज्ञ थी।

"अपनी हत्या से पहले जोइस ने यह दावा किया था कि कुछ वर्ष पूर्व उसने अपनी आंखों के सामने एक हत्या होते देखी थी," पोइरो ने एलिजाबेथ को बताया—"क्या यह हत्या जेनट व्हाइट की हो सकती है? इस बारे में तुम्हारा क्या विचार है? जेनट व्हाइट की हत्या कैसे की गई थी?"

"एक शाम स्कूल से घर लौटते हुए हत्यारे ने जेनट का गला घोंट दिया था," एलिजाबेथ बोली।

"क्या उस समय जेनट अकेली थी?"

"नहीं, शायद नहीं।"

"क्या उसके साथ नोरा एम्ब्रोस थीं?"

"आप नोरा एम्ब्रोस के बारे में क्या जानते हैं?"

"फिलहाल कुछ भी नहीं," पोइरो ने कहा—"लेकिन मैं उसके बारे में भी जानकारी हासिल करना चाहता हूं। जेनट व्हाइट और नोरा एम्ब्रोस के बारे तुम्हारा क्या विचार है?"

"वे दोनों असामान्य रूप से कामुक थीं," एलिजाबेथ बोली—"लेकिन उनके स्वभाव और व्यवहार में काफी अन्तर भी था। लेकिन जोइस का इस मामले से भला क्या सम्बन्ध हो सकता है? जेनट की हत्या जंगल के पास एक पगडंडी पर हुई। उस समय जोइस केवल 10-11 वर्ष की रही होगी।"

"दोनों में से किसका ब्वॉयफ्रेंड था?"

"यह बात पुराने इतिहास का हिस्सा हो गई है," एलिजाबेथ बोली—"पुरानी बातों को कुरेदने से क्या लाभ?"

"कई बार पुरानी बातें वर्तमान समस्याओं को हल कर देती हैं," पोइरो ने कहा—"जीवन का अनुभव हमें यही सिखाता है। नोरा एम्ब्रोस आजकल कहां हैं?"

“नोरा ने इस स्कूल से त्यागपत्र दे दिया और उत्तरी इंग्लैंड के एक स्कूल में नौकरी कर लीं,” एलिजाबेथ बोली—“जेनट की हत्या के बाद वह यहां काफी मायूस रहने लगी थी। उसका मायूस रहना काफी स्वाभाविक भी था। जेनट व नोरा गहरी मित्र थी।”

“क्या पुलिस इस मामले को सुलझा नहीं पाई?”

“नहीं,” एलिजाबेथ ने नकारात्मक लहजे में सिर हिलाया।

फिर कलाई पर लगी घड़ी पर नजर डाल एलिजाबेथ पुनः बोली, “अच्छा अब मुझे चलना चाहिए।”

“इन जरूरी सूचनाओं के लिए धन्यवाद,” पोइरो बोला और मिस एलिजाबेथ विटाकर को अलविदा किया।

ग्यारह

पोइरो ‘क्वैरी हाउस’ पहुंचा और इसके मुख्य दरवाजे को देखने लगा। क्वैरी हाउस नाम का यह मकान विक्टोरियन स्थापत्यकला का एक बेहतरीन नमूना था। हालांकि पोइरो इस मकान के अन्दर दाखिल नहीं हुआ था, लेकिन मकान के बाहर से ही वह इस बात का अनुमान लगा सकता था कि इसके भीतर की साजसज्जा किस प्रकार की रही होगी।

पोइरो ने देखा कि मकान की बाहरी खिड़कियों पर पर्दे लगे हुए थे। वह आगे बढ़ा व दरवाजे पर लगी घंटी को बजाया। थोड़ी देर में सफेद बालों वाली एक दुबली-पतली महिला बाहर निकली और उसने पोइरो को बताया कि कर्नल व श्रीमती वेस्टन लंदन गए हुए है और अगले सप्ताह तक लौट कर नहीं आयेंगे।

पोइरो ने इस महिला से क्वैरी उद्यान के बारे में पूछा, जिसका वह निरीक्षण करना चाहता था। इस महिला ने बताया कि यह उद्यान आम जनता के मनोरंजन के लिए खुला हुआ है, तथा इसमें अन्दर जाने कोई फीस नहीं ली जाती है। उसने आगे बताया कि यह उद्यान मकान से पांच मिनट के फासले पर है और सड़क के पास इस उद्यान की ओर संकेत देने वाला एक बोर्ड लगा है। महिला का धन्यवाद कर पोइरो ‘क्वैरी उद्यान’ की ओर बढ़ चला और जल्दी ही वहां पहुंच गया। उद्यान के भीतरी बजरी बिछे हुए रास्ते पर चलता हुआ वह उद्यान के घने पेड़ों व झाड़ियों के पास पहुंचा और सोच में डूब गया।

पोइरो के मस्तिष्क में विभिन्न लोगों से हुई बातचीत के दौरान मालूम हुए कुछ तथ्य बार-बार घूम रहे थे। उसे इन तथ्यों तथा वाक्यों में एक निश्चित पैटर्न उभरता नजर आ रहा था। एक जाली वसीयतनामा तथा एक लड़की। एक जाली वसीयतनामा एक लड़की के पक्ष में बनाया गया था और फिर वह लड़की अचानक गायब हो गई थी। एक नवयुवक कलाकार को किसी अन्य देश में पत्थरों व चट्टानों से भरे एक क्षेत्र में भूमिगत उद्यान बनाने के लिए यहां बुलाया गया था। यह उद्यान श्रीमती लैलविन स्मिथ के निर्देश पर बनाया गया था और श्रीमती स्मिथ को इस प्रकार के एक उद्यान बनाने की प्रेरणा आयरलैंड से मिली थी, हां वह उद्यानों का निरीक्षण करने के लिए एक दौरे पर गई थी।

पोइरो को याद आया कि वह स्वयं पांच या छः वर्ष पूर्व आयरलैंड गया था। वह वहां किसी पुराने खानदानी परिवार में हुई चांदी की चोरी के बारे में तहकीकात करने गया था। इस मामले के बारे में कुछ दिलचस्प पहलू सामने आए थे और ये पहलू ही उसे आयरलैंड ले गए थे। इस मामले को सफलतापूर्वक सुलझाकर पोइरो ने कुछ दिनों का अवकाश लिया था और आयरलैंड का भ्रमण किया था।

आयरलैंड भ्रमण के दौरान पोइरो ने कहीं एक ऐसा उद्यान देखा था, जो अपने निर्माण में क्वैरी उद्यान जैसा ही दीखता था। वास्तव में क्वैरी उद्यान आयरलैंड के उद्यान से प्रेरित दीखता था। पोइरो की ठीक प्रकार से याद नहीं आ रहा था कि वह उद्यान उसने कहां देखा था। किलार्नी में? नहीं, वह उद्यान किलार्नी में नहीं हो सकता था। वह उद्यान बैट्री बे के नजदीक था। पोइरो को उस उद्यान विशेष की याद इसलिए आ रही थी, क्योंकि यह उद्यान विश्व के सभी प्रसिद्ध उद्यानों से अलग किस्म का था। पोइरो ने विश्व के कई मशहूर उद्यान देखे थे, किंतु आयरलैंड का वह उद्यान सभी से भिन्न था।

पोइरो को याद आया कि वह उद्यान देखने के लिए कुछ लोगों के एक छोटे समूह में नाव पर गया था। नाव पर सवार होकर वे सभी लोग एक छोटे द्वीप की ओर गए थे। वह द्वीप आमतौर पर कोई इस प्रकार का द्वीप नहीं दीख रहा था, जिसे देखने सैलानी आते हों। इसमें काफी पानी व कीचड़ भरा हुआ था और इस समय यहां तेज हवाएं चल रही थीं। द्वीप पर पहुंचकर पोइरो को लग रहा था कि उसे यहां नहीं आना चाहिए था और यहां आकर उसने शायद कोई गलती की है। उसे हैरानी हो रही थी कि यहां ऐसी क्या विशेष बात थी कि जिसे दिखाने के लिए उसे यहां लाया गया था।

यात्रियों के इस समूह के अन्य लोग बातचीत करते व हंसते-गाते हुए चल रहे थे। पोइरो हवा में उड़ रहे अपने ओवरकोट को संभालता हुआ व कीचड़ से अपने जूतों को बचाता हुआ उनके पीछे चल रहा था। द्वीप के चारों ओर झाड़ियां व हल्के-फुल्के पेड़ थे। पोइरो को यह नजारा देख हैरानी हो रही थी कि उसे यहां कौन-सा दर्शनीय स्थल दिखाने के लिए लाया गया था।

लेकिन तभी कुछ पेड़ों को पारकर पोइरो एक ऐसे स्थान पर पहुंचा, जहां कुछ सीढ़ियां नीचे की ओर जा रही थी और नीचे एक ऐसा उद्यान था, जो किसी परीलोक के समान दीख रहा था। इस उद्यान के फूल व पौधे, पेड़ व झाड़ियां, उद्यान के बीच से बह रही सरिता और उद्यान के बीच बने रास्ते व पंगडडियां इतने खूबसूरत थे कि बस देखते ही बनते थे। उद्यान के चारों ओर सुरम्य पहाड़ियां थी, जो एक अंगूठी के समान उद्यान को सुशोभित कर रही थीं। आयरलैंड के इस उद्यान के बारे में सोचते-सोचते पोइरो के सामने उस उद्यान का चित्र बिलकुल स्पष्ट हो गया और उसे यह समझते देर न लगी कि यही वह उद्यान होगा, जिसने श्रीमती लेलविन स्मिथ को क्वैरी उद्यान बनाने की प्रेरणा दी होगी। उसे देखकर श्रीमती स्मिथ के दिमाग में यह विचार आया होगा कि वह भी धन, समय व शक्ति का प्रयोग कर इंग्लैंड के इस भाग में इस प्रकार का एक भूमि के भीतर धंसा हुआ खूबसूरत उद्यान बना सकती हैं।

यह निश्चय कर श्रीमती स्मिथ एक ऐसे कलाकार को तलाश में थीं, जो उनकी अमूर्त कल्पना को साकार कर दें। माइकेल गारफील्ड में उन्हें इसका एक प्रशिक्षित कलाकार मिल गया और वे उसे यहां ले आई। उन्होंने माइकेल गारफील्ड को न केवल अच्छा वेतन दिया, बल्कि उसके आवास के लिए यहां एक मकान भी बनवाकर दे दिया। इस क्वैरी उद्यान को देखकर पोइरो को लगा कि माइकेल गारफील्ड ने वास्तव में ही श्रीमती स्मिथ की कल्पना को साकार किया है और एक अद्वितीय किस्म का उद्यान बनाया है।

पोइरो आगे बढ़ा और वहां रखे एक बैंच पर बैठ गया। इस समय पतझड़ का मौसम था और इस उद्यान में पतझड़ के ही फूल व पत्तियां लगे हुए थे। कुछ समय बाद बसन्त का मौसम आने वाला था और इसके अनुरूप ही इस उद्यान में परिवर्तन होना अवश्यम्भावी था। यदि पतझड़ के मौसम में फूल व पत्तियां इतने खूबसूरत लग सकते थे तो बसंत ऋतु में इस उद्यान की छटा तो निराली ही होगी। इस उद्यान की खूबसूरती का एक अन्य पहलू यह था कि ऐसा लगता था मानो इस उद्यान के फूल व पौधे प्राकृतिक रूप से स्वयंमेव ही उग रहे हैं और उनमें किसी भी प्रकार का मानव हस्तक्षेप नहीं हुआ है। वास्तव में यह बात न थीं, इस उद्यान की खूबसूरती का एक-एक पहलू इस उद्यान का एक एक पौधा और वृक्ष मानव प्रयत्न व योजना का परिणाम था। किन्तु इस उद्यान की कल्पना और फिर इस कल्पना का क्रियान्वयन इस प्रकार हुआ था कि यहां सब कुछ प्रकृति का एक ऐसा करिश्मा लग रहा था, जिसमें मानव प्रयत्नों के लिए कोई स्थान ही न हो।

पोइरो सोच रहा था इस प्रकार के उद्यान के बारे में श्रीमती स्मिथ की परिकल्पना और माइकेल गारफील्ड द्वारा उसको मूर्त रूप दिए जाने में पूरी एकरूपता थी अथवा नहीं। कल्पना और व्यवहार का एकरूपता होना आवश्यक होता है और इनके समन्वय के बिना कला का यह रूप नहीं निखर पाता, जो आदर्श रूप में निखरना चाहिए। उद्यानों के क्षेत्र में श्रीमती लैलविन स्मिथ को काफी ज्ञान था। वे रॉयल हार्टिकल्चरल सोसाइटी की सदस्या थी और सभी उद्यानों व फूल प्रदर्शिनयों को देखने जाती थीं। वह इस क्षेत्र में अपने ज्ञान को बढ़ाने के लिए विदेशों की यात्राएं भी करती थीं। लेकिन क्या इस क्षेत्र में काफी ज्ञान होना तथा किसी आदर्श उद्यान के बारे में दिमाग में कोई परिकल्पना होना अपने आप में पर्याप्त था। पोइरो के विचार में यह काफी न था। श्रीमती स्मिथ मालियों व उद्यान विशेषज्ञों को आदेश दे सकती थी और अपने आदेशों को क्रियान्वित करवा सकती थीं। लेकिन क्या वह यह जान सकती थीं कि उसके निर्देशों को अमल में लाए जाने के बाद उद्यान का जो अंतिम रूप होगा, वह कैसा होगा? क्या वह उसकी मूल परिकल्पना के अनुरूप होगा? आरम्भ के वर्षों में श्रीमती स्मिथ के लिए ऐसा सोच पाना संभव न था। उद्यान के बनने के साथ-साथ ही यह बात उत्तरोतर स्पष्ट हो सकती है कि उद्यान का अंतिम रूप क्या होगा।

माइकेल गारफील्ड एक प्रशिक्षित कलाकार था। वह यह समझने में कि श्रीमती स्मिथ की परिकल्पना क्या थी तथा इसको विभिन्न चरणों में पूरा करने में सक्षम था। वह जानता था कि पत्थरों व चट्टानों को किस प्रकार फूलों की घाटी में परिवर्तित किया जा सकता है। इस उद्यान

की योजना उसने खुद ही बनाई थी और वह इस योजना को अमल में लाते हुए असीमित खुशी महसूस कर रहा था। इस काम को पूरा करने लिए धन की कोई कमी न थी। श्रीमती स्मिथ के पास काफी धन था और वह इस धन को उद्यान की योजना में उदार रूप से खर्च कर रही थी। महंगे पौधों का विदेशों से आयात किया जा रहा था तथा मित्रों व शुभचिंतकों की सहायता से दुर्लभ पेड़-पौधे लाए जा रहे थे।

पोइरो सोचने लगा कि क्वैरी हाउस में कौन लोग रहते थे। उसे स्पैंस ने केवल इतना ही बताया था कि उस मकान में एक रिटायर्ड कर्नल व उसकी पत्नी रहते हैं। उसे लगा कि स्पैंस को उनके बारे में उसे अधिक जानकारी देनी चाहिए थी। इस मकान को देखकर पोइरो को लग रहा था कि इस मकान में रहने वाले लोगों को इससे उतना प्यार न था, जितना श्रीमती लैलविन स्मिथ को रहा होगा।

वह सोचता हुआ पोइरो आगे बढ़ा और ऐसी पगडंडी पर चलने लगा, जहां किसी प्रकार की सीढ़ियां या ऊंचाई न थी। उसे लगा कि इस भूमिगत उद्यान में जहां चट्टानों से बनी सीढ़ियों तथा ऊंचाई-निचाई से भरे रास्तों की भरमार थी, इस प्रकार की समान धरातल की पगडंडियां व रास्ते उस जैसे बूढ़े लोगों की सुविधा के लिए बनाए गए थे। आखिर इस स्वर्गनुमा बाग का निर्माता माइकेल गारफील्ड कौन था? उद्यान को देखकर यह तो स्पष्ट था कि वह एक अच्छा कलाकार व योजनाशास्त्री था और उसने अपने काम में सहायता करने के लिए सही व्यक्तियों का चुनाव किया था। पोइरो की इच्छा हुई कि वह उस व्यक्ति से मिले। क्या वह इस समय उस मकान में ही होगा, जो मकान श्रीमती लैलविन ने उसे बनाकर दिया था।

तभी सामने की ओर कुछ देखकर पोइरो चौंक उठा। पगडंडी के दूसरे छोर पर एक घने पेड़ के पास पोइरो को कुछ ऐसा दिखाई दिया, जिसने उसे चौंका दिया। क्या यह आकृति थी अथवा धूप व छाया के मिलन से बन रही कोई मृगमरीचिका?

"यह मैं क्या देख रहा हूं?" पोइरो ने सोचा, "इस जादुई उद्यान में इस प्रकार की जादुई चीजों का दिखना या वास्तव में कोई मानवीय जादुई घटना का होना अप्रत्याशित बात नहीं लगती। यहां तो कुछ भी संभव हो सकता है।"

अचानक पोइरो को याद आया कि स्पैंस की बहन ने उसे बताया था कि वर्षों पहले यहां हत्या हुई थी। उस समय इस स्थान पर यह खूबसूरत उद्यान न था, बल्कि इसके स्थान पर चट्टाने थीं। इनमें से ही कोई चट्टान खून से रंगी होगी। किन्तु अब उन चट्टानों, पत्थरों व बंजर भूमि का स्थान इस उद्यान ले लिया था तथा उस हत्या की निशानी हमेशा के लिए समाप्त हो गई थी। इसके बाद माइकेल गारफील्ड यहां आया था और उसने श्रीमती स्मिथ के असीमित धन का उपयोग कर इस उद्यान की स्थापना की थी।

अब पोइरो को पगडंडी के दूसरे छोर पर खड़ी आकृति स्पष्ट रूप से दीख रही थी। घने वृक्ष के लाल पत्तों की पृष्ठभूमि में खड़ी वह आकृति एक नवयुवक की थी, जो असाधारण रूप से खूबसूरत था। आज कल इस प्रकार के खूबसूरत नवयुवक नहीं मिलते। दरअसल आधुनिक युग में नवयुवकों में खूबसूरती की परिकल्पना के मापदंड ही बदल गए हैं। यह नवयुवक जिस रूप में

खूबसूरत था, उस प्रकार की खूबसूरती केवल पौराणिक युग में ही मिलती थी और इस प्रकार की खूबसूरती के हमारे मापदंड पौराणिक कल्पनाओं पर ही आधारित हैं।

पोइरो पगडंडी पर आगे चला और उसके दूसरे छोर पर आ गया। उसके वहां पहुंचने पर नवयुवक वृक्षों के झुरमुट से निकल पोइरो से मिलने के लिए आगे बढ़ा। अब पोइरो उस नवयुवक को ध्यान से देख सकता था। नजदीक से देखने पर उम्र में उतना छोटा नहीं दीख रहा था, जितना छोटा वह दूर से दिखाई दे रहा था। उसकी उम्र 30 वर्ष से अधिक दीख रही थी। संभव था कि वह शायद 40 वर्ष का रहा हो। उसके मुख पर एक हल्की मुस्कान तैर रही थी, जो शायद यह दर्शाती थी कि मानो वह पोइरो को पहचानता था। वह लम्बा व छरहरे बदन का था और उसके नाक-नक्श इस प्रकार के बने थे मानो उन्हें किसी मूर्तिकार ने गढ़ा हो। उसके बाल काले व लम्बे थे।

"मैं इलाके में अजनबी हूं और केवल यह खूबसूरत उद्यान देखने के लिए ही यहां चला आया हूं," पोइरो ने नवयुवक से कहा—"मुझे आशा है कि मेरे यहां आने से आपको कोई एतराज नहीं है।"

"वास्तव में यह उद्यान सार्वजनिक उपयोग के लिए नहीं बनाया गया है," नवयुवक इस अन्दाज में बोला मानो उसका ध्यान पोइरो की ओर न होकर किसी अदृश्य व अमूर्त कल्पना की ओर हो—"लेकिन अकसर लोग यहां चले आते हैं। कर्नल वैस्टन व उनकी पत्नी दोनों ही भले लोग हैं और किसी को यहां आने से नहीं रोकते। वे केवल यही चाहते हैं कि कोई व्यक्ति इस उद्यान में किसी चीज को क्षति न पहुंचाए।"

"इस बात की संभावना काफी कम है। वैसे भी यह उद्यान निर्जन है। वास्तव में तो यह उद्यान प्रेमी-जोड़ों के लिए आदर्श चीज है।"

"लेकिन प्रेमी लोग यहां नहीं आते," नवयुवक बोला—"न जाने क्यों प्रेमियों के लिए इस स्थान को अशुभ माना जाता है।"

"क्या आप कोई कलाकार हैं?" पोइरो ने पूछा।

"मेरा नाम माइकेल गारफील्ड है।"

"क्या इस उद्यान का निर्माण आपने ही किया है?"

"जी हां।"

"यह उद्यान वास्तव में बहुत खूबसूरत है," पोइरो बोला—"इंग्लैंड के इस हिस्से में जो बहुत नीरस-सा है, इस प्रकार का एक उद्यान होना वास्तव में बहुत अच्छा है। मैं इस प्रशंसनीय काम के लिए आपको मुबारकबाद देता हूं। आप अपनी इस रचना से अवश्य संतुष्ट होंगे।"

"कलाकार अपनी रचना से कभी संतुष्ट नहीं होता। अपनी कल्पना में वह सदा बेहतर काम कर दिखाना चाहता है।"

"मैंने सुना है कि यह उद्यान आपने श्रीमती लैलविन स्मिथ के लिए बनाया था, जिनका अब देहान्त हो गया है," पोइरो ने कहा—"अब क्वैरी हाउस में एक रिटायर्ड कर्नल वैस्टन व उनकी पत्नी रहती है। क्या इस उद्यान के मालिक भी अब वे ही हैं?"

"जी हां," गारफील्ड बोला—"कर्नल साहब को यह मकान कम कीमत पर मिल गया। वह मकान कुछ इस प्रकार से बना है कि इसे खरीदने के लिए अधिकतर लोग इच्छुक न थे, श्रीमती स्मिथ ने अपने वसीयतनामे में यह मकान मुझे दिया था।"

"क्या आपने ही इस मकान को बेच दिया?"

"जी हां।"

"और क्वैरी उद्यान?"

"वह भी मकान के साथ बिक गया," माइकेल गारफील्ड बोला।

"लेकिन क्यों?" पोइरो बोल उठा "यह तो एक अजीब बात है। मुझे विश्वास है कि आपको मेरे इन सवालों पर आपत्ति नहीं है?"

"आपके सवालात कुछ असाधारण किस्म के हैं।"

"ये सवाल पूछने के पीछे मेरा कोई विशेष प्रयोजन नहीं हैं," पोइरो बोला—"मैं तो केवल कौतूहलवश ये सवाल पूछ रहा हूं। मैं यह जानने की कोशिश कर रहा हूं कि कोई विशेष व्यक्ति किसी विशेष प्रकार से क्यों व्यवहार करता है?"

"इस प्रकार की जिज्ञासाओं का समाधान तो कोई वैज्ञानिक ही कर सकता है।"

"आपने अभी बताया कि आप इस उद्यान के निर्माण से पूरी तरह संतुष्ट नहीं है—ठीक इसी प्रकार जिस तरह कोई कलाकार अपनी रचना से संतुष्ट नहीं होता," पोइरो बोला—"लेकिन क्या आपकी मालकिन इस उद्यान के निर्माण से संतुष्ट थीं?"

"मेरे विचार में वे इस उद्यान के निर्माण से संतुष्ट थी," माइकेल गारफील्ड बोला "आमतौर पर उन्हें संतुष्ट करना मुश्किल नहीं था।"

"मुझे तो यह सुनकर आश्चर्य हो रहा है," पोइरो ने कहा—"मेरी जानकारी के अनुसार श्रीमती स्मिथ 60-65 वर्ष की रही होगी।

"दरअसल मैंने उन्हें विश्वास दिला दिया था कि मैंने उनके निर्देशों का सही पालन कर उनकी कल्पना को साकार कर दिया है।"

"क्या वास्तव में तुमने ऐसा किया है?"

"क्या आप पूरी गंभीरता से मुझसे यह प्रश्न कर रहे हैं?" गारफील्ड ने कहा।

"हां कुछ ऐसा ही समझो।"

"तो सुनिए," माइकेल गारफील्ड ने कहना आरम्भ किया—"जीवन में सफलता के लिए किसी भी कलाकार को अपनी कला के साथ तो न्याय करना ही होता है, किंतु इसके साथ-साथ अपनी कला को बेचना भी होता है। यदि कोई कलाकार केवल आंख मूंदकर ही अपने मालिक के निर्देशों का पालन करता रहे तो, वह अपनी कला के साथ न्याय नहीं कर सकता। इस उद्यान को बनाने में अपने मूलरूप से अपनी ही कल्पना को साकार रूप दिया है और फिर कल्पना को अपनी मालकिन श्रीमती स्मिथ को यह कह कर बेच दिया कि यह वास्तव में उनकी ही कल्पना है और मैंने उनके ही निर्देशों का पालन किया है। मैं मानता हूं कि यह एक दुकानदारी की

तकनीक है, लेकिन कला को जीवन में सफल होने के लिए इस तकनीक का भी सहारा लेना पड़ता है।"

"तुम एक असामान्य किस्म के व्यक्ति हो," पोइरो कह उठा—"थोड़े से घमंडी भी।"

"शायद!"

"तुमने इस बंजर व पथरीली जमीन में यह उद्यान बनाकर वाकई एक उम्दा काम किया है," पोइरो बोला—"तुम्हारी कल्पना और इस कल्पना का सफलतापूर्वक क्रियान्वयन दोनों के लिये ही तुम बधाई के पात्र हो। यह बधाई तुम्हें एक ऐसा बूढ़ा व्यक्ति दे रहा है, जो जीवन में अपने काम के अन्तिम चरण पर पहुंच चुका है।"

"लेकिन इस समय तो आप अपना काम जारी रखे हुए हैं?" गारफील्ड बोला।

"तो क्या तुम मुझे जानते हो?" पोइरो ने खुशी व हैरानी की मिली-जुली भावना में जवाब दिया।

"आप एक हत्या की तहकीकात करते हुए यहां तक पहुंचे हैं," गारफील्ड ने जवाब दिया—"आप भूल रहे हैं कि यह एक छोटा-सा इलाका है और यहां हर छोटा-बड़ा समाचार तेजी से फैल जाता है। आपको यहां लाने का श्रेय एक अन्य व्यक्ति को है, जो अपने व्यवसाय में बहुत सफल है।"

"क्या तुम्हारा मतलब श्रीमती ऑलिवर से है?"

"हां। श्रीमती एरियाडन ऑलिवर एक सफल उपन्यासकार है। अकसर लोग उनसे मिलना चाहते हैं और विभिन्न समस्याओं पर उनके विचार जानना चाहते हैं। आमतौर पर यह समस्याएं होती हैं छात्र अशांति, समाजवाद, लड़कियों को किस प्रकार के वस्त्र पहनने चाहिए, क्या स्कूलों में यौन शिक्षा दी जानी चाहिए अथवा नहीं, आदि आदि।"

"लेकिन अफसोस की बात यह है कि लोग इन समस्याओं पर भी श्रीमती ऑलिवर के विचारों से लाभान्वित नहीं होते," पोइरो बोला—"उनसे मिलने व बातचीत करने के बाद लोग केवल इतना ही जान पाते हैं कि उन्हें सेब अच्छे लगते हैं। श्रीमती ऑलिवर पिछले 20 वर्षों से उपन्यासकार के रूप में प्रसिद्ध हैं और अपने इस अनुभव को अब भी दोहराती रहती हैं।"

"सेबों से जुड़ा एक मामला ही आपको यहां खींच लाया है।"

"हां, ये सेब हेलोइन पार्टी में थे," पोइरो बोला—"क्या तुम उस पार्टी में नहीं गये थे?"

"नहीं।"

"तो तुम अवश्य भाग्यशाली हो।"

"भाग्यशाली! क्यों?"

"किसी ऐसी पार्टी में उपस्थित होना जहां हत्या हुई हो, सुखदायक अनुभव नहीं है," पोइरो बोला—"यह अच्छा ही हुआ कि तुम यहां उपस्थित नहीं थे। यदि तुम वहां उपस्थित होते तो तुमसे कई प्रकार के अजीबोगरीब सवाल पूछे जाते। क्या तुम उस बच्ची को जानते थे?"

"हां, मैं रेनोल्ड्स परिवार से अच्छी प्रकार परिचित हूं। दरअसल मैं इस इलाके में रहने वाले लगभग सभी परिवारों से परिचित हूं। आप जानते ही हैं कि वुडले कॉमन एक छोटा-सा इलाका है और यहां रहने वाले सभी परिवार आमतौर से एक दूसरे से परिचित है।"

"उस लड़की जोइस के बारे में तुम क्या जानते हो?"

"मैंने उस लड़की पर कभी कोई विशेष ध्यान नहीं दिया। मुझे उसके बारे में केवल इतना ही याद आ रहा है कि उसकी आवाज अच्छी नहीं थी। उसमें कड़वाहट व तीखापन मिला हुआ था। वैसे मुझे बच्चों में कभी कोई विशेष दिलचस्पी नहीं रही है। बच्चों की संगति में मैं बोर हो जाता हूं। मुझे याद आ रहा है कि वह केवल अपने बारे में ही बात करती रहती थी।"

"क्या वह एक दिलचस्प लड़की नहीं थी?"

"मेरे विचार में नहीं," गारफील्ड हैरानी दिखाता हुआ बोला—"क्या जोइस का दिलचस्प होना जरूरी था?"

"मेरे विचार में केवल उन्हीं लोगों की हत्या होने की अधिक संभावना होती है, जो किसी-न-किसी रूप में दिलचस्प होते हैं," पोइरो बोला—"अकसर हत्या के पीछे कोई-न-कोई कारण अवश्य होता है और इन कारणों के होने के लिए उस व्यक्ति का किसी न किसी प्रकार से दिलचस्प होना लाजिमी है।"

यह कहकर पोइरो कलाई पर लगी घड़ी में समय देखने लगा।

"अच्छा, अब मैं चलता हूं," वह बोला—"मैंने किसी व्यक्ति को मिलने का समय दिया है। आज की बातचीत के लिये धन्यवाद।"

यह कहकर पोइरो लम्बे डग भरता हुआ उद्यान से बाहर निकल आया।

उद्यान के दरवाजे से तीन रास्ते तीन दिशाओं में जा रहे थे, इनमें से बीच के रास्ते पर किनारे पर रखे एक बड़े पत्थर पर एक लड़की बैठी हुई थी। उसकी बातचीत से पोइरो को लगा कि वह उसी का इन्तजार कर रही थी।

"आप मिस्टर हर्क्यूल पोइरो हैं, हैं ना?" उसने पूछा।

उस लड़की की आवाज साफ व मीठी थी। वह छरहरे बदन की थी और उसके व्यक्तित्व में कोई ऐसी बात थी, जिससे लगता था मानो वह इस दुनिया की नहीं, बल्कि किसी और दुनिया से आयी थी।

"हां, मेरा नाम पोइरो है'',

पोइरो ने इस नन्हीं बच्ची से प्रभावित होकर कहा।

"मैं आपसे ही मिलने आई हूं," लड़की बोली—"आप हमारे साथ चाय पीने आ रहे हैं ना।"

"श्रीमती बटलर व श्रीमती ऑलिवर के साथ? हां।"

"श्रीमती बटलर मेरी मम्मी हैं और श्रीमती ऑलिवर को मैं आंटी कहती हूं," लड़की ने जवाब दिया—"आप पहले ही काफी लेट हो गये हैं।"

"मुझे लेट हो जाने का अफसोस है। दरअसल मैं एक व्यक्ति से बात करने में उलझ गया था।"

"मैं जानती हूं," लड़की बोली—"आप माइकेल से बातचीत कर रहे थे ना?"

"क्या तुम उसे जानती हो?"

"हां। हम काफी समय से यहां रह रहे हैं। मैं यहां रहने वाले हर व्यक्ति को जानती हूं।"

"यदि तुम बुरा न मानो तो क्या मैं तुम्हारी उम्र जान सकता हूं?"

"मेरी उम्र 12 वर्ष है," लड़की ने जवाब दिया—"मैं अगले वर्ष बोर्डिंग स्कूल में जा रही हूं।"

"क्या तुम बोर्डिंग स्कूल में जाना पसन्द करोगी?"

"यह तो मैं बोर्डिंग स्कूल पहुंचकर व वहां कुछ समय रह कर ही बता सकती हूं," लड़की बोली—"पहले मुझे यह जगह बहुत अच्छी लगती थी, किन्तु अब न जाने क्यों मेरा दिल यहां से उखड़ने लगा है। अच्छा, अब आप देर न करिये और मेरे साथ चलिये।"

"बेशक। मैं तुम्हारे साथ चलने के लिए तैयार हूं," पोइरो बोला—"मुझे फिर अफसोस है कि मैं समय पर तुम्हारे पास नहीं पहुंच पाया।"

"कोई बात नहीं।"

"तुम्हारा नाम क्या है?"

"मिरांडा।"

"तुम्हारा नाम खूबसूरत होने के साथ-साथ बहुत महत्त्वपूर्ण भी है," पोइरो ने कहा।

"क्या आप शेक्सपीयर के नाटक 'टैम्पेस्ट' के बारे में तो नहीं सोच रहे?"

"हां। क्या तुम शेक्सपीयर को पढ़ती हो?"

"मिस एमलिन हमें शेक्सपीयर पढ़ाती हैं," मिरांडा बोली—"मुझे शेक्सपीयर बहुत अच्छा लगता है। मुझे शेक्सपीयर की रचनाओं से अधिक सुन्दर व खूबसूरत कोई और रचना नहीं लगती।"

यह कहकर मिरांडा न जाने किन विचारों में डूब गई। फिर अचानक वह चौंक उठी और बोली—"चलिए, हम इस रास्ते से चलते हैं। यह रास्ता हमें अपने घर की झाड़ियों तक ले जाएगा, जहां से गुजरकर हम जल्दी घर पहुंच सकते हैं।"

दोनों मिरांडा द्वारा निर्देशित रास्ते की ओर चलने के लिए तैयार ही थे कि मिरांडा ने उंगली से दूर एक स्थान की ओर इशारा करते हुए कहा—"उस स्थान पर एक फव्वारा था।"

"फव्वारा?"

"हां, इस बात को कई वर्ष हो गये। मुझे लगता है कि पेड़ों व झाड़ियों के बीच अभी भी किसी स्थान पर वह फव्वारा दबा हुआ होगा। किन्तु इससे पहले ही वह टूट गया था और आसपास के बच्चे इसके टुकड़ों को ले जाते रहे थे, कितने अफसोस की बात है कि किसी ने इस फव्वारे की मरम्मत के बारे में कभी न सोचा, बल्कि इसके विनाश में ही सहायता करते रहे।"

"हां वाकई अफसोस की बात है।"

"क्या आपको भी फव्वारे अच्छे लगते हैं?" मिरांडा ने पूछा।

"हां," पोइरो ने जवाब दिया—"अपनी उम्र के लिहाज से तुम अच्छी शिक्षित लड़की हो।"

"शायद यह मिस एमलिन के प्रभाव के कारण ही संभव हो पाया है," मिरांडा बोली—"वे एक अच्छी अध्यापिका हैं। वे हमारी प्रधानाध्यापिका भी हैं। वे अपने व्यवहार में बहुत सख्त हैं, लेकिन शिक्षा के कुछ पहलुओं के बारे में वे विशेष दिलचस्पी लेती हैं और इन पहलुओं के बारे में काफी भावुक भी हो जाती हैं।"

"तब तो वे वास्तव में ही अच्छी अध्यापिका होंगी।" पोइरो ने कहा, "लगता है कि तुम इस स्थान से अच्छी तरह परिचित हो और यहां के हर रास्ते व हर किनारे को अच्छी प्रकार जानती हो। क्या तुम अकसर ही यहां आती रहती हो?"

"हां, मैं अकसर ही यहां घूमने-फिरने या खाली समय बिताने आती हूं। लेकिन जब मैं यहां होती हूं तो कोई मुझे देख नहीं सकता। इसका कारण यह है कि मैं यहां पेड़ों की टहनियों पर बैठकर नजारा देखती रहती हूं। मुझे ऐसा करना अच्छा लगता है।"

"तुम टहनियों पर बैठकर किस प्रकार की चीजें देखती रहती हो?"

"आमतौर पर मैं चिड़ियों तथा अन्य पक्षियों की क्रियाओं को देखती हूं।" मिरांडा बोली—"मैंने देखा चिड़िया अकसर बहुत झगड़ालू होती हैं। कविताओं में हमें पढ़ाया जाता है कि वे आपस में प्यार से रहती हैं और मिल-जुलकर अपने घोंसले बनाती हैं, लेकिन वास्तविकता में ऐसा नहीं होता है। आपका इस बारे में क्या विचार है?"

"मैंने इस पहलू पर कभी ध्यान नहीं दिया है।" पोइरो बोला—"क्या तुम लोगों को भी इतने ध्यान से देखती हो, जितने ध्यान से तुम चिड़ियायों का अध्ययन करती हो?"

"हां, कभी-कभी। लेकिन इस उद्यान में तो बहुत कम लोग आते हैं और इसलिए लोगों के अध्ययन का अधिक मौका ही नहीं मिल पाता।"

"आखिर लोग इस उद्यान में क्यों नहीं आते?" पोइरो ने कहा—"यह उद्यान तो बहुत खूबसूरत है।"

"मेरे विचार में लोग इस उद्यान में आने से कुछ घबराते हैं।"

"ऐसा क्यों?"

"इसका कारण यह है कि कुछ वर्ष पूर्व यहां एक हत्या हुई थी," मिरांडा ने कहा—"यह हत्या उस समय हुई थी, जब यहां खूबसूरत बाग न था। उस समय यहां पर केवल बंजर भूमि, पत्थर और चट्टानें ही थीं, उस समय उस लाश को रेत के टीले के पास पाया गया था।"

"ओह!"

थोड़ी देर दोनों खामोश चलते रहे। फिर मिरांडा अचानक बोल उठी—"जोइस का सिर पानी की एक बाल्टी में डुबोकर उसकी हत्या की गई है। मम्मी यह बात मुझसे छिपाना चाहती थी। वे मुझे अभी तक बच्ची समझती हैं। क्या यह उनकी नादानी नहीं है? अब मैं 12 वर्ष की हो चुकी हूं।"

"क्या जोइस तुम्हारे मित्रों में से थीं?"

"हां, वह मेरी अच्छी मित्र थी," मिरांडा बोली, "वह अकसर मुझे कई दिलचस्प बातें बताती थी। एक बार वह भारत की यात्रा भी करके आयी थी। उस यात्रा से लौटने के बाद उसने मुझे भारत में पाये जाने वाले हाथियों, राजाओं आदि के बारे में दिलचस्प किस्से सुनाए थे। क्या ही अच्छा होता, यदि मैं भी कभी भारत देश का भ्रमण कर पाती। मैं और जोइस इतनी अच्छी मित्र थीं कि हम एक-दूसरे को अपने सारे राज बताती थीं। यदि आप दूसरे देशों के बारे में दिलचस्प बातें सुनना चाहते हैं, तो मेरी मम्मी आपको ऐसे बहुत किस्से सुना सकती हैं। आप जानते हैं मेरी मम्मी ग्रीस गई थीं। ग्रीस में ही उनकी मुलाकात आंटी एरियाडन ऑलिवर से हुई थी। लेकिन मेरी मम्मी मुझे अपने साथ ग्रीस नहीं ले गई थीं।"

"तुम्हें जोइस के बारे में किसने बताया?"

"श्रीमती पैरिंग ने," मिरांडा ने कहा—"वह हमारे घर में बावर्ची का काम करती हैं। वह हमारे घर की सफाई करने वाली नौकरानी श्रीमती मिंडन से बात कर रही थी। उनकी बातचीत के द्वारा ही मुझे पता चला—किसी ने जोइस के सिर को पानी में डुबोकर उसकी हत्या कर दी थी।"

"क्या तुम हत्यारे के बारे में कोई अनुमान लगा सकती हो?"

"मेरे लिए यह अनुमान लगाना संभव नहीं है," मिरांडा बोली—"श्रीमती मिंडन तथा श्रीमती पैरिंग को भी इस बारे में कुछ पता न था। वैसे तो वे दोनों बड़ी बेवकूफ हैं।"

"क्या तुम उस पार्टी में शरीक हुई थी?"

"नहीं, मैं वहां नहीं गई थी," मिरांडा बोली—"उस दिन मेरा गला खराब था तथा मुझे बुखार भी था। इसलिए मम्मी वहां मुझे नहीं ले गई। यदि मैं पार्टी में शामिल हुई होती तो संभव था कि मुझे हत्यारे के बारे में कुछ मालूम हो जाता।"

अब तक वे दोनों बातें करते हुए झाड़ियों तक पहुंच गए थे। इन झाड़ियों के बीच से निकलना मिरांडा के लिए तो आसान था, किंतु पोइरो के विशाल शरीर के लिए मुश्किल था। तदापि मिरांडा पोइरो की सहायता करते हुए उसे इन झाड़ियों के रास्ते ही बढ़ाती रही। वह कटी झाड़ियों व बेलों को अपने हाथों से एक ओर को हटा देती और इस प्रकार पोइरो के आगे बढ़ने का रास्ता तैयार हो जाता। झाड़ियों को पार कर वे दोनों एक ऐसे स्थान पर पहुंचे, जहां दो बड़े आकार के कूड़ेदान बने हुए थे। यहां से एक छोटा, किंतु खूबसूरत उद्यान आरम्भ हो जाता था, जो वर्ष के इस महीने में गुलाब के फूलों से महक रहा था। उद्यान को पार कर मिरांडा पोइरो को बंगले के पास ले आई और वे दोनों अन्दर दाखिल हुए। पोइरो का हाथ पकड़ उसे अन्दर लाते हुए मिरांडा ऐसे गर्वित महसूस कर रही थी, मानो वह किसी नायाब चीज को पकड़कर लाई हो।

"लो, मैं अंकल पोइरो को ले आई हूं," वह गर्व से बोली।

"तुम अंकल को झाड़ियों के रास्ते लाई हो?"

"हां! लेकिन क्यों?" मिरांडा ने पूछा।

"तुम्हें अंकल को मुख्य दरवाजे से लाना चाहिए था।"

"मुझे झाड़ियों वाला रास्ता ही बेहतर लगता है," मिरांडा बोली—"इस रास्ते से घर जल्दी पहुंचा जा सकता है।"

"तुम बहुत शरारती लड़की हो," श्रीमती ऑलिवर हारकर बोलीं।

फिर पोइरो की ओर मुड़कर वह पुनः बोल पड़ी—"मिस्टर पोइरो! क्या मैंने आपका परिचय अपनी मित्र श्रीमती बटलर से करवाया है?"

"हां, हम एक बार डाकखाने में मिल चुके हैं।"

कुछ समय पहले एक बार डाकखाने की किसी पंक्ति में खड़े हुए पोइरो और श्रीमती बटलर की मुलाकात हो चुकी थी। स्वाभाविक ही था कि उस समय पोइरो ने श्रीमती बटलर पर विशेष ध्यान न दिया था। उस दिन श्रीमती बटलर ने एक लम्बा ओवरकोट पहन रखा था व सिर पर स्कार्फ बांधा हुआ था। लिहाजा पोइरो के लिए उनका ठीक से अध्ययन कर पाने की गुंजाइश भी काफी कम थी, किंतु आज श्रीमती बटलर उसके सामने खड़ी थीं और पोइरो आज उन्हें ध्यान से देख रहा था। श्रीमती जूडिथ बटलर 35 वर्ष की एक महिला थीं और उनके नाक-नक्श अपनी बेटी मिरांडा से काफी मिलते थे।

"यहां आने के लिए आपका बहुत-बहुत धन्यवाद," श्रीमती बटलर पोइरो से बोलीं—"मुझे खुशी है कि एरियाडन ऑलिवर के निमंत्रण पर अपने यहां आना कबूल कर लिया।"

"एरियाडन हमारी पुरानी मित्र हैं और उनके कहने पर मैं कुछ भी कर सकता हूं," पोइरो बोला।

"इस खूबसूरत भावना के लिए आपका धन्यवाद," श्रीमती ऑलिवर बोली।

"एरियाडन को पूरा विश्वास था कि आप इस निर्मम हत्या का सुराग निकालने में अवश्य सफल हो जायेंगे," श्रीमती बटलर बोलीं—"इस कारण उसने आपको यहां आने की तकलीफ दी है।"

फिर एकाएक श्रीमती बटलर को ख्याल आ गया कि मिरांडा कमरे में खड़ी उनकी बातचीत सुन रही थी तो वह बोली—"बेटी मिरांडा, क्या तुम थोड़ी देर रसोईघर में जाकर वहां नौकरानी को काम ठीक तरह से करने का आदेश दे सकती हो?"

"जी, मम्मी," मिरांडा बोली और रसोई घर की ओर चल दी। लेकिन चेहरे पर आए भावों से स्पष्ट था कि वह समझती थी कि उसकी मम्मी उसे कुछ समय के लिए कमरे से बाहर ही रखना चाहती थीं।

"मैंने शुरू से ही यह प्रयत्न किया कि मिरांडा को इस निर्मम हत्याकांड के बारे में कुछ भी पता न चले," श्रीमती बटलर बोलीं—"लेकिन मेरी यह आशा बेकार ही साबित हुई।"

"किसी भी इलाके में इस प्रकार की दुर्घटना की खबर तेजी से फैलना स्वाभाविक ही है," पोइरो बोला—"विशेषकर बच्चों को इस प्रकार के समाचार और भी जल्दी पता लग जाते हैं।

इसलिए हमारे लिए इस प्रकार की आशा करना कि हम इस प्रकार की घटनाओं को बच्चों से छिपाकर रख सकते हैं, बेकार है।"

"मुझे विश्वास नहीं हो पा रहा है कि जोइस रेनोल्ड्स ने किसी की हत्या होते देखी थी," श्रीमती बटलर बोलीं।

"क्या आपके विचार में जोइस रेनोल्ड्स ने कोई हत्या देखी ही नहीं होगी?"

"नहीं, मेरा यह मतलब नहीं है," श्रीमती बटलर बोलीं—"मुझे तो हैरानी इस बात की हो रही है कि उस तथाकथित हत्या देखने के बाद जोइस इतने समय चुप कैसे रह पाई? चुप रहना उसके स्वभाव में था ही नहीं।"

"इस इलाके में मैं जोइस के बारे में जिससे भी कुछ पूछता हूं, वह उसके बारे में सबसे महत्त्वपूर्ण बात यही बताता है कि जोइस को झूठ बोलने की आदत थी और वह अकसर मनगढ़ंत बातें बताया करती थी।"

"यह भी संभव है कि कोई बच्चा कोई मनगढ़ंत बात कहे, किंतु बाद में वह बात भी सही साबित हो," श्रीमती बटलर बोलीं।

"कम-से-कम इस मामले में तो हमें यही आधार बनाकर आगे बढ़ना होगा," पोइरो बोला—"यह तो सभी जानते हैं कि जोइस की हत्या कर दी गई थी।"

"हो सकता है आपने इस मामले का सुराग पा लिया हो," श्रीमती ऑलिवर बोली।

"मैडम, आप हर मामले में जल्दबाजी दिखाती हैं।"

"जल्दबाजी करने में हर्ज ही क्या है?" श्रीमती ऑलिवर बोली—"हमें हर काम को जल्दी निपटाने का प्रयत्न करना चाहिए।"

अब तक मिरांडा पुनः कमरे में आ गई थी, उसके हाथ में चाय का सामान लिए एक ट्रे थी।

"क्या मैं ट्रे को नीचे रख दूं?" वह बोली—"मुझे आशा है कि अब तक आप अपना वार्तालाप समाप्त कर चुके होंगे। यदि नहीं तो क्या पुनः रसोईघर में चली जाऊं?"

मिरांडा की आवाज में उलाहने का भाव था। श्रीमती बटलर ने उसके हाथ से ट्रे ले ली और नीचे रख दी। इसके बाद मिरांडा सैंडविचिज की ट्रे ले आई, बड़ी नफासत व सफाई से उसे नीचे रख दिया।

"एरियाडन व मेरी पहली मुलाकात ग्रीस में हुई थी," जूडिथ बोली।

"हां, और यह मुलाकात भी एक अजीब संयोग के कारण ही संभव हो पाई थी," एरियाडन ऑलिवर बोली—"बात यह थी कि ग्रीस से एक द्वीप की ओर जाते हुए मैं समुद्र में गिर गई और जूडिथ ने मुझे पानी से बाहर निकलने में मेरी सहायता की थी, इस घटना ने हम दोनों के बीच मित्रता को जन्म दिया।"

"हमारी मित्रता बनी रहने का एक कारण और भी है," जूडिथ मुस्कराते हुए बोली—"दरअसल मुझे अपनी मित्र का नाम-एरियाडन-बहुत अच्छा लगता है। ग्रीस के संदर्भ में तो यह और भी अधिक सार्थक नाम है।"

"एरियाडन वास्तव में एक ग्रीस नाम ही है," श्रीमती ऑलिवर गर्व के अंदाज में बोली—"ग्रीक पौराणिक ग्रंथों में यह नाम शायद किसी ग्रीक देवी का है। लेकिन मुझमें देवी होने का कोई गुण नहीं है। मैं तो एक साधारण-सी महिला हूं।"

श्रीमती ऑलिवर व श्रीमती बटलर के बीच हो रहे इस वार्तालाप पर पोइरो मुस्कराए बिना न रह सका।

"नामों की महिमा बड़ी निराली है," श्रीमती बटलर बोली।

"किन्तु केवल नाम रख लेने से क्या होता है, यदि हम उन नामों के अनुरूप न चल सकें," श्रीमती ऑलिवर बोली—"लो, मेरा नाम ही लो। ग्रीस में पौराणिक गाथाओं में एरियाडन ने जो कुछ कर दिखाया था, क्या मैं वह कर सकती हूं?"

"मैं पुराणों आदि के बारे में तो अधिक नहीं जानती," श्रीमती बटलर बोल उठीं—"लेकिन आजकल यह आम रिवाज चल पड़ा कि लोग अपने बच्चों का नाम पौराणिक शख्यियतों के नाम पर रख लेते हैं। हालांकि उन्हें उन नामों के महत्त्व के बारे में कुछ भी ज्ञान नहीं होता। लेकिन मेरी बेटी मिरांडा इस मामले में भिन्न है और ग्रीक पुराणों आदि के बारे में काफी ज्ञान रखती है। शायद यह जानकारी उसे अपने स्कूल में मिलती हो।"

"स्कूल में?"

"नहीं, मिस एमलिन हमें पुराणों आदि के बारे में कुछ नहीं बतातीं," मिरांडा बोल पड़ी—"वे तो केवल बाइबल की पढ़ाई पर जोर देती हैं। वे कहती हैं कि यीशु का जीवन हमारे लिए सर्वोत्तम आदर्श है।"

"मिरांडा, मिस एमलिन के निर्देशन में तुमने बाइबल का अध्ययन किया है," पोइरो बोला—"अब मैं तुमसे एक प्रश्न पूछता हूं। तुम अपने दुश्मनों से किस प्रकार का व्यवहार करोगी?"

"मैं अपने दुश्मनों के प्रति भी नर्मदिल व्यवहार ही करूंगी," मिरांडा ने जवाब दिया—"मैं जानती हूं कि ऐसा करना काफी मुश्किल होता है। लेकिन मैं लोगों को तकलीफ देने में विश्वास नहीं करती। मिसाल के तौर पर किसी व्यक्ति को जान से भी मारना आवश्यक हो तो मैं चाहूंगी कि उसे ऐसी दवा दी जाए जिससे वह आराम से सो जाए और मीठे सपने देखता रहे और इसी अवस्था में उसकी मौत हो जाए।"

फिर अपनी मां की ओर देख मिरांडो बोली—"मम्मी, मैं चाय के बर्तन खुद ही साफ कर लूंगी। इस बीच यदि आप चाहें तो अंकल पोइरो को बाग में ले जाएं। आजकल बाग में कुछ खूबसूरत गुलाब के फूल आए हैं।"

यह कहकर मिरांडा ने चाय के बर्तनों से भरी ट्रे उठा ली और रसोईघर की ओर चल पड़ी।

"मिरांडा बहुत समझदार लड़की है," श्रीमती ऑलिवर ने कहा।

"मैडम, आपकी लड़की बहुत खूबसूरत भी है," पोइरो बोला।

"हां, इस समय तो मिरांडा बहुत खूबसूरत दीख रही है," श्रीमती बटलर बोली—"लेकिन लड़कियों की असली शक्ल का अनुमान उनके बचपन की शक्ल से लगाना ठीक नहीं है। न

जाने बड़ी होकर मिरांडा कैसी दीखेगी। मैंने कई लड़कियों को देखा है, जो बचपन में तो अच्छी दीखती थीं, किंतु बड़ी होते-होते उनके शरीर पर इतनी चर्बी चढ़ गई कि वे सुअर के समान दीखने लगीं।"

"आपकी बेटी को आपके मकान के पास बनाया गया क्वैरी उद्यान बहुत अच्छा लगाता है," पोइरो ने कहा।

"हां, मिरांडा की यह आदत मेरे लिए चिंता का विषय बनी रहती है। आपने तो खुद ही देखा है कि क्वैरी उद्यान कितना सुनसान है। मिरांडा अपना काफी समय उसी उद्यान में बिताती है और मुझे उसके बारे में चिंता सताती रहती है, विशेषकर उस समय से जब से जोइस की हत्या का मामला सामने आया है। मिस्टर पोइरो, मैं आपसे प्रार्थना करती हूं कि आप जोइस की हत्या का मामला जल्द-से-जल्द सुलझा लें। जब तक हमें जोइस के हत्यारे का पता नहीं चल जाता है, तब तक हम एक क्षण भी चैन से नहीं बैठ पायेंगे, तब तक अपने बच्चों की सुरक्षा हमें चिंतित किए रहेगी।"

फिर श्रीमती ऑलिवर की ओर मुड़कर श्रीमती बटलर बोलीं—"एरियाडन, तुम पोइरो को उद्यान में ले जाओ। मैं थोड़ी देर में वहीं आ जाऊंगी।"

यह कहकर श्रीमती बटलर भी चाय का बचा-खुचा सामान लेकर रसोईघर की ओर चल दीं। पोइरो और श्रीमती ऑलिवर बाग से निकलकर मकान के छोटे से उद्यान में आ गये। वर्ष के उस मौसम में उद्यान विभिन्न प्रकार के फूल-पौधों से महक रहा था। उन फूल-पौधों पर एक सरसरी-सी निगाह डाल श्रीमती ऑलिवर बाग के दूसरे कोने में पहुंची, जहां पत्थर से बनी एक बैंच रखी हुई थी। श्रीमती ऑलिवर बैंच पर बैठ गई और पोइरो को भी बैठ जाने का इशारा कर दिया।

"आपने थोड़ी देर पहले मिरांडा की तुलना एक जल-परी से की," ऑलिवर पोइरो से बोली—"जूडिथ बटलर के बारे में आपका क्या विचार है?"

"जूडिथ भी एक आकर्षक महिला है।"

"जूडिथ के बारे में आप क्या सोचते हैं?"

"दरअसल इस विषय के बारे में सोचने का मुझे अभी समय ही नहीं मिला है," पोइरो ने जवाब दिया—"अभी तो मैं केवल इतना ही कह सकता हूं कि जूडिथ एक आकर्षक महिला हैं और किसी बात के बारे में चिंतित है।"

"क्या मुहल्ले में एक बच्ची की निर्मम हत्या चिंता का विषय नहीं है?"

"ठीक है," पोइरो बोला—"लेकिन इस समय मैं जूडिथ के बारे में आपके विचार जाना चाहता हूं।"

"मैं आपको पहले ही बता चुकी हूं कि जूडिथ से मेरी मुलाकात ग्रीस में एक समुद्री यात्रा के दौरान हुई। हम सब एक समुद्री जहाज में यात्रा कर रहे थे। जहाज में जूडिथ के अलावा और भी कई लोग यात्रा कर रहे थे, किन्तु मेरे समुद्र में डूबने और जूडिथ द्वारा मुझे बचा लेने के बाद मेरी जूडिथ से मित्रता बढ़ गई। इसके बाद मैं जूडिथ से मिलती रही।"

"क्या तुम उस समुद्री यात्रा से पहले जूडिथ से कहीं मिली थी?"

"नहीं।"

"अच्छा, जूडिथ के बारे में तुम क्या-क्या जानती हो?"

"जूडिथ के बारे में केवल वे ही बातें जानती हूं, जो सामान्य रूप से सभी लोग जानते हैं," श्रीमती ऑलिवर बोलीं—"वह एक विधवा है। उसके पति हवाई जहाज के पाइलट थे और उनकी मृत्यु कई वर्ष पहले एक कार दुर्घटना में हो गई थी। जूडिथ के पति ने मृत्यु के बाद जूडिथ के लिए धन न छोड़ा था। उसकी मृत्यु के बाद जूडिथ काफी समय तक आर्थिक रूप से भी परेशान रही थी। इसलिए जूडिथ अपने पति के बारे में आमतौर पर बात नहीं करना चाहती हैं।"

"क्या मिरांडा उसकी अकेली संतान है?"

"हां। जूडिथ पास ही एक जगह पार्ट-टाइम काम भी करती है। उसके पास कोई स्थायी किस्म की नौकरी नहीं है।"

"क्या वह क्वैरी हाउस में रहने वाले लोगों को जानती हैं?"

"क्या आपका मतलब बूढ़े कर्नल बैस्टन व उसकी पत्नी से है?" श्रीमती ऑलिवर ने पूछा।

"नहीं, मेरा मतलब उस मकान की भूतपूर्व मालकिन श्रीमती लैलविन स्मिथ से है।"

"हां, मैंने भी श्रीमती लैलविन स्मिथ का जिक्र सुना है," श्रीमती ऑलिवर ने जवाब दिया—"इससे जाहिर है कि जूडिथ उस महिला को अवश्य जानती होगी।

श्रीमती लैलविन स्मिथ को स्वर्ग सिधारे दो-तीन वर्ष गुजर चुके हैं, इसलिए आमतौर से उनके बारे में अब अधिक चर्चा नहीं होती। लेकिन आप किसी मृत व्यक्ति के बारे में इतनी दिलचस्पी क्यों ले रहे हैं? क्या इस इलाके में जीवित व्यक्ति आपके लिए काफी नहीं हैं?"

"नहीं, मेरा यह मतलब न था," पोइरो ने सफाई दी—"इस समस्या को सुलझाने के लिए मुझे जीवित व्यक्तियों के साथ-साथ ऐसे व्यक्तियों के बारे में जानना भी आवश्यक है, जो अब इस दुनिया में नहीं है अथवा जो इस क्षेत्र से चले गए हैं।"

"इस इलाके में पिछले कुछ वर्षों में ऐसा कौन-सा व्यक्ति चला गया, जिस पर आपको संदेह है?"

"श्रीमती लैलविन स्मिथ की नौकरानी।"

"हां, हां," श्रीमती ऑलिवर बोली—"ये नौकरानियां ऐसी ही होती हैं। ये गरीब मुल्कों से यहां आती हैं और यहां पहुंचते ही किसी स्थानीय नवयुवक के साथ प्रेम की पींगे बढ़ाने लगती हैं। इसके नतीजे आमतौर पर भयंकर ही होते हैं। अकसर ये नौकरानियां अनैतिक रूप से गर्भवती हो जाती हैं। कभी-कभी तो कुचक्रों में फंसकर इनकी हत्याएं भी हो जाती हैं।"

"मैडम, आप तो भावनाओं में बह गईं," पोइरो बोला—"अभी तक मुझे इस बात के कोई प्रमाण नहीं मिले हैं कि इस इलाके में पिछले कुछ समय में किसी नौकरानी की हत्या हुई है।"

यह कहकर पोइरो ने जेब से डायरी निकाली व उसमें कुछ लिखने लगा।

"आप डायरी में क्या नोट कर रहे हैं?"

"पिछले कुछ समय में घटित होने वाली कुछ महत्त्वपूर्ण घटनाएं।"

"आप भूतकाल में कुछ अधिक दिलचस्पी रखते हैं," श्रीमती ऑलिवर बोली।

"भूतकाल से ही वर्तमान जन्म लेता है," पोइरो बोला—"क्या आप डायरी देखना चाहेंगी?"

यह कहकर पोइरो ने डायरी श्रीमती ऑलिवर को थमा दी।

"धन्यवाद," डायरी हाथ में लेते हुए श्रीमती ऑलिवर बोलीं—"लेकिन इस डायरी में लिखी गई बातें मेरी समझ में नहीं आएंगी, दरअसल जो बातें आपके लिए महत्त्वपूर्ण होंगी वे, मेरे लिए महत्त्वपूर्ण नहीं हैं।"

श्रीमती ऑलिवर ने डायरी के कुछ पृष्ठ पलटे, एक पृष्ठ पर लिखा हुआ था—"मौतें : श्रीमती लैलविन स्मिथ (धनी महिला), जेनट व्हाइट (स्कूल अध्यापिका), वकील के क्लर्क की हत्या, नौकरानी का अचानक गायब हो जाना।"

"नौकरानी का अचानक गायब हो जाना?" श्रीमती ऑलिवर बोली—"उसके अचानक गायब होने के पीछे क्या कारण हो सकता है?"

"मेरी सूचना के अनुसार वह किन्हीं कानूनी पेचीदगियों में फंस गई थी।"

इसके बाद डायरी के पृष्ठ पर लिखा था—जालसाजी।

"जालसाजी? कैसी जालसाजी?"

"यही तो मैं आपसे जानना चाहता हूं," पोइरो बोला।

"मुझे कुछ समझ में नहीं आ रहा।"

"मेरी जानकारी के मुताबिक एक वसीयतनामे में जालसाजी से कुछ परिवर्तन कर लिए गए थे। इस परिवर्तन के अनुसार वसीयतनामा इस नौकरानी के हक में हो गया था।"

"लेकिन मुझे समझ नहीं आ रहा कि इस सब का जोइस की हत्या से क्या संबंध है?"

"इस समय तो मैं भी इस बारे में निश्चित रूप से कुछ नहीं कह सकता।" पोइरो बोला, "लेकिन ये सब तथ्य दिलचस्प जरूर हैं।"

"अच्छा, डायरी में आपने अगला शब्द क्या लिखा है?"

"हाथी।"

"क्या किन्हीं हाथियों का भी जोइस हत्या से कोई सम्बन्ध हो सकता है?"

"यह भी तो संभव हो सकता है," पोइरो ने रहस्यात्मक अंदाज में जवाब दिया।

"अच्छा, अब मैं चलता हूं," यह कह पोइरो खड़ा हो गया—"श्रीमती बटलर को मेरी नमस्ते कह दीजिएगा। उनसे कह दीजिएगा कि मुझे उनसे तथा उनकी बेटी से मिलकर बहुत खुशी हुई है। उनसे कहिएगा कि वे अपनी बेटी का ख्याल रखें।"

"नमस्ते," श्रीमती ऑलिवर ने पोइरो को विदा करते हुए कहा—"साधारण-सी बातों को जानबूझ कर रहस्यमयी बनाना आपकी पुरानी आदत है और आप इस आदत को नहीं बदलेंगे। अब भविष्य में आपकी क्या योजना है?"

"कल सुबह मुझे मैसर्ज फुलर्टन, हैरीसन एवं लैडबैटर से मिलना है। उनका दफ्तर मैनचैस्टर में है।"

"उनसे मिलने का प्रयोजन?"

"मुझे उनसे वसीयतनामे में हुई जालसाजी तथा अन्य सम्बन्धित प्रश्नों के बारे में जानकारी हासिल करनी है।"

"उसके बाद?"

"उसके बाद मुझे कुछ ऐसे लोगों से मिलना है व बातचीत करनी है, जो वहां उपस्थित थे।"

"कहां? पार्टी में?"

"नहीं, पार्टी शुरू होने से पहले की जाने वाली तैयारी में।"

बारह

नियत समय पर पोइरो मैसर्ज फुलर्टन, हैरीसन एंड लैडबैटर के दफ्तर पहुंचा। मैसर्ज फुलर्टन, हैरीसन एंड लैडबैटर वकीलों की एक पुरानी व मशहूर कंपनी थी। समय के साथ-साथ इस कम्पनी के स्वामित्व तथा इसके भवन के वातावरण में काफी परिवर्तन हो गए थे। उदाहरण के लिए इसके मालिकों में हैरीसन व लैडबैटर स्वर्ग सिधार चुके थे और उनका स्थान मिसर एटकिंसन व मिसर कोल नाम के दो नवयुवकों ने ले लिया था। पुराने मालिकों में केवल मिस्टर फुलर्टन ही जीवित थे तथा मुस्तैदी से कम्पनी का कार्यभार संभाल रहे थे।

जब पोइरो का परिचय पत्र फुलर्टन के सामने प्रस्तुत किया गया तो फुर्लटन ने इसे ध्यान से पढ़ा और कुछ विचार किया। फिर परिचय पत्र से नजरें उठाकर उसने पोइरो की ओर देखा, जो अब तक कमरे में दाखिल हो चुका था।

"मिस्टर हर्क्यूल पोइरो!" फुलर्टन ने आगन्तुक के पूरे व्यक्तित्व पर एक नजर डालते हुए कहा। दरअसल पोइरो को देखकर फुलर्टन चौंक-सा गया था। उसके चौंकने का एक कारण तो वह था कि पोइरो के पूरे व्यक्तित्व में कुछ ऐसी बात थी कि कोई भी व्यक्ति उससे पहली बार मिलकर कौतूहल से भर जाता था। फुलर्टन के चौंकने का दूसरा कारण यह था कि पोइरो के परिचय पत्र के साथ दो पुलिस अधिकारियों सी.आई.डी. इंस्पेक्टर हैनरी रैगलन तथा स्कॅाटलैंड यार्ड के भूतपूर्व पुलिस अधीक्षक स्पैंस के सिफारिशी पत्र भी थे, जिनमें फुलर्टन से प्रार्थना की गई थी कि वह पोइरो को उसके कार्य में पूरा सहयोग दे।

सुपरिंटेंडेंट स्पैंस!

फुलर्टन सुपरिंटेंडेंट स्पैंस को अच्छी तरह जानता था। स्पैंस अपने समय का एक प्रसिद्ध व कर्त्तव्यपरायण पुलिस अधिकारी था, जिसने कई पेचीदे मामले सुलझाने में सफलता पाई थी। फुलर्टन को याद आया कि वर्षों पहले एक हत्या का मामला सामने आया था, जिसमें उसका भतीजा वकील के रूप में सम्बन्धित था। वह हत्यारा दिमागी रूप से बीमार लगता था। उसकी दिमागी हालत का एक प्रमाण यह था कि वह अपने बचाव में एक शब्द भी न कहता था। उसके व्यवहार से ऐसा लगता था मानो वह फांसी के तख्ते पर चढ़ने को लालायित था। किन्तु अदालत ने उसे फांसी देने के बजाय 15 वर्ष जेल की सजा दी थी।

इस मामले में तहकीकात का काम सुपरिंटेंडेंट स्पैंस को सौंपा गया था। न जाने क्यों स्पैंस को काफी आरम्भ से ही ऐसा लग रहा था कि जो व्यक्ति इस हत्या के मामले में फंस गया था, वह वास्तविक हत्यारा न था। किन्तु प्रमाणों के अभाव में वह यह सिद्ध नहीं कर पा रहा था। इसी बीच इस मंच पर एक विदेशी व्यक्ति उभरा और उसने स्पैंस को कुछ ऐसे प्रमाण दे दिए, जिनके आधार पर स्पैंस असली हत्यारे को पकड़ पाने में सफल हो गया। यह विदेशी बैल्जियन पुलिस का कोई रिटायर्ड अधिकारी थी। फुलर्टन को लगा कि पोइरो का हाव-भाव व व्यक्तित्व भी उस विदेशी पुलिस अधिकारी जैसा ही लगता था। उस विदेशी पुलिस अधिकारी की भांति ही पोइरो भी हत्या के मामले में तहकीकात करने आया था। लेकिन फिर भी इस बारे में निश्चित किया कि वह पोइरो से अपनी बातचीत उसके द्वारा पूछे गए सवालों का जवाब देने तक ही सीमित रखेगा। यदि पोइरो जोइस की हत्या के बारे में तहकीकात करने आया हो, फिर भी फुलर्टन एंड कम्पनी के पास इस हत्या के बारे में ऐसी कोई जानकारी थी ही नहीं, जो उनके लिए किसी प्रकार की मुसीबत का कारण बन सकती हो।

फुलर्टन ने गला साफ किया और बोला—"मिस्टर हर्क्यूल पोइरो! कहिए मैं आपकी क्या सेवा कर सकता हूं? शायद आप जोइस रेनोल्ड्स की हत्या के बारे में जानकारी हासिल करने आए हैं। बेचारी जोइस! यह वाकई एक घृणित हत्या थी। लेकिन मैं इस सारे मामले के बारे में अधिक जानकारी नहीं रखता और लिहाजा आपकी अधिक सहायता नहीं कर सकता।"

"मेरी जानकारी के मुताबिक आप ड्रेक के परिवार के कानूनी सलाहकार रहे हैं?" पोइरो ने पूछा।

"आपका मतलब ह्यूगो ड्रेक के परिवार से है, है ना?" हां, मैं ड्रेक को वर्षों से जानता रहा हूं। ड्रेक परिवार से मेरी मित्रता तभी से हो गई थी, जब उन लोगों ने इस इलाके में सेबों के बाग खरीदे थे और यहीं रहने लग गए थे। यह बड़े अफसोस की बात है कि कुछ वर्ष पहले ह्यूगो ड्रेक पोलियो के शिकार हो गये। बीमारी लगने के बाद ड्रेक शारीरिक रूप से तो काफी कमजोर हो गए, लेकिन उनकी दिमागी ताकत में किसी प्रकार की कमी नहीं आई। यह खेद की बात है कि अपने पूरे जीवन में एक चुस्त खिलाड़ी रहने के बाद ड्रेक को एक ऐसी बीमारी ने घेर लिया, जिससे वे शारीरिक रूप से सदा के लिए अपाहिज हो गए।

"मेरी जानकारी के अनुसार आप श्रीमती लैलविन स्मिथ के कानूनी सलाहकार भी थे?"

"जी हां, आप ठीक कहते हैं," फुलर्टन बोला—"श्रीमती लैलविन स्मिथ एक अजब महिला थीं। वे इस इलाके में तब आईं, जब वे काफी बूढ़ी हो चुकी थीं और उनका स्वास्थ्य गिरने लगा था। अपनी वृद्धावस्था में वे अपने भतीजे व उसकी पत्नी के करीब रहना चाहती थीं, यहां आकर उन्होंने क्वैरी हाउस खरीदा और यहीं बस गईं। क्वैरी हाउस उन्होंने काफी महंगा खरीदा था। लेकिन श्रीमती लैलविन स्मिथ काफी धनी थीं और पैसा उनके लिए कोई महत्त्व नहीं रखता था। अपने असीमित धन से वे क्वैरी हाउस से बेहतर मकान खरीद सकती थीं। लेकिन क्वैरी हाउस के आसपास का स्थान उन्हें भूमिगत उद्यान बनाने के लिहाज से अच्छा लगा और इसलिए उन्होंने यही मकान खरीदा। उन्होंने फिर एक उद्यान-विशेषज्ञ को यहां

बुलवाया और उसके सहयोग से उद्यान बनवाने के काम में जुट गईं यह उद्यान-विशेषज्ञ एक अच्छा कलाकार था और उसने उद्यान बनाने में अपनी कला का अच्छा परिचय दिया। दरअसल श्रीमती लैलविन स्मिथ सही व्यक्ति का चुनाव करना जानती थीं। श्रीमती लैलविन स्मिथ द्वारा यहां बुलवाया गया वह कलाकार नवयुवक था और निहायत खूबसूरत भी। किन्तु यह निश्चित बात है कि श्रीमती लैलविन स्मिथ ने उसका चुनाव उसके यौवन अथवा उसकी खूबसूरती को देखकर नहीं किया था, जैसा कि इस प्रकार की धनी वृद्धा महिलाएं आमतौर पर करती हैं। यह नवयुवक अपने काम में वाकई माहिर था। दो वर्ष पहले श्रीमती स्मिथ की मृत्यु हो गयी।"

"क्या उनकी मौत अस्वाभाविक किस्म की मौत थी?" पोइरो ने पूछा।

"उनकी मौत को अस्वाभाविक किस्म की मौत करार देना शायद ठीक न हो," फुलर्टन बोला—"श्रीमती लैलविन स्मिथ को दिल की बीमारी थी और उनके डॉक्टर ने उन्हें आराम करने की सलाह दी थी। लेकिन श्रीमती स्मिथ डाक्टर की सलाह को अनसुना कर काफी काम करती थीं। मेरा ख्याल है कि हम विषय से भटक रहे हैं।"

"ये सारे विवरण भी हमारे मुख्य विषय से किसी-न-किसी प्रकार सम्बन्धित हैं," पोइरो बोला—"अब मैं बातचीत के विषय को थोड़ा बदलना चाहूंगा। क्या आप मुझे अपने एक कर्मचारी लेसली फेरियर के बारे में कुछ जानकारी देंगे?"

पोइरो का यह प्रश्न सुन फुलर्टन थोड़ा चौंका।

"लेसली फेरियर?" वह बोला—"हां, अब मुझे कुछ याद आ रहा है। कई वर्ष बीत जाने के कारण उसका नाम मेरे दिमाग से लगभग हट-सा गया था। उसकी किसी ने चाकू मार कर हत्या कर दी थी। क्या आप उसी के बारे में पूछ रहे हैं?"

"जी हां।"

"लेसली फेरियर के बारे में मैं अधिक कुछ नहीं जानता," फुलर्टन ने कहा—"उसकी हत्या कुछ समय पहले ग्रीन स्वैंन नामक स्थान के पास रात के समय हुई थी। इस हत्या के संदर्भ में कोई गिरफ्तारी आदि नहीं हुई। मेरे ख्याल में पुलिस को हत्यारे के बारे में मालूम था, किंतु प्रमाण न मिल पाने के कारण पुलिस उसे गिरफ्तार नहीं कर सकी।"

"क्या इस हत्या का कोई जज्बाती कारण रहा था?"

"हां, मेरा ऐसा ही विचार है," फुलर्टन बोला—"हो सकता है कि लेसली की हत्या ईर्ष्या के कारण की गई हो। लेसली के एक विवाहित महिला के साथ सम्बन्ध थे। इस महिला का पति ग्रीन स्वैन नामक शराबखाना चलाता था। फिर लेसली ने इस महिला के अतिरिक्त एक अन्य महिला से भी सम्बन्ध जोड़ लिये। विभिन्न महिलाओं को अपने प्रेमजाल में फंसाने में लेसली पारंगत था। अपनी इन प्रेम लीलाओं के कारण वह इससे पहले भी कई बार मुसीबतों में फंसा था।"

"क्या आप कर्मचारी के रूप में उसके काम से संतुष्ट थे?"

"लेसली एक औसत किस्म का कर्मचारी था," फुलर्टन बोला—"उसमें कुछ गुण भी थे। वह कम्पनी के मुवक्कलों को ठीक संभाल लेता था व उन्हें खुश भी रखता था। यदि वह अपनी अनैतिक प्रेमलीलाओं में न उलझता रहता तो काफी तरक्की कर सकता था। उसकी अधिकतर प्रेमिकाएं सामाजिक रूप से गिरे हुए स्तरों से आती थीं। एक रात ग्रीन स्वैंन में झगड़ा हुआ और लेसली फेरियर की किसी ने चाकू मारकर हत्या कर दी।"

"क्या इस हत्या के पीछे श्रीमती ग्रीन स्वैंन का हाथ रहा होगा या लेसली की अन्य प्रेमिकाओं में से किसी का?"

"इस बारे में निश्चित रूप से कुछ नहीं कहा जा सकता," फुलर्टन बोला—"पुलिस के अनुसार हत्या का कारण ईर्ष्याभाव रहा होगा।"

"क्या आपका भी यही विचार है?"

"मामले की पृष्ठभूमि को देखकर तो यही लगता है," फुलर्टन बोला—"नारी के मन में जगा हुआ ईर्ष्या का भाव भयंकर रूप ले सकता हैं-ऐसा सर्वविदित है। लेसली की गतिविधियों को देखते हुए ऐसा होना सम्भव दीखता है।"

"लेकिन आप इस संभावना के बारे में निश्चित नहीं दीखते?" पोइरो ने बात आगे बढ़ाते हुए कहा।

"प्रमाणों के अभाव में मैं भला निश्चित कैसे हो सकता हूं?" फुलर्टन बोला—"पुलिस को भी इस बारे में प्रमाणों की आवश्यकता थी, किन्तु सरकारी वकील ने इस मामले पर अधिक ध्यान न दिया और यह मामला वहीं पर समाप्त हो गया।"

"क्या यह संभव नहीं कि हत्या का कारण कुछ और ही हो?"

"हां, हां, क्यों नहीं," फुलर्टन बोला—"इस बारे में कई प्रकार के अनुमान लगाए जा सकते हैं। ये सारे अनुमान फेरियर के विचित्र व्यक्तित्व से जन्म लेते हैं। फेरियर की मां भी विधवा थी, किन्तु उसने फेरियर को अच्छी तरह पाला-पोसा। किन्तु उसका पिता अच्छा आदमी न था। अपने गंदे कारनामों के कारण वह हमेशा किसी-न-किसी चक्कर में फंसा रहता। पिता की करतूतों के कारण फेरियर की मां परेशान रहती थी। फेरियर की आदतें भी काफी हद तक उसके पिता की आदतों से मेल खाती हैं। एक बार अपने कुछ लफंगे मित्रों के प्रभाव में आकर फेरियर कम्पनी के काम में भी बेइमानी करने लगा था। मैंने उसे पकड़ लिया। लेकिन क्योंकि उसने पहली बार ही बेइमानी करने की कोशिश की थी, इसलिए मैंने उसे चेतावनी देकर छोड़ दिया तथा उसकी नौकरी बनी रहने दी।"

"उसकी हत्या के पीछे उसके लफंगे मित्रों का हाथ रहा होगा?"

"हां, मेरा भी यही विचार है," फुलर्टन बोला।

"क्या किसी ने फेरियर की हत्या होते नहीं देखी?" पोइरो ने पूछा।

"नहीं," फुलर्टन ने जवाब दिया।

"लेकिन फिर भी सम्भव है कि किसी-न-किसी व्यक्ति ने लेसली की हत्या होते देखी हो और गुंडों के गिरोह को इस बारे में जानकारी न हो," पोइरो ने सुझाव दिया—"मिसाल के लिए

हो सकता है कि कोई बच्चा किसी अदृश्य स्थान से इस घृणित हत्याकांड को होते देख रहा हो।"

"रात के समय, ग्रीन स्वैन के आसपास मिस्टर पोइरो ऐसा होना मुमकिन नहीं दीखता।"

"हो सकता है कि रात के उस समय कोई बच्चा अपने मित्र के घर से लौट रहा हो और हत्याकांड के स्थल के पास से गुजर रहा हो," पोइरो ने कहा—"संभव है कि अंधेरे के कारण अथवा उस बच्चे द्वारा किसी झाड़ी में छिप जाने के कारण गुंडे उसे न देख पाए हों।"

"मिस्टर पोइरो, आपकी कल्पनाशक्ति तो वास्तव में ही अद्भुत है," फुलर्टन बोला—"लेकिन वास्तविकता के धरातल पर ऐसा हो पाना मुझे संभव नहीं दीखता।"

"लेकिन मुझे ऐसा होना असंभव नहीं दीखता," पोइरो बोला, "बच्चे इस प्रकार की चीजें अकसर देख लेते हैं। वे अकसर ऐसे स्थानों पर भी पहुंच जाते हैं, जहां उनका पहुंचना संभव नहीं दीखता।"

"अपने घर पहुंचकर तो ऐसे बच्चे अपने अभिभावकों, भाई-बहनों, मित्रों आदि को तो यह बता देते होंगे कि उन्होंने क्या देखा?"

"ऐसा होना आवश्यक नहीं है," पोइरो बोला—"इसका एक कारण यह भी है कि कई बार बच्चे इस बारे में स्पष्ट नहीं होते हैं कि उन्होंने क्या देखा, विशेषकर तब जबकि उनके द्वारा देखा गया दृश्य भयावह रहा हो। आमतौर पर बच्चे हिंसा या दुर्घटना की घटनाओं को घर में नहीं बताते। वे इस प्रकार की घटनाओं को अपने दिल में छिपाए रखते हैं और उनके बारे में सोचते रहते हैं। कई बार वे यह सोचकर फूले नहीं समाते कि वे एक ऐसे राज को जानते हैं, जिसके बारे में किसी अन्य व्यक्ति को कुछ नहीं पता है।"

"क्या वे अपनी माताओं को भी हमराज नहीं बनाते?"

"अधिकतर बच्चे इस प्रकार की बातें अपनी माताओं से भी छिपाते हैं," पोइरो बोला—"मेरा अनुभव यही बताता है।"

"क्या मैं आपसे पूछ सकता हूं कि लेसली फेरियर की हत्या में आप इतनी दिलचस्पी क्यों ले रहे हैं?" फुलर्टन ने पूछा—"इस प्रकार की हिंसा व हत्याएं तो आज आम हो रही हैं।"

"मैं लेसली फेरियर के बारे में कुछ नहीं जानता," पोइरो बोला—"लेकिन कुछ वर्ष पहले रहस्यात्मक हालात में हुई उसकी हत्या हमारे लिए महत्त्वपूर्ण हो सकती है।"

"देखिए, मिस्टर पोइरो," फुलर्टन की आवाज में अब तीखापन आने लगा था, "मैं अब तक यह नहीं जान पाया हूं कि आप मेरे पास क्यों आए हैं और मुझसे क्या जानकारी हासिल करना चाहते हैं। मुझे समझ नहीं आ रहा कि एक बेकसूर बच्ची की हत्या व वर्षों पहले हुई एक सिरफिरे नवयुवक की हत्या के बीच क्या संबंध हो सकता है?"

"इस प्रकार के मामलों में कोई भी बात असंभव नहीं है," पोइरो बोला।

"किन्तु गुनाह के सभी मामलों में हमें प्रमाण की आवश्यकता होती है।"

"आपने सुना ही होगा कि मृत लड़की जोइस ने अपनी हत्या होने से पहले कुछ लोगों के सामने बताया था कि उसने खुद अपनी आंखों से एक हत्या होते देखी थी," पोइरो बोला।

“हो सकता है कि जोइस द्वारा कही गई बात केवल उसकी कल्पना की उपज हो या कोई अफवाह हो, जिसे जोइस ने सुन लिया हो और फिर सबका ध्यान अपनी ओर केन्द्रित करने के लिए उसे बढ़ा-चढ़ाकर पेश कर दिया हो,” फुलर्टन ने कहा।

“मैं आपकी बात से सहमत हूं,” पोइरो ने कहा—“मेरी जानकारी के अनुसार जोइस इस समय 13 वर्ष की थी। यदि हम यह कल्पना कर लें कि जोइस ने लेसली फेरियर की हत्या होते हुए देखी थी, तो उस समय जोइस की उम्र लगभग नौ वर्ष रही होगी। इस छोटी उम्र में हत्या जैसी भयावह घटना को अपनी आंखों से देखने का असर जोइस के मस्तिष्क पर जरूर पड़ा होगा। किंतु बच्ची होने के कारण वह हत्या को हत्या के रूप में शायद न समझ पाई हो और मन-ही-मन हैरान हो। भय व हैरानी की इसी मिली-जुली भावना के कारण शायद वह यह बात किसी को न बता पाई हो और यह बात वर्षों उसके मन में दबी रही हो। फिर हेलोइन पार्टी के दिन किसी संदर्भ में उसे वह बात याद आ गई हो और नादानीवश उसके सबके सामने यह कह दिया कि उसने खुद अपनी आंखों से एक हत्या होते देखी है। क्या आपके विचार में लेसली व जोइस की हत्याओं में कोई संबंध नहीं हो सकता?”

“हां....हो तो सकता है..किंतु इसकी संभावना नहीं के बराबर है।”

“मेरी जानकारी के अनुसार इस इलाके में कुछ समय पूर्व एक लड़की अचानक कहीं गायब हो गई थी,” पोइरो ने आगे कहा—“मेरे ख्याल में उसका नाम ओल्गा या सोनिया था। मुझे उसका नाम ठीक से याद नहीं आ रहा है।”

“ओल्गा सेमीनौफ।”

“क्या ओल्गा का व्यवहार या उसकी पृष्ठभूमि ऐसी थी, जिस पर आंख मूंदकर विश्वास किया जा सके?”

“नहीं,” फुलर्टन ने जवाब दिया।

“मेरी जानकारी के अनुसार ओल्गा श्रीमती लैलविन के घर पर परिचारिका के रूप में काम करती थी,” पोइरो ने कहा—“क्या यह वही श्रीमती स्मिथ हैं, जिनके बारे में आपने अभी-अभी बताया है और जो इस इलाके में रहने वाली श्रीमती ड्रेक की बुआ थीं?”

“हां,” फुलर्टन बोला—“ओल्गा से पहले भी दो विदेशी लड़कियां श्रीमती स्मिथ के साथ परिचारिका के रूप में जुड़ी हुई थीं। किन्तु ये दो लड़कियां उन्हें न भाई थीं। दूसरी लड़की इतनी अधिक मूर्ख थी कि श्रीमती स्मिथ जैसी महिला के लिए उसके साथ निभा पाना संभव न था। लिहाजा श्रीमती स्मिथ को इन दोनों लड़कियों को नौकरी से निकाल उनके देश भेज देना आवश्यक हो गया था। ओल्गा उनकी तीसरी परिचारिका थी और उससे श्रीमती स्मिथ संतुष्ट दीखती थी। जहां तक मुझे याद है ओल्गा का व्यक्तित्व कोई विशेष आकर्षक न था। वह छोटे कद व चिड़चिड़े स्वभाव की लड़की थी और आस-पड़ोस के लोग उससे खूब खुश नहीं दीखते थे।”

“उसकी मालकिन श्रीमती स्मिथ तो उससे बहुत खुश थी,” पोइरो ने कहा।

"हां, श्रीमती स्मिथ को तो उससे काफी लगाव हो गया था और कुछ लोगों के विचार में श्रीमती स्मिथ का अपनी परिचारिका से इतना लगाव होना ठीक न था।"

"हां।"

"मेरे ख्याल में ये सारी बातें आप पहले भी सुन चुके होंगे," फुलर्टन ने कहा—"इस छोटे से इलाके में इस प्रकार की बातें तेजी से फैल जाती हैं।"

"मैंने सुना है कि श्रीमती स्मिथ ने अपनी वसीयत में इस लड़की के लिए काफी पैसा रख छोड़ा था?"

"जी हां, श्रीमती स्मिथ के इस व्यवहार ने हमें आश्चर्यचकित कर दिया," फुलटर्न ने कहा—"ओल्गा के आने सो पहले श्रीमती स्मिथ ने जो वसीयतनामा बनवाया था उसके अनुसार उनकी धन-संपत्ति का अधिकतर हिस्सा उनके भांजे ल्यूगो ड्रेक व उनकी पत्नी श्रीमती ड्रेक को मिलना था। याद रहे कि श्रीमती ड्रेक अपने पति की पत्नी होने के साथ-साथ उसकी चचेरी बहन भी थीं और इस प्रकार वह श्रीमती स्मिथ की भांजी भी थी। ड्रेक दम्पति के लिए अपनी सम्पत्ति का अधिकतर हिस्सा छोड़ने के अलावा श्रीमती स्मिथ ने कुछ धन दान-धर्म व खैरात के लिए रख छोडा था। ओल्गा के मंच पर आने से पहले श्रीमती स्मिथ ने दो-तीन बार अपने वसीयतनामे में कुछ परिवर्तन जरूर करवाए, किन्तु ये परिवर्तन मामूली किस्म के थे। इनमें ड्रेक दम्पति के लिए रखे गए धन में कोई परिवर्तन नहीं-केवल खैरात के लिए दी जाने वाली राशि की मदों में मामूली फेरबदल था। श्रीमती स्मिथ के कानूनी सलाहकार होने के नाते हमारी कम्पनी ने उनका वसीयतनामा तैयार किया था तथा उसमें किए जाने वाले परिवर्तन हमारे द्वारा ही होते थे।"

किन्तु श्रीमती स्मिथ की मृत्यु से लगभग तीन सप्ताह पूर्व वसीयतनामे में एक बड़ा परिवर्तन किया गया। यह परिवर्तन पुराने परिवर्तनों की भांति हमारी कम्पनी द्वारा नहीं करवाया गया था। एक कोडिसिलि द्वारा किया गया, जो श्रीमती स्मिथ ने अपने हाथ से लिखा था और जो वसीयतनामे के साथ संलग्न किया गया था। इस कोडिसिल के अनुसार श्रीमती स्मिथ ने अपनी अधिकतर जायदाद अपनी परिचारिका ओल्गा के लिए रख छोड़ी थी। ओल्गा पर इतना मेहरबान होने का कारण यह बताया गया कि जीवन के अन्तिम समय में उसने श्रीमती लैलविन स्मिथ की जितनी ईमानदारी व श्रद्धा के साथ सेवा की थी, वैसी सेवा श्रीमती स्मिथ के सगे-सम्बन्धी भी न कर सकते थे और इस सेवा का पुरस्कार उसे मिलना ही चाहिए था। श्रीमती स्मिथ के करीब रहने तथा उनके स्वभाव व विचार-प्रक्रिया को समझने वाले व्यक्तियों के लिए भी यह अचरज की बात रही।

"इसके बाद?" पोइरो ने पूछा।

"इसके बाद के घटनाक्रम के बारे में तो आप जानते ही होंगे," फुलटर्न बोला "लिखावट विशेषज्ञों द्वारा इस कोडिसिल की जांच करवाने पर पता चला कि यह धोखाधड़ी व जालसाजी का मामला था। कोडिसिल की लिखावट श्रीमती स्मिथ की लिखावट से मिलती-जुलती अवश्य थी, किन्तु उसकी लिखावट न थी। तहकीकात करने पर पता चला कि श्रीमती स्मिथ को

आरंभ से ही टाइप राइटर से नफरत सी थी तथा वे अपने व्यक्तिगत पत्र खुद अपने हाथ से लिखना पसन्द करती थी। ओल्गा से घुलमिल जाने के बाद उनके सभी व्यक्तिगत पत्र ओल्गा ही लिखा करती थी और ऐसा करने के लिए ओल्गा ने उनकी लिखावट की हूबहू नकल करने में सफलता पाई थी। कभी-कभी तो वह अपनी मालकिन के हस्ताक्षर भी खुद ही कर लिया करती थी। काफी लम्बे अर्से तक श्रीमती स्मिथ के साथ रहते हुए ओल्गा इस काम में काफी दक्ष हो गई थी। श्रीमती स्मिथ की मृत्यु का समय नजदीक आते देख ओल्गा ने सोचा होगा कि वह अपनी मालकिन की लिखावट का प्रयोग कर उनके वसीयतनामे को भी बदल सकती है। ऐसा सोच उसने श्रीमती स्मिथ की लिखावट में वह कोडिसिल लिखी होगी। लेकिन लिखावट-विशेषज्ञों के सामने इस प्रकार के धोखेबाजों की एक नहीं चलती।"

"क्या ओल्गा के खिलाफ कानूनी कार्रवाई की गई?"

"हां, ओल्गा के खिलाफ कानूनी कार्रवाई शुरू हो चुकी थी और मामला शीघ्र ही अदालत में आने वाला था," फुलटर्न बोला—"लेकिन इस कार्रवाई के परिणाम का अंदाजा कर ओल्गा घबरा उठी और जैसे कि कुछ समय पहले आपने खुद ही कहा, एक दिन वह अचानक यहां से गायब हो गई।"

तेरह

फुलटर्न से अपनी बातचीत समाप्त कर पोइरो ने विदा ली और कम्पनी के दफ्तर से बाहर चला आया। उसके जाने के बाद जेरेमी फुलर्टन काफी देर तक मेज पर उंगलियां पटकता हुआ किसी विचार में डूबा रहा।

हालांकि प्रत्यक्ष रूप से वह कागज की ओर देख रहा था, लेकिन उसका मस्तिष्क कहीं और था। उसका विचार अतीत में हुई कुछ घटनाओं पर केंद्रित था। वह घटना दो वर्ष पूर्व ही हुई थी और आज विचित्र व्यक्तित्व वाले इस प्राइवेट जासूस ने फुलटर्न के दिमाग में उस घटना की याद ताजा कर दी थी।

फुलटर्न को दो वर्ष पूर्व इसी कमरे में एक महिला से हुई एक महत्त्वपूर्ण बातचीत की याद आ रही थी।

वह महिला उस दिन ठीक उसी कुर्सी पर बैठी थी, जिस पर आज पोइरो बैठा था। वह छोटे कद वाली एक नवयुवती थी और उसका रंग सांवला था। उसके चेहरे को देखकर लगता था कि उसके जीवन में काफी संघर्ष करना ही उसकी नियति था। किन्तु उस नवयुवती में ऐसा अदम्य उत्साह कूट-कूट कर भरा दीखता था, जिससे लगता था कि वह संघर्ष करने के लिए तैयार थी। और प्रतिकूल परिस्थितियों में भी हार नहीं मान सकती थी। वह नवयुवती कहां थी? क्या वह इस देश को छोड़ बाहर जाने में सफल हो पाई थी? क्या वह इस देश को छोड़ बाहर जाने में सफल हो पाई थी? यदि हां, तो इस काम में उसका सहायक कौन था? जाहिर था कि जरूरी कागजात के बिना व कानून की नजर बचाकर देश से बाहर निकल जाना एक आसान काम न था और यह काम वह अकेली न कर सकती थी। आखिर वह कौन व्यक्ति हो सकता है, जिसने इस काम में उस नवयुवती की सहायता की होगी।

फुलटर्न के मस्तिष्क में विचारों का क्रम चलता रहा। वह सोचने लगा-वह नवयुवती शायद उसी देश वापिस चली गई होगी, जिस देश से वह परिचारिका बन यहां आई थी। उसके लिए वापिस जाना आवश्यक था, क्योंकि इस देश का कानून उसे अपने चंगुल में फंसाने को तैयार था।

जेरेमी फुलटर्न कानून का पुजारी था। वह कानून की परिधि के बाहर कोई काम नहीं कर सकता था। साथ ही वह यह भी चाहता था कि किसी भी अपराधी को कठोर सजा मिलनी चाहिए ताकि वह पुनः उस तरह का अपराध न करे, जिस किस्म के अपराध की उसे सजा मिली थी। फुलटर्न को इस प्रकार के जजों से भी चिढ़ थी, जो अपराधियों को नर्म सजाएं देते थे। लेकिन कानून के प्रति सख्त व्यवहार अपनाने के बावजूद फुलटर्न का दिल नर्म था तथा उसके दिल में दूसरों के प्रति दया व सहानुभूति रहती थी, इसके बावजूद कि वह उस नवयुवती (जो ओल्गा सेमिनोफ ही थी) के तर्कों से सहमत न था और जानता था कि कानून की नजर में वह अपराधी थी, उसे उस नवयुवती पर दया आ रही थी।

“मैं आपके पास मदद की आशा से आई थी,” ओल्गा बोल रही थी—“आपने पिछले वर्ष मेरी सहायता की थी। आपने इस देश में रहने के लिए कुछ कागजी औपचारिकताएं पूरी करवाने में मेरी मदद की थी और आपकी इस सहायता के कारण ही मैं आपके देश में टिकी हुई हूं। आज मुझसे कहा गया है कि मुझे अपने बचाव के लिए एक वकील लाना होगा और मैं इसी कारण आपके पास चली आई हूं।”

“अपने बचाव के लिए तुम जो तर्क दे रही हो,'' फुलर्टन ने उस समय कहा—“मैं उनसे सहमत नहीं हूं। मेरे विचार में ये तर्क विश्वसनीय भी नहीं हैं। इसके अतिरिक्त इस मामले में पहले से ही ड्रेक परिवार का मैं प्रतिनिधित्व कर रहा हूं और इस कारण मैं तुम्हारा पक्ष लेने के लिए स्वतन्त्र भी नहीं हूं। तुम तो जानती ही हो, मैं श्रीमती लैलविन स्मिथ का कानूनी सलाहकार था।”

“जी हां, लेकिन श्रीमती स्मिथ तो स्वर्ग सिधार चुकी हैं। मरने के बाद उन्हें कानूनी सलाहकार की आवश्यकता नहीं है।”

“मैंने सुना है कि श्रीमती स्मिथ तुम्हें बहुत प्यार करती थी,'' फुलटर्न ने कहा।”

“जी हां, श्रीमती स्मिथ मुझे बहुत चाहती थीं और इसीलिए उन्होंने अपनी संपत्ति मेरे नाम कर दी,” ओल्गा ने जवाब दिया।

“अपनी तमाम सम्पत्ति?”

“जी हां,” ओल्गा बोली, “इसमें अचरज की क्या बात है? श्रीमती स्मिथ को अपने सगे-सबन्धियों से कोई लगाव न था।”

“नहीं, तुम्हारी यह धारणा ठीक नहीं लगती,” फुलर्टन बोला—“श्रीमती स्मिथ को अपने भतीजे व भतीजी से बहुत लगाव था।”

“हो सकता है उन्हें मिस्टर ड्रेक से कुछ लगाव रहा हो,” ओल्गा बोली—“लेकिन मैं यह निश्चित रूप से कह सकती हूं कि उन्हें श्रीमती ड्रेक से चिढ़ थी। दरअसल श्रीमती ड्रेक श्रीमती

स्मिथ के हर छोटे-बड़े मामले में दखलंदाजी किया करती थी। यहां तक कि श्रीमती स्मिथ के खाने-पीने, कपड़े पहनने आदि छोटे से छोटे काम में भी श्रीमती स्मिथ की इच्छाओं का कोई ख्याल रखे बिना अपनी मनमानी करती थीं।"

"जिसे तुम मनमानी कहती हो, सम्भव है वह अपनी बुआ के प्रति श्रीमती ड्रेक द्वारा दिखाया जा रहा प्यार ही हो," फुलर्टन बोला—"दिल के रोग की बीमारी होने के कारण डॉक्टर ने श्रीमती स्मिथ के खाने-पीने तथा अधिक काम करने पर रोक लगा दी थी। हो सकता है श्रीमती स्मिथ डॉक्टर की सलाह पर न चलती हों और इसीलिए श्रीमती ड्रेक के लिए इन मामलों में अपनी बुआ के प्रति सख्ती से पेश आना जरूरी रहा हो। ऐसी स्थिति में श्रीमती ड्रेक द्वारा मनमानी करना श्रीमती स्मिथ के हित में ही था।"

"कुछ भी हो, श्रीमती स्मिथ अपनी रोजमर्रा की जिंदगी में अपने संबन्धियों या किसी व्यक्ति द्वारा दखलंदाजी करना पसन्द नहीं करती थीं," ओल्गा बोली—"वह अपनी तरह से जीना चाहती थीं। उनके पास काफी धन था और वह अपना धन अपनी इच्छानुसार खर्च करना चाहती थीं। वह अपना धन किसी को भी दें—भला इसमें किसी के लिए एतराज करने की क्या तुक है? श्री और श्रीमती ड्रेक पहले से ही काफी धनी हैं। उनके पास एक अच्छा मकान है, बढ़िया कपड़े हैं तथा दो खूबसूरत कारें हैं। उनके पास किसी भी चीज की कमी नहीं है। भला उन्हें और धन की क्या जरूरत हैं?"

"वे श्रीमती स्मिथ के निकटतम जीवित सम्बन्धी थे।"

"श्रीमती स्मिथ को मुझसे प्यार था और वे अपना धन मुझे ही देना चाहती थीं," ओल्गा बोली—"वे जानती थीं कि मैंने अपने जीवन में कितना संघर्ष किया है और कितनी यातनाएं भुगती हैं। वे जानती थी कि मेरे पिता को पुलिस पकड़ कर ले गई थी और उस दिन के बाद मैंने व मेरी मां ने कीभी उनकी शक्ल नहीं देखी। वे जानती थीं कि इस हादसे के कुछ समय बाद मेरी मां भी गुजर गई थी और मैं बेसहारा व अनाथ हो गई थी। वे जानती थीं कि मैं अपने छोटे से जीवन में किस-किस दौर से गुजरी हूं। मेरे देश में आपके देश की भांति जनतांत्रिक राज्य शासन नहीं है। वह पूरे मायनों में एक पुलिस राज्य है। लेकिन अफसोस है कि इस मामले में आप भी पुलिस के साथ हैं और मुझसे कोई सहानुभूति नहीं रखते हैं।"

"हां, इस मामले में मैं तुम्हारे साथ नहीं हूं," फुलर्टन ने कहा—"मुझे अफसोस है कि अपने छोटे से जीवन में तुम कई हादसों से गुजरी हो। लेकिन अपनी वर्तमान मुसीबत के लिए तुम खुद ही जिम्मेदार हो।"

"नहीं, यह सच नहीं है," ओल्गा भावावेश में बोल उठी—"इस मामले के संदर्भ में मैंने ऐसा कुछ नहीं किया है, जो मुझे नहीं करना चाहिए था। मेरी सेवा के कारण श्रीमती स्मिथ मुझ पर मेहरबान हो गई थीं," ओल्गा आगे बोली—"यह मेरे प्रति उनके प्यार का ही परिणाम है कि मरने से पहले उन्होंने अपने हाथों एक कोडिसिल लिखी, जिसके अनुसार उन्होंने अपनी सारी सम्पत्ति मेरे नाम कर दी। उनकी वसीयत को देख श्री व श्रीमती ड्रेक जल उठे और वे कहने लगे

कि मैं इस सम्पत्ति की हकदार नहीं हूं। वे मेरे बारे में कई प्रकार की अफवाहें भी उड़ा रहे हैं। वे कह रहे हैं कि मैंने श्रीमती स्मिथ पर गलत प्रभाव डालकर वसीयतनामा अपने हक में करवा लिया है। अब वे यह भी कह रहे हैं कि वह कोडिसिल जिसके अनुसार श्रीमती स्मिथ की सम्पत्ति की हकदार मैं हूं, श्रीमती स्मिथ ने नहीं लिखी थी, बल्कि खुद मैंने ही लिखी थी। ये सब बातें ईर्ष्यालु मन की उपज हैं। मैं कसम खाकर कहती हूं कि वह कोडिसिल श्रीमती स्मिथ ने खुद अपने हाथों से लिखी थी। कोडिसिल लिखने के बाद उन्होंने मुझे कमरे से बाहर निकल जाने को कहा था तथा नौकरानी व माली को कमरे के अन्दर बुलवाया था। उनहोंने कहा था कि वे उन दोनों व्यक्तियों से कोडिसिल पर गवाह के रूप में हस्ताक्षर करवाना चाहती थी। इतने समय बाद मेरे जीवन में कुछ अच्छे दिन आये हैं और मैं श्रीमती स्मिथ द्वारा छोड़े गये धन से अच्छा जीवन बिताने योग्य हो गई हूं। भला लोगों को मुझसे ईर्ष्या क्यों है? आप भी मुझे शक की निगाहों से देखते हैं," ओल्गा बोली—"आप भी सोचते हैं कि वह कोडिसिल मैंने लिखी है। यह झूठ है, सरासर झूठ। कोडिसिल श्रीमती स्मिथ ने खुद अपने हाथों से लिखी थी।"

"बहुत से लोग तुम्हारी बातों पर विश्वास नहीं कर रहे हैं," फुलटर्न बोला— "अब तुम कुछ देर के लिए शांत हो जाओ और मेरे सवालों का जवाब दो। क्या यह सच है कि श्रीमती स्मिथ के व्यक्तिगत पत्र आमतौर पर तुम ही लिखा करती थी और इन पत्रों में तुम उनकी लिखावट की हूबहू नकल करने का प्रयत्न करती थी। श्रीमती स्मिथ द्वारा अपने व्यक्तिगत पत्र तुमसे लिखाने का कारण यह था कि उनके विचार में व्यक्तिगत पत्र टाइप कराकर भेजना अशिष्टता की निशानी थी तथा खुद बीमार होने के कारण उन्हें अधिक परिश्रम करने को मनाही थी। लिहाजा श्रीमती स्मिथ इस प्रकार के सारे खत तुमसे ही लिखवाती थी तथा चाहती थी कि तुम उनकी लिखावट की नकल करो ताकि पत्र प्राप्त करने वाले व्यक्ति को ऐसा न लगे कि पत्र किसी और व्यक्ति से लिखाया गया है। पत्र व्यवहार के बारे में श्रीमती स्मिथ के इस प्रकार के विचार मुझे विक्टोरियन युग की याद दिलाते हैं। आज किसी भी व्यक्ति को अपने पत्र यहां तक कि व्यक्तिगत पत्र भी हाथ से लिखने की फुर्सत नहीं है, क्योंकि हम अपने सभी पत्र टाइप करवा के ही भेजते हैं। क्या तुम मेरा मतलब समझ रही हो।"

"जी हां," ओल्गा बोली—"मैं आपकी बात का मतलब अच्छी तरह समझती हूं। यह सही है कि श्रीमती स्मिथ अपने सभी व्यक्तिगत पत्र मुझसे ही लिखवाती थी। वह यह भी चाहती थीं कि मैं उनकी लिखावट की नकल करूं ताकि पत्र प्राप्त करने वाले व्यक्ति को यही लगे कि पत्र खुद श्रीमती स्मिथ ने अपने हाथों लिखा है। श्रीमती स्मिथ किसी भी व्यक्ति को यह आभास नहीं होने देना चाहती थी कि वह खुद पत्र लिख पाने के योग्य नहीं रही हैं, जबकि सच्चाई यह थी कि हाथ की हड्डियों में दर्द रहने के कारण वह खुद पत्र नहीं लिख पाती थीं।"

"लेकिन तुम श्रीमती स्मिथ के पत्र अपनी लिखावट में लिख कर उसके नीचे उनकी सचिव के रूप में हस्ताक्षर कर सकती थीं," फुलटर्न ने कहा—"ऐसी स्थिति में किसी को तुम्हारे इरादों पर संदेह नहीं होता।"

"श्रीमती स्मिथ ऐसा नहीं चाहती थीं," ओल्गा ने जवाब दिया—"वे चाहती थीं कि पत्र प्राप्त करने वाले व्यक्ति को यही लगे कि पत्र श्रीमती स्मिथ ने ही लिखा है।"

ओल्गा की दलील सुनकर फुलर्टन को लगा कि अपनी मालकिन के व्यक्तित्व के इस पहलू के बारे में ओल्गा जो कह रही थी, वह ठीक ही था। फुलर्टन ने कुछ अन्य स्रोतों से श्रीमती स्मिथ के व्यक्तित्व, उनके मूड, उनकी इच्छाओं व अनिच्छाओं के बारे में जो कुछ सुन रखा था, वह ओल्गा की इस दलील से मेल खाता था। यह सही था कि श्रीमती स्मिथ बीमार रहती थीं, किन्तु वह इस बात को किसी पर जाहिर नहीं होने देना चाहती थीं। वह खुद भी यह स्वीकार करने को तैयार न थीं कि बीमारी व वृद्धावस्था के कारण अब उनमें शक्ति व स्फूर्ति कम हो गई थी तथा डॉक्टर ने उन्हें शारीरिक या मानसिक श्रम करने की मनाही की थी। वह सदा यही कहती थीं। वह सदा यही कहती थीं—मैं बिलकुल स्वस्थ हूं, दुनिया में ऐसा कोई काम नहीं जिसे मैं कर न सकूं।

"श्रीमती स्मिथ के कोडिसिल पर आरंभ में किसी को कोई संदेह न हुआ था। वह कोडिसिल सही तरीके से लिखा गया था और उसके अन्त में श्रीमती स्मिथ के हस्ताक्षर थे। कोडिसिल की विश्वसनीयता पर संदेह सबसे पहले फुलर्टन के दफ्तर में ही हुआ था जहां फुलटर्न के सहयोगी मिस्टर कोल ने कहा था—"मुझे संदेह हो रहा है कि शायद यह कोडिसिल श्रीमती स्मिथ ने खुद न लिखा हो। मरने से कुछ समय पहले से ही रीमती स्मिथ के हाथ की हड्डियों में दर्द रहने लगा था। ऐसी स्थिति में इतना लम्बा कोडिसिल तो क्या वे एक लाइन तक लिखने में असमर्थ थीं। साथ ही पिछले कई वर्षों से बीमारी के कारण वे इस प्रकार के काम खुद नहीं करती थीं—ऐसी मेरी जानकारी हैं।"

कोल ने आगे कहा था—"मैं श्रीमती स्मिथ कागजात में से कुछ ऐसे कागज यहां लाया हूं, जिनमें श्रीमती स्मिथ की लिखावट के कुछ नमूने हैं। आप खुद इन नमूनों की लिखावट की तुलना कोडिसिल की लिखावट से कर लें। मुझे इस कोडिसिल के बारे में कुछ गड़बड़ होने का अंदेशा है।"

फुलर्टन ने दोनों लिखावटों का अध्ययन किया था और यही पाया था कि कोडिसिल में कुछ न कुछ गड़बड़ अवश्य है। उसने उस समय यही कहा था कि इस बारे में कुछ लिखावट विशेषज्ञों की सलाह लेनी चाहिए। लिखावट विशेषज्ञों की राय ने कोल के संदेह को तथ्य में बदल दिया था। उन्होंने कहा था कि कोडिसिल की लिखावट श्रीमती स्मिथ की लिखावट न थी।

यदि ओल्गा कुछ कम लालची होती और श्रीमती स्मिथ की संपत्ति का केवल एक भाग अपने नाम लिखती तो कोडिसिल पर संदेह करने की नौबत ही नहीं आती। ऐसी स्थिति में सब लोग यही कहते कि उसकी सेवा से खुश होकर तथा उसकी असहाय स्थिति पर दया कर श्रीमती स्मिथ ने अपनी संपत्ति का एक हिस्सा स्वेच्छा से उसके नाम लिख दिया होगा। ओल्गा को श्रीमती स्मिथ की सम्पत्ति का एक हिस्सा मिलने पर श्रीमती स्मिथ के कुछ सगे-सम्बन्धी

अवश्य नाराज होते, किंतु यह नाराजगी मामूली सी होती और कुछ समय में खुद ही खत्म हो जाती।

किंतु ओल्गा अपने लालच में हद से अधिक बढ़ गई थी। उसने इस जाली कोडिसिल द्वारा श्रीमती स्मिथ की सम्पत्ति का एक भाग नहीं, बल्कि पूरी सम्पत्ति ही अपने नाम कर ली थी व श्रीमती स्मिथ के सगे-संबंधियों के लिए कुछ भी न छोड़ा था। यहां तक कि श्रीमती स्मिथ के सगे भतीजे व भतीजी मिस्टर व मिसेज ड्रेक के लिए भी इसमें कुछ नहीं था। पिछले लगभग 20 वर्षों में श्रीमती स्मिथ ने चार बार अपना वसीयतनामा लिखवाया था और चारों बार उनकी सम्पत्ति का अधिकतम हिस्सा मिस्टर व मिसेज ड्रेक के नाम ही था। मरने के कुछ दिन पहले ऐसी क्या बात हो गई थी, जिस कारण उन्हें यह अपने हाथों से एक कोडिसिल लिखकर पुराने सभी वसीयतनामों को रद् करना पड़ा था तथा अपनी सारी सम्पत्ति अपनी परिचारिका ओल्गा के नाम करनी पड़ी थी? जाहिर तौर से ऐसी कोई बात न हुई थी और इस कारण कोई बात न हुई थी और इस कारण इसे कोडिसिल की विश्वसनीयता पर संदेह हो उठना लाजिमी था।

जाहिर था कि ओल्गा का लालच सीमा से बढ़ गया था और इस लालच ने ही जाली कोडिसिल लिखने जैसा खतरनाक कदम उठाने पर मजबूर किया था। संभवतः श्रीमती स्मिथ ने उसे किसी समय कह दिया हो कि वे उसके लिए अपनी सम्पत्ति में से कुछ भाग अवश्य छोड़ेगी। श्रीमती स्मिथ की इस बात ने ओल्गा को लालच से भर दिया हो और उसके सामने संभावनाओं के द्वार खोल दिए हों। शायद उसने सोचा हो कि क्यों न वह अपनी मालकिन द्वारा उस पर किए गए विश्वास का पूरा लाभ उठाए और उसकी पूरी सम्पत्ति ही हड़प ले। संभवतः यह सोचकर ही उसने यह कोडिसिल लिखी हो, जिसके अनुसार श्रीमती स्मिथ की सारी सम्पत्ति ही ओल्गा के नाम हो गई थी तथा उसके सगे-सम्बंधियों को कुछ भी न मिला था। किंतु किस्मत ने ओल्गा का साथ न दिया था और वह अपने बनाए जाल में खुद ही फंस गई थी।

हालांकि प्राकृतिक न्याय तथा कानून ओल्गा के खिलाफ था, लेकिन न जाने क्यों फुलर्टन को उस पर दया आ रही थी। ओल्गा ने बचपन से ही अपने जीवन में दुःख व संघर्ष के अतिरिक्त कुछ न देखा था। उसने पहले अपने पिता व फिर माता को खोया था, उसने एक पुलिस राज्य की सख्तियां बर्दाश्त की थी। वह अपने भाई व बहन के प्यार से वंचित रही थी—संक्षेप में उसने अपने जीवन में अन्याय व शोषण ही देखा था, सुख व निश्चिंतता नहीं। शायद इसी कारण उसके स्वभाव में लालच की मात्रा असामान्य रूप से बढ़ गई थी और यही भावना उसे अपराध करने पर उतारू कर रही थी।

"न जाने क्यों सभी लोग मेरे खिलाफ हो गए हैं," ओल्गा बोली—"आप भी मेरे खिलाफ हो गए हैं। आपको मुझसे कोई सहानुभूति नहीं है, क्योंकि मैं विदेशी हूं, क्योंकि मैं मूलतः आपके देश की नहीं हूं। अब मैं क्या करूं? आप मुझे सलाह क्यों नहीं देते कि मैं क्या करूं?"

"ऐसी स्थिति में तुम्हारे हित में यही होगा कि तुम अपराध स्वीकार कर लो,"फुलटर्न ने कहा—"उस समय तुम्हारे बचाव में कई बातें कहीं जा सकती हैं। मिसाल के तौर पर कहा जा सकता है कि तुमने अपने जीवन में पहली बार अपराध किया है, कि तुम विदेशी हो, कि तुम

अंग्रेजी भाषा को ठीक से नहीं समझती, आदि-आदि। इन दलीलों के आधार पर तुम्हारे अपराध की तीव्रता को कम करके दिखाया जा सकता है ताकि तुम्हें कम-से-कम सजा मिले। हो सकता है तुम्हारी छोटी उम्र को देखकर जज तुम्हें कोई सजा ही न दे अथवा केवल कुछ समय के लिए किसी सुधारगृह में भेज दे।"

"ये कोरे आश्वासन हैं," ओल्गा ठंडी सांस लेते हुए बोली—"अपराध स्वीकार करने पर मुझे जेल की कोठरियों में सड़ना होगा और शायद मैं उन काल-कोठरियों से निकलकर कभी बाहर न आ सकूं। इससे तो यही अच्छा होगा कि मैं कहीं भाग जाऊं अथवा किसी ऐसे स्थान पर छिप जाऊं, जहां कोई मुझे न पकड़ सके।"

"कानून व पुलिस की नजर से बच पाना संभव नहीं है, फुलर्टन ने कहा—"तुम्हारे खिलाफ वारंट जारी होने पर पुलिस तुम्हें कहीं-न-कहीं से निकाल ही लेगी।"

ओल्गा कुर्सी से उठते हुए बोली—"मेरे पास काफी पैसा है। इतने वर्षों में मैंने काफी पैसा कमा लिया है। इस पैसे के बल पर मैं अपना पूरा बचाव करने का प्रयत्न करूंगी। मैं जानती हूं कि आप मेरी सहायता नहीं करेंगे, क्योंकि मेरी सहायता करना कानून के खिलाफ होगा। लेकिन कोई-न-कोई मित्र या शुभचिंतक अवश्य मेरी सहायता करेगा। मैंने इस देश से गायब हो जाने तथा किसी भी जगह बस जाने का निश्चय किया है, जहां मुझे कोई तलाश न कर सके।"

ओल्गा अपने कथन के अनुसार सचमुच ही गायब हो गई थी। कोई न जानता था कि वह कहां थी, कैसी हालत में थी, क्या कर रही थी? आदि-आदि।

चौदह

पोइरो श्रीमती ड्रेक के निवास 'एपल ट्रीज' पहुंचा, जहां उसे ड्राइंग रूम में बिठाया गया और कहा गया कि श्रीमती ड्रेक थोड़ी ही देर में उससे मिलने ड्राइंग रूम में आ रही हैं। ड्राइंग-रूम की ओर चलते हुए उसे साथ वाले कमरे में कुछ महिलाओं के बातचीत करने की आवाज आई थी।

थोड़ी देर बाद ड्राइंग-रूम का दरवाजा खुला।

"मुझे अफसोस है कि आपको मेरा इन्तजार करना पड़ा, मिस्टर पोइरो," श्रीमती ड्रेक ने कहा—"चर्च में क्रिसमस मेले का आयोजन किया जा रहा है। आज आयोजन समिति की बैठक मेरे घर में थी। इस प्रकार के आयोजनों में काफी समय लग जाता है। कई लोग कई प्रकार के सुझाव देते हैं और आमतौर पर ये सुझाव व्यावहारिक भी नहीं होते।"

पोइरो को लगा कि श्रीमती ड्रेक की आवाज में थोड़ा तीखापन था। उसे लगा कि जिस विषय के बारे में बातचीत करने वह श्रीमती ड्रेक के पास आया था, उस विषय पर श्रीमती ड्रेक तीखेपन से ही पेश आएगी। सुपरिटेंडेंट स्पैंस की बहिन तथा अन्य लोगों से बात कर पोइरो यही जान पाया था कि श्रीमती रोवेना ड्रेक सख्त स्वभाव की औरत है, जिसे आमतौर पर लोग पसन्द नहीं करते। किंतु आमतौर पर प्रबन्ध व आयोजन के कामों में वह इतनी कार्यकुशल व चुस्त है

कि इस प्रकार के सभी कामों को उसी के सुपर्द कर दिया जाता है। चाहे किसी के घर में पार्टी का आयोजन हो या चर्च में क्रिसमिस मनाना-सभी लोग स्वाभाविक रूप से उसी की ओर देखते थे।

श्रीमती ड्रेक से मिलकर पोइरो के लिए इस बात का अंदाजा लगाना भी मुश्किल न था। उसके व श्रीमती स्मिथ के स्वभावों में एकरूपता थी। अकसर एक ही स्वभाव वाली महिलाओं की आपस में पट नहीं पाती। श्रीमती लैलविन स्मिथ और श्रीमती रोवेना ड्रेक के सम्बन्धों में भी यह बात आड़े आती थी।

श्रीमती स्मिथ भी ड्रेक की भांति दबंग किस्म की महिला थीं और अपने जीवनयापन की पद्धति में किसी भी किस्म की दखलअंदाजी को पसन्द नहीं करती थीं। इस कारण हालांकि अपनी वृद्धावस्था में श्रीमती स्मिथ अपने भतीजे व भतीजी श्री व श्रीमती ड्रेक के नजदीक रहना चाहती थीं और इसी कारण उसने इसने क्षेत्र में मकान खरीदा था, किन्तु इसके बावजूद उसने श्रीमती ड्रेक से एक निश्चित दूरी बनाए रखी थीं। पोइरो को लगा कि श्रीमती स्मिथ श्रीमती ड्रेक से प्यार तो अवश्य करती होंगी, किंतु उसके तानाशाही स्वभाव से चिढ़ती भी होगी।

श्रीमती ड्रेक बोली—"अब बताइये, मैं आपकी क्या सेवा कर सकती हूं? क्या आप उस पार्टी के बारे में ही जानकारी प्राप्त करने यहां आये हैं? मुझे अफसोस हो रहा है कि मैंने वह पार्टी अपने घर पर आयोजित की। किंतु मैं करती भी क्या? इस इलाके में मेरा ही घर इस प्रकार की पार्टी का आयोजन करने के लिए उपयुक्त था। क्या श्रीमती ऑलिवर श्रीमती जूडिथ बटलर के घर पर ही ठहरी हुई है?"

"हां," पोइरो बोला—"किंतु मेरी जानकारी के अनुसार वे एक या दो दिनों में लंदन जाने वाली हैं। क्या आप उनसे पहले मिली थीं?"

"नहीं, मैंने केवल उनके उपन्यास पढ़े हैं।" क्या इस मामले में हत्यारे के बारे में वे कोई अनुमान लगाने में सफल हुई है?

"मेरे विचार में नहीं," पोइरो बोला—"मैडम, क्या आप इस बारे में कोई अनुमान लगा सकती है?"

"मैं आपको पहले ही बता चुकी हूं कि इस बारे में कोई अनुमान लगाना मेरे लिए संभव नहीं है।"

"हो सकता है कि आपने उस दिन उस पार्टी में कोई मामूली-सी बात, हरकत या व्यवहार नोट किया हो, जो उस समय आपको मामूली दीखी हो, किंतु बाद में महत्त्वपूर्ण लगा हो," पोइरो ने कहा— "अकसर इस प्रकार की छोटी-छोटी बातें बड़ी गुत्थियां सुलझाने में सफल हो जाती हैं।"

"मिस्टर पोइरो! आपके दिमाग में जरूर कोई खास बात है और आप उस बात की ओर मेरा ध्यान खींचना चाह रहे हैं। अच्छा हो कि आप साफ-साफ लफ्जों में कहें कि किस विशेष घटना का हवाला दे रहे हैं।"

"चलिए, मैं स्वीकार कर लेता हूं कि मेरे दिमाग में एक विशेष घटना है, जिस पर मैं आपकी प्रतिक्रिया जानना चाहता हूं," पोइरो ने कहा—"दरअसल इस घटना के बारे में मुझे किसी ऐसे व्यक्ति ने बताया है, जो स्वयं उस पार्टी में मौजूद थी।"

"कौन व्यक्ति?"

"मिस विटाकर, जो स्कूल अध्यापिका है।"

"हां, मैं मिस विटाकर को जानती हूं। वह एल्मज नामक स्कूल में गणित की अध्यापिका है। हां, मुझे याद आ रहा है कि मिस विटाकर उस दिन पार्टी में मौजूद थी। भला उसने उस पार्टी में ऐसा क्या देखा, जिस पर आप मेरी प्रतिक्रिया जानना चाहते हैं?"

"दरअसल मिस विटाकर ने पार्टी में कुछ नहीं देखा," पोइरो बोला—"लेकिन उनके विचार में पार्टी में आपने कोई ऐसी चीज देखी, जिसका इस गुत्थी से कोई सम्बन्ध हो सकता है।"

यह सुनकर श्रीमती ड्रेक चौंक उठीं।

"पार्टी में भला ऐसी क्या बात हो सकती है, जो इस हत्या की गुत्थी को सुलझाने में महत्त्वपूर्ण हो?" श्रीमती ड्रेक ने आश्चर्य का भाव दिखाते हुए पूछा।

"इस घटना का सम्बन्ध एक फूलदान से है," पोइरो ने याद दिलाया।

"फूलदान?" यह कहकर श्रीमती ड्रेक विचारों में डूब गई और उनके माथे पर चिंता के चिन्ह उभरने लगे। फिर खुद को संयत करते हुए वह बोली—"हां, मुझे अब याद आ रहा है। सीढ़ियों के किनारे एक मेज पर फूलों से भरा एक फूलदान रखा हुआ था। वह खूबसूरत फूलदान मेरे विवाह पर किसी मित्र ने उपहार के रूप में मुझे दिया था। हाल में चलते हुए मेरी नजर उस फूलदान पर पड़ी थी और मैंने देखा कि उसमें रखे फूल मुरझा रहे थे। शायद उस समय पार्टी होने को ही थी। मैं फूलदान के करीब गई और पाया कि फूलों के मुरझाने का कारण यह था कि उन्हें कई दिनों से पानी नहीं दिया गया था। नौकरों की इस लापरवाही पर मुझे गुस्सा आया था। फिर मैं उस फूलदान को बाथरूम में ले गई और उसे पानी से भर दिया। भला बाथरूम में मैं क्या देख सकती थी? उस समय बाथरूम में कोई भी तो न था। हां, मैं पूरे विश्वास के साथ कह सकती हूं कि उस समय बाथरूम में कोई न था।"

"मेरा मतलब उस समय बाथरूम में किसी व्यक्ति के होने से नहीं है," पोइरो बोला—"मेरी जानकारी के मुताबिक उस समय एक छोटी-सी दुर्घटना हुई थी। दरअसल उस समय आपके हाथ से वह फूलदान गिरकर नीचे हॉल में चकनाचूर हो गया था।"

"हां, हां, आप ठीक कहते हैं," श्रीमती ड्रेक बोल उठीं—"मैं आपको पहले ही बता चुकी हूं कि फूलदान मेरे विवाह पर किसी मित्र ने मुझे उपहार के रूप में दिया था। मुझे वह फूलदान बहुत प्यारा लगता था। उस दिन फूलदान में रखे फूलों को मुरझाया देखकर मेरा मूड खराब हो गया। ऐसी स्थिति में वह फूलदान मेरे हाथ से फिसल गया और नीचे हॉल के फर्श पर गिरकर चकनाचूर हो गया। उस समय एलिजाबेथ विटाकर भी हॉल में ही खड़ी थी। उसने टूटे हुए फूलदान के टुकड़े उठाने व हॉल को साफ करने में मेरी मदद की थी।"

यह कहकर श्रीमती ड्रेक ध्यान से पोइरो को देखने लगी।

"क्या आप इसी घटना के बारे में जानना चाहते थे?" उसने पूछा।

"हां," पोइरो ने जवाब दिया—"दरअसल मिस विटाकर यह समझ नहीं पा रही थीं, वह फूलदान आपके हाथ से कैसे छूट गया। उनका ख्याल था कि उस समय आपकी नजरों के सामने जरूर कोई ऐसी चीज आई होगी, जिसने आपको चौंका दिया था और उसी हड़बड़ाहट में वह फूलदान आपके हाथ से छूट गया होगा।"

"नहीं, उस समय हॉल में मिस विटाकर के अतिरिक्त, कोई अन्य व्यक्ति न था," श्रीमती ड्रेक बोली—"आप जानते ही हैं उस समय पार्टी अपने जोरों पर थी और सभी लोग पार्टी वाले कमरे में पार्टी का आनन्द लूटने में व्यस्त थे। दरअसल मिस विटाकर पर भी मेरी नजर तब पड़ी, जब वह हॉल में आगे बढ़कर फूलदान के टूटे टुकड़ों को उठाने में मेरी सहायता करने लगी। लिहाजा उस समय हॉल में ऐसी कोई चीज ही न थी, जो मेरा ध्यान आकर्षित करे या मुझे चौंका दे।"

"क्या आपने उस समय पुस्तकालय के दरवाजे से किसी को बाहर आते देखा?"

"पुस्तकालय के दरवाजे से?" यह कहकर श्रीमती ड्रेक थोड़ी देर रुकी और फिर बोली, "मैं यह निश्चित रूप से कह सकती हूं कि मैंने पुस्तकालय के दरवाजे से किसी को बाहर निकलते नहीं देखा।"

श्रीमती ड्रेक के बयान में जो दृढ़ता थी, वह असामान्य किस्म की थी। आमतौर पर कोई भी व्यक्ति अपनी किसी बात को इतना जोर देकर नहीं कहता है। पोइरो को लगा कि श्रीमती ड्रेक किसी बात को छिपाने का प्रयत्न कर रही है।

श्रीमती ड्रेक सख्त स्वभाव की महिला तो जरूर थी, लेकिन आमतौर पर उनकी ईमानदारी व चरित्र पर कोई संदेह नहीं सकता था। आमतौर पर इस प्रकार की महिलाएं जज के रूप में सफल होती हैं या खुद को सामाजिक कार्यों के लिए अर्पित कर देती हैं। साथ ही जज या सामाजिक कार्यकर्ताओं के रूप में इस प्रकार की महिलाएं अपराधियों के अपराध को कम करने, उन्हें अच्छी जिंदगी बसर करने के लिए प्रेरित करने तथा उन्हें सही रास्ते पर लाने के काम में भरसक सहयोग देती हैं। संभव है कि श्रीमती ड्रेक ने पुस्तकालय के दरवाजे के पास किसी व्यक्ति को देखा और अपनी सामाजिक भावना से अभिभूत हो उसे हत्या के अपराध से बचाने के लिए इस तथ्य को छिपाने का प्रयत्न कर रही हों।

"क्या ऐसा नहीं हो सकता कि मिस विटाकर ने ही किसी व्यक्ति को पुस्तकालय के भीतर दाखिल होते देख लिया हो?" श्रीमती ड्रेक ने सुझाव दिया।

"क्या आपके विचार में यह सम्भव हो सकता है?" पोइरो ने दिलचस्पी लेते हुए पूछा।

"मैंने केवल संभावना के रूप में ही यह पूछा है," श्रीमती ड्रेक ने सफाई दी—"हो सकता है फूलदान टूटने की घटना से लगभग पांच मिनट पहले मिस विटाकर ने किसी व्यक्ति को पुस्तकालय में दाखिल होते देख लिया हो और बाद में मेरे हाथ से गुलदस्ता छूटने पर सोचा हो

कि मैंने भी उस व्यक्ति को देख लिया है। हो सकता है मिस विटाकर उस व्यक्ति को भली प्रकार न देख पाई हो और इसलिए उसकी पहचान के बारे में कुछ भी बता पाने में असमर्थ हो। ऐसी स्थिति में संभवतः वह सोच रही थी मैंने उस व्यक्ति को देखा हो और इसलिए मैं उसके बारे में निश्चित रूप से कुछ बता सकती हूं।"

"क्या आपके विचार में पुस्तकालय में दाखिल होने वाला व्यक्ति कोई किशोर आयु का लड़का या लड़की होगा?" पोइरो ने पूछा—"दूसरे शब्दों में, क्या हम यह मान लें कि इस प्रकार की हत्या करने वाला कोई छोटी उम्र का व्यक्ति ही होगा?"

श्रीमती ड्रेक ने पोइरो की दलील पर गौर किया।

"हां, मेरा ऐसा ही विचार बन रहा है," वह बोली—"आजकल अधिकतर अपराध छोटे उम्र के लड़के व लड़कियां ही करते हैं। उनमें से अधिकतर लड़के यह नहीं जानते कि वे क्या कर रहे हैं तथा उनके काम का क्या परिणाम निकलेगा। शेष लड़के या तो हिंसा को स्वभाव से ही पसन्द करते हैं या मामूली मुद्दों पर बदला लेने की इच्छा से अपराध करने पर उतारू हो जाते हैं। मेरे विचार में यह उन लड़कों की ही नहीं, बल्कि पूरे जमाने की ही प्रवृत्ति है। इस कारण जब हमारे सामने किसी पार्टी में जोइस जैसी किसी बच्ची की निर्मम हत्या का सवाल आता है, तो हम यह अनुमान लगा सकते हैं कि यह काम किसी ऐसे लड़के का है, जिसे इस बात की भी समझ नहीं है कि उसने कितना जघन्य अपराध किया है और इस अपराध के क्या परिणाम होंगे। इस मामले में तो मुझे यही संभावना नजर आती है।"

"मैडम, जोइस की हत्या के मामले में प्रमाण इकट्ठा करना आसान नहीं है," पोइरो बोला।

"मेरे विचार में यह काम अधिक मुश्किल नहीं है," श्रीमती ड्रेक बोली—"कुछ समय पहले मेरे पति की एक दुर्घटना में मृत्यु हो गई। मेरे पति पहले से ही अपाहिज थे और उसी अवस्था में एक बार सड़क पार करते हुए किसी कार ने उन्हें धक्का देकर गिरा दिया। दुर्घटना के लिए जिम्मेदार व्यक्ति कभी न पकड़ा जा सका। शायद आप जानते हैं कि लगभग छः वर्ष पहले मेरे पति पोलियो के शिकार हो गए थे और तभी से उनकी स्थिति अपाहिज के समान हो गई थी। उन्हें डॉक्टर ने अकेले घर से बाहर निकलने के लिए मना कर दिया था। किन्तु वे मानते ही न थे। वे मुझसे आंख बचाकर बाहर निकल ही जाते थे। वे आमतौर पर सड़क पर बड़े ध्यान से चलते थे। किन्तु होनी को भला कौन टाल सकता है? दुर्घटना में मृत्यु होना उनकी नियति में लिखा था और ऐसा ही हुआ। फिर भी न जाने क्यों उनकी मृत्यु के लिए मैं खुद को दोषी पाती हूं।"

"क्या यह हादसा आपकी बुआ श्रीमती स्मिथ की मौत के आसपास ही हुआ?"

"नहीं, श्रीमती स्मिथ की मृत्यु मेरे पति की मृत्यु के बाद हुई थी," श्रीमती ड्रेक बोली—"न जाने क्यों जब मुसीबतें आती हैं, तो एक साथ ही आती हैं।"

"मुझे आपसे पूरी सहानुभूति है," पोइरो बोला—"क्या पुलिस उस कार का पता न लगा पाई, जिससे आपके पति दुर्घटनाग्रस्त हुए थे।"

"वह कार ग्रासहौपर मार्क सैबन किस्म की थी," श्रीमती ड्रेक बोली—"आप जानते ही हैं कि आजकल सड़कों पर चलने वाली अधिकतर कारें इसी किस्म की होती हैं। पुलिस की तहकीकात के अनुसार वह कार मैनचैस्टर के बाजार से चुराई हुई थी। उसके असली मालिक मैनचैस्टर के ही एक बीजों के सम्मानित व्यापारी मिस्टर बाटरहाउस थे। दुर्घटना के समय गाड़ी मिस्टर बाटरहाउस नहीं चला रहे थे। जाहिर था कि वह गाड़ी कुछ गैर जिम्मेदार युवकों ने चुरा ली थी और वे ही दुर्घटना के लिए जिम्मेदार थे। आजकल के इन बिगड़े नवयुवकों के कारनामों को देखकर मैं तो यही कहूंगी कि कानून को उसके साथ अधिक सख्ती से पेश आना चाहिए।"

"मैं आपसे पूरी तरह सहमत हूं," पोइरो बोला—"इस प्रकार के नवयुवकों को केवल जुर्माना कर उन्हें छोड़ देने से कोई लाभ न होगा, क्योंकि जुर्माना उनके धनी अभिभावक भर देते हैं। उनके लिए अच्छा हो, यदि उन्हें कुछ समय जेल की हवा खानी पड़े।"

थोड़ी देर इसी प्रकार की बातचीत कर वे पुनः जोइस की हत्या के मुद्दे पर आ गए।

"लेकिन जोइस की हत्या कोई दुर्घटना न थी," पोइरो पुनः जोइस की हत्या के सूत्र पर आ गया—"इस मामले में हत्यारे ने जोइस का मुंह पानी से भरी एक बाल्टी में डुबो दिया था और तब तक उसे वहीं दबाए रखा, जब तक जोइस की मृत्यु न हो गई।"

"हां, यह सब बहुत ही भयानक है," श्रीमती ड्रेक बोली—"जब मैं इस हत्या के बारे में सोचती हूं तो सिहर उठती हूं।"

यह कहकर श्रीमती ड्रेक उठी और अशांत भाव से कमरे में चहलकदमी करने लगी।

"जोइस की हत्या के मामले में हम अभी यह भी मालूम करने में सफल नहीं हुए हैं कि उसकी हत्या के पीछे क्या उद्देश्य था।" पोइरो बोला।

"मेरे विचार में इस प्रकार की हत्या के पीछे कोई उद्देश्य नहीं हो सकता।" श्रीमती ड्रेक ने विचार व्यक्त किया।

"क्या आपके विचार में यह अपराध किसी ऐसे व्यक्ति ने किया है, जो मानसिक रूप से असंतुलित था या जो हिंसक कामों में आनन्द लेता था?" पोइरो ने पूछा।

"इस प्रकार की हत्याएं आजकल काफी अधिक संख्या में होने लगी है," श्रीमती ड्रेक ने कहा—"लेकिन इन हत्याओं के मंतव्य के बारे में फिलहाल निश्चित रूप से कुछ नहीं कहा जा सकता। इस बारे में मनोवैज्ञानिक भी अभी किसी निश्चित निर्णय पर नहीं पहुंच पाए हैं।"

"क्या ऐसा नहीं हो सकता कि किसी व्यक्ति ने अपनी सुरक्षा के लिए जोइस की हत्या कर दी हो?" पोइरो ने कहा।

"अपनी सुरक्षा के लिए?"

"आपको याद होगा कि हत्या से कुछ घंटे पूर्व उस लड़की ने कई लोगों की उपस्थिति में दावा किया था कि उसने एक हत्या अपनी आंखों के सामने होते देखी थी। क्या उस तथाकथित हत्या में शरीक कोई व्यक्ति अपनी सुरक्षा के लिए जोइस का मुंह सदा को बन्द कर देने के लिए ऐसा काम नहीं कर सकता?"

"जोइस एक नादान लड़की थी," श्रीमती ड्रेक ने दुःख को संभालकर शांत भाव से कहा—"ऐसी लड़की की गैरजिम्मेदाराना बातों के आधार पर हत्या के बारे में किसी निष्कर्ष पर पहुंचना ठीक न होगा।"

"जोइस के बारे में सभी का यह विचार है कि वह एक नादान लड़की थी और कई बार अपनी कल्पना के आधार पर बातें गढ़ देती थी," पोइरो ने कहा—"इतने लोगों के विचारों के आधार पर मुझे भी जोइस के स्वभाव के बारे में यही विचार बनाने में कोई आपत्ति नहीं है।"

यह कहकर पोइरो उठा और श्रीमती ड्रेक से विदा लेने के लहजे में बोला—"मैडम मुझे अफसोस है कि इस हत्या के दुखदायी पहलुओं की ओर आपका ध्यान खींचकर मैंने आपका दिल दुखाया है। दरअसल मिस विटाकर के बयान के आधार पर ही मैं आपके पास चला आया था।"

"आप इस बारे में और जानकारी मिस विटाकर से ही क्यों नहीं ले लेते?" श्रीमती ड्रेक बोली।

"मतलब?"

"मिस विटाकर एक अध्यापिका हैं और अध्यापिका होने के नाते अपने छात्रों व छात्राओं के स्वभाव से बेहतर रूप से परिचित हैं। जोइस के बारे में वह आपको अधिक जानकारी दे सकती हैं।"

फिर कुछ देर रुककर वह बोली—"मिस एमलिन भी।"

"मिस एमलिन? मुख्याध्यापिका?"

"हां, मिस एमलिन बाल मनोविज्ञान में खासी दिलचस्पी रखती हैं," श्रीमती ड्रेक बोली—"जोइस की हत्या का सुराग निकालने के लिए वह आपको अवश्य कुछ सूत्र दे सकती हैं।"

"ठीक है।"

"मैं यह नहीं कह रही कि मिस एलमिन के पास इस विषय में कुछ ठोस प्रमाण होंगे," श्रीमती ड्रेक सफाई देते हुए बोलीं—"लेकिन वह इस प्रकार के विषयों के बारे में काफी जानकारी रखती हैं।"

पोइरो ने श्रीमती रोवेना ड्रेक के चेहरे पर नजर डाली।

"आपकी बुआ श्रीमती लैलविन स्मिथ के पास एक विदेशी लड़की रहती थी और उनकी परिचारिका के रूप में काम करती थी," उसने पूछा।

"लगता है कि आप भी इस इलाके में प्रचलित अफवाहों पर काफी ध्यान देते हैं," श्रीमती ड्रेक ने कहा—"यह सच है कि श्रीमती स्मिथ के साथ एक विदेशी लड़की रहती थी। लेकिन वह श्रीमती स्मिथ की मृत्यु के कुछ समय बाद ही यहां से चली गई।"

"क्या वह कुछ अजीब परिस्थितियों में यहां से गई थी?"

"जी हां," श्रीमती ड्रेक बोली—"उसने एक जाली कोडिसिल बनाकर मेरी बुआ की सम्पत्ति को हथियाने का प्रयत्न किया था। मेरा ख्याल है कि ऐसा करने में किसी व्यक्ति ने उसकी सहायता भी की होगी।"

"किसी व्यक्ति ने?"

"उसके एक ऐसे नवयुवक से मित्रतापूर्ण सम्बन्ध थे, जो मैनचैस्टर स्थित एक वकीलों की कम्पनी में काम करता था। वह व्यक्ति इससे पहले भी जालसाजी के एक मामले में फंस गया था। उस लड़की द्वारा जाली कोडिसिल तैयार करने का मामला अदालत की चौखट तक न पहुंच पाया, क्योंकि इससे पहले ही वह अचानक गायब हो गई। शायद उसे अपने गैरकानूनी काम का अंजाम पता चल गया होगा और जेल की सजा के डर से वह पहले ही कहीं भाग गई।"

"इन सारी सूचनाओं के लिए धन्यवाद।" पोइरो ने कहा और विदा लेकर बाहर चला आया।

श्रीमती रोवेना ड्रेक के घर से बाहर निकलकर पोइरो मुख्य सड़क पर आ गया और स्थानीय कब्रिस्तान की ओर चलने लगा। लगभग 10 मिनट पैदल चलने के बाद वह कब्रिसतान के दरवाजे पर पहुंचा और न जाने क्या सोचकर उसमें दाखिल हो गया। कब्रिस्तान पर एक नजर डालने पर उसे लगा कि वह अधिक पुराना कब्रिस्तान न था और संभवतः पिछले 10-12 वर्षों के दौरान ही इसे बनाया गया था। जाहिर था कि पिछले कुछ वर्षों में इस क्षेत्र की आबादी में बढ़ोतरी हो रही थी और पुराना कब्रिस्तान इतने अधिक लोगों का बोझ संभालने में असमर्थ था। पोइरो को लगा कि यह बहुत आधुनिक किस्म का बना कब्रिस्तान था, जिसकी हर कब्र के पास संगमरमर के बने पत्थर लगाए हुए थे। इन पत्थरों में इस व्यक्ति का नाम, जन्मतिथि तथा मरणतिथि लिखी हुई थी, जिस व्यक्ति की वह कब्र थी। कब्रिस्तान बहुत साफ सुथरा तथा करीने से सजाया हुआ था।

पोइरो एक पत्थर पर किसी व्यक्ति का नाम देखकर ठिठक गया। उस पर लिखा हुआ था—

"श्रीमती रोवेना ड्रेक के पति श्री एडमंड ड्रेक की पुण्यस्मृति में, जो 20 मार्च 19-को स्वर्ग सिधारे।"

उस पत्थर को देखकर व उस पर लिखे संदेश को पढ़कर न जाने क्यों पोइरो को लगा कि श्रीमती ड्रेक जैसी सख्त व कठोर महिला के चंगुल से निकलकर एडमंड ड्रेक मानो सुख की नींद सो रहा है।

कब्रिस्तान में उस समय एक माली काम करने में जुटा हुआ था। पोइरो को देखकर वह शायद अपनी थकान दूर करने के उद्देश्य से उसके पास चला गया और बातचीत शुरू करने का प्रयत्न करने लगा।

"आप शायद इस कब्र में दिलचस्पी रखते हैं," वह बोला— "चलिए मैं आपको उस व्यक्ति के बारे में कुछ जानकारी देता हूं, जो उस कब्र में सो रहा है। यह कब्र श्री एडमंड ड्रेक की है, जो एक निहायत शरीफ आदमी था। ड्रेक को वर्षों पहले लकवा मार गया था, जिस कारण वह अपाहिज हो गया था।"

"क्या उसकी मौत एक दुर्घटना में हुई थी?" पोइरो ने जानना चाहा।

"हां," माली अपनी बातों में अजनबी की दिलचस्पी देख उत्साहित हो रहा था, "एक बार सड़क पार करते हुए एक कार ने उसे धक्का देकर जमीन पर गिरा दिया था। कार दो सिरफिरे नौजवान चला रहे थे। दुर्घटना देख वे रुके नहीं, बल्कि कार को तेज चलाते हुए घटनास्थल से भाग गये। श्रीमती ड्रेक अपने पति को काफी चाहती थीं। अपने पति की मृत्यु का उन्हें बहुत दुःख है। वह हर हफ्ते अपने पति की कब्र पर आती है और इस पर फूल चढ़ाती है। दोनों पति-पत्नी एक दूसरे को बहुत चाहते थे। मेरा तो यही ख्याल है कि श्रीमती ड्रेक अब अधिक समय तक इस इलाके में नहीं रहेंगी।"

"ऐसा क्यों?" पोइरो ने चौंक कर पूछा—"इस इलाके में उन्होंने एक खूबसूरत मकान बनाया है।"

"मेरा तो यही अनुमान है," माली बोला—"श्री और श्रीमती ड्रेक आमतौर पर अपनी छुट्टियां बाहर ही बिताते आए हैं। लिहाजा श्रीमती ड्रेक के लिए बाहर जाना कोई नई बात नहीं है।"

"आखिर वह ये इलाका क्यों छोड़ना चाहती हैं?" पोइरो ने फिर पूछा।

"मेरा ख्याल है कि इस इलाके में श्रीमती ड्रेक अपनी सामर्थ्य के अनुसार पूरा काम कर चुकी है," माली अविचलित अंदाज से बोला—"अब यहां उनके पास करने के लिए कुछ बचा ही नहीं है।"

"क्या वे किसी अन्य इलाके में अपना काम नए सिरे से आरम्भ करना चाहती हैं?" पोइरो ने सुझाव दिया।

"शायद आप ठीक कह रहे हैं। इस इलाके में अपने काम की अधिक गुंजाइश न देखकर श्रीमती ड्रेक किसी नए इलाके में बस कर अपना काम नए सिरे से आरम्भ करना चाहती हैं।"

"तुम्हारे विचार में वे कहां बसना पसन्द करेंगी?" पोइरो ने आगे पूछा।

"इस बारे में मैं निश्चित रूप से कुछ नहीं कह सकता," माली बोला—"शायद वे स्पेन या पुर्तगाल चली जाएं। वे अक्सर ग्रीस के बारे में बातें करती रहती हैं और उसे एक खूबसूरत राज्य बताती है। इसी इलाके में रहने वाली श्रीमती बटलर भी ग्रीस गई हैं। सुना जाता है कि ग्रीस एक सुन्दर देश है।"

ग्रीस में माली की असाधारण दिलचस्पी देख पोइरो मुस्करा उठा।

पंद्रह

दोनों लड़के परेशान नजरों से पोइरो की ओर देखने लगे।

"मिस्टर पोइरो! इस बारे में पुलिस पहले ही हमारा बयान ले चुकी है," वे एक स्वर में बोले—"उस बयान के अलावा हमारे पास आपको बताने के लिए कुछ नहीं है।"

पोइरो ने गौर से दोनों लड़कों की ओर देखा। हालांकि शारीरिक रूप से उन दोनों को लड़का कहना ही ठीक होगा। निकोलस की उम्र 18 वर्ष थी, जबकि डेस्मंड केवल 16 वर्ष का था।

"अब तक मैं इस हत्या के सिलसिले में काफी लोगों से मिल चुका हूं," पोइरो बोला—"मैंने उस मकान में काम करने वाले नौकर व नौकरानियों से बात कर ली है, मैंने इस बारे में पुलिस के विचार जान लिए हैं, मैं उस डॉक्टर से मिल चुका हूं जिसने लाश का निरीक्षण किया, मैंने स्कूल की अध्यापिकाओं व जोइस के रिश्तेदारों से भी संबंध स्थापित कर लिया है तथा मैं गांव में उड़ रही विभिन्न प्रकार की अफवाहों से भी परिचित हूं। इस गांव में एक स्थानीय चुड़ैल भी है?"

"शायद आपका मतलब मदर गुडबॉडी से है," "लड़कों ने हंसते हुए जवाब दिया—"हां,वे भी उस पार्टी में उपस्थित थी।"

"इतने लोगों से मिलने के बाद अब मैं तुमसे इस मामले पर बातचीत करना चाहता हूं," पोइरो बोला—"तुम दोनों नवयुवक हो, समझदार हो, मेधावी हो तथा तुम्हारी नजर बहुत पैनी है। मैं इस मामले पर तुम्हारे विचार जानने के लिए उत्सुक हूं।"

पोइरो की पैनी निगाहें दोनों युवकों को आंक रही थीं। संयोग की बात यह थी कि वे दोनों न केवल पार्टी में नए थे, बल्कि उन्होंने पार्टी के आयोजन में भी सहयोग दिया था। पार्टी के आयोजन के समय या पार्टी के दौरान एक भी ऐसी गतिविधि न थी, जिसमें इन दोनों युवकों ने बढ़-चढ़कर हिस्सा न लिया हो। इसके अतिरिक्त वे उस विशेष आयुवर्ग में थे, जिस आयुवर्ग पर इंसपेक्टर रैगलन को इस हत्या के लिए जिम्मेदार होने का संदेह था। इस संदेह का आधार यह था कि पिछले कुछ वर्षों में हत्या के जिन मामलों को सुलझाने में पुलिस सफल हो पाई थी, उन मामलों में हत्यारे या हत्यारों के सहयोगी इसी आयु वर्ग के थे।

"पार्टी के आयोजन में सहायता पहुंचाने के लिए तुम वहां कितने बजे गए थे?" पोइरो ने पूछा।

"दोपहर बाद दो या तीन बजे के करीब," निकोलस ने कहा।

"पार्टी के आयोजन में तुमने किस कार्य-विशेष में दिलचस्पी दिखाई?" पोइरो ने दूसरा प्रश्न किया।

"बिजली का प्रबंध करने में," निकोलस बोला।

"मैंने सीढ़ियों पर चढ़कर सजावट के काम में सहायता की," डैस्मंड ने जवाब दिया।

"मैंने सुना है कि तुमने कुछ सजीले नौजवानों की तस्वीरें भी बनाई?" पोइरो ने पूछा।

यह सुनकर डेस्मंड ने अपनी जेब में हाथ डाला और एक लिफाफा बाहर निकाला, इसमें कुछ तस्वीरें रखी हुई थीं।

"हमने लड़कियों के मनोरंजन के लिए सजीले नौजवानों की ये तस्वीरें बनाई थी," वह बोला—"ये उनके भावी पति हैं। आजकल की लड़कियां इसी प्रकार के नवयुवकों को अपने पति के रूप में स्वीकार करना चाहती हैं।"

पोइरो ने कुछ तस्वीरें हाथ में ले ली और उन्हें दिलचस्पी से देखा। वे विभिन्न आकृतियों व व्यक्तित्वों वाले कुछ नवयुवकों की तस्वीरें थीं।

"श्रीमती ड्रेक इन तस्वीरों को देखकर बहुत खुश हुई।" निकोलस बोला—"उन्होंने हमें यह काम करने के लिए बधाई दी। इन तस्वीरों के कारण लड़कियों के भावी पति ढूंढ़ने का खेल काफी आकर्षक और मजेदार रहा।"

पोइरो द्वारा उन तस्वीरों में दिखाई जाने वाली दिलचस्पी से दोनों लड़के खुश थे। पोइरो भी यही चाहता था, क्योंकि बहुत शीघ्र ही उसे अपने मुख्य मुद्दे पर आना था और उन लड़कों से जरूरी जानकारी प्राप्त करने के लिए उनका विश्वास जीतना जरूरी था।

"तुम्हारी याद के अनुसार उस दिन पार्टी की तैयारी में किन-किन लोगों ने श्रीमती ड्रेक की सहायता की?" पोइरो ने पूछा।

"मुख्य पार्टी के समय लगभग 30 व्यक्ति उपस्थित थे," डेस्मंड बोला—"उसके आयोजन में जिन लोगों ने सहायता की, उनमें मुख्य हैं—मेजबान श्रीमती ड्रेक, श्रीमती बटलर, एक स्कूल—अध्यापिका जिनका नाम शायद मिस विटाकर है, श्रीमती फ्लैटरबट, मिस ली तथा कुछ लड़के व लड़कियां जो आयोजन में सहायता करवा रहे थे।"

"क्या तुम बता सकते हो कि इस इलाके की लड़कियों में से वहां कौन-कौन मौजूद थी?"

"उस समय रेनोल्ड्स परिवार के तीनों बच्चे मौजूद थे। उनमें जोइस के बारे में तो आप सुन ही चुके हैं, जिसकी हत्या कर दी गई। उसके साथ उसकी बड़ी बहन एन भी थी। एन खुद को बहुत तेज व चालाक समझती है। उनका भाई लियोपोल्ड भी उनके साथ था। लियोपोल्ड दूसरों के राज जानने तथा उन्हें फैलाने में काफी दिलचस्पी लेता है। उस परिवार के बच्चों के अतिरिक्त वहां बीट्रिस आर्डले तथा कैथी ग्रांट भी मौजूद थी। कुछ नौकरानियां घर को झाड़ने-बुहारने में लगी हुई थी। वह उपन्यास लेखिका जिसके निमन्त्रण पर आप इस इलाके में आए हैं, वह भी वहां उपस्थित थी।"

"और पुरुषों में?"

"पुरुषों में चर्च के पादरी तथा उनके सहयोगी थोड़ी देर के लिए वहां आए थे। लेकिन वे दोनों थोड़ी देर बैठकर वहां से चले गए। आप जानते ही हैं कि पादरी का सहयोगी हकलाता है और कुछ ही समय पहले इस इलाके में आकर बस गया है। उन दोनों के अतिरिक्त शायद वहां और कोई पुरुष नहीं आया था।"

"क्या तुमने जोइस को यह कहते सुना कि उसने एक हत्या अपनी आंखों के सामने होते देखी है?" पोइरो ने पूछा।

"नहीं।" डेस्मंड बोला—"क्या उसने ऐसा कहा था?"

"कुछ लोग ऐसा कहा बताते हैं," निकोलस बोला—"मैंने खुद भी जोइस को ऐसी बात कहते न सुना। शायद मैं उस समय कमरे में न था, जब उसने ऐसी बात कही। यह बात उसने कहां पर कही थी?"

"ड्राइंग रूम में।"

"वहां उपस्थित अधिकतर लोग तो ड्राइंग-रूम में ही बैठे थे," डैस्मंड बोला—"लेकिन मैं और निक कई प्रकार के कामों में जुटे हुए थे। इसलिए हमारा वहां बैठे रहने का सवाल ही नहीं

उठता। हम केवल अपने काम के सिलसिले में एक या दो बार ड्राइंगरूम में घुसे होंगे। ड्राइंगरूम में मेरी उपस्थिति के दौरान जोइस ने इस प्रकार की कोई बात न की। क्यों निक?"

"मेरी उपस्थिति में भी कोई ऐसी बात न हुई," हैरानी दिखाते हुए निकोलस ने कहा—"क्या जोइस ने सचमुच यह कहा कि उसने अपनी आंखों से कोई हत्या होते देखी है? यह तो बड़ी दिलचस्प बात है।"

"इसमें दिलचस्प लगने वाली क्या बात है?" डेस्मंड ने पूछा।

"यह तो जादू-टोने जैसा मामला लगता है," निकोलस बोला—"जोइस ने कहा कि उसने कोई हत्या अपनी आंखों के सामने होते देखी है और उसके एक या दो घंटों के भीतर खुद उसकी हत्या हो जाती है। क्या जोइस को खुद अपनी मौत के बारे में मालूम था? क्या दो घंटे के भीतर होने वाली उन दो घटनाओं का कोई आपसी वास्ता था? आजकल मनोविज्ञान में इस तरह के अजीब संयोगों पर काम हो रहा है और यह जानने की कोशिश की जा रही है कि क्या हमारे भौतिक यथार्थ के बाहर भी कोई दुनिया है।"

पोइरो को जादू-टोने या यथार्थ पर होने वाली उस बहस में कोई दिलचस्पी न थी। वह इस बहस का रुख फिर जोइस की हत्या की ओर मोड़ना चाहता था।

"क्या तुम्हारे विचार में उस घर में तुम्हारी मौजूदगी के दौरान ऐसी बात न हुई, जो किसी भी मायने में महत्त्वपूर्ण रही हो?" पोइरो ने पूछा।

"नहीं, हमारे विचार में ऐसी कोई बात न हुई, जिस पर ध्यान दिया जा सके," वे बोले।

"क्या उस हत्या के बारे में तुम कुछ अनुमान लगा सकते हो?" पोइरो ने डेस्मंड से पूछा।

कुछ देर सोचने की मुद्रा बनाकर डैस्मंड बोला—"मुझे तो मिस विटाकर पर शक हो रहा है।"

"मिस विटाकर? स्कूल—अध्यापिका?"

"हां, मिस विटाकर अधेड़ उम्र की अविवाहित महिला है," डेस्मंड बोला—"बेचारी उम्र भर यौन सुख न भोग पाई। यौन-सुख के अभाव में इस प्रकार की महिलाएं अकसर कुंठित हो जाती है। आपको याद होगा कि एक या दो साल पहले एक अन्य अध्यापिका की गला घोंटकर हत्या कर दी गई थी।"

"क्या वह समलैंगिक थी?" निकोलस ने पूछा।

"हो सकता है," डेस्मंड बोला—"वह नोरा एम्ब्रास के साथ रहती थी। उस लड़की की शक्ल-सूरत अच्छी थी और उसके एक या दो मित्र भी थे। नोरा को अपनी इस सहेली की आदतों से काफी परेशानी उठानी पड़ती थी। कुछ लोगों का ख्याल है कि वह कुंवारेपन में ही मां बन गई थी। एक बार किसी अज्ञात बीमारी का इलाज करवाने के बहाने वह अचानक कहीं चली गई थी और कई महीनों बाद लौटी थी। इससे उसकी कुंवारी मां बनने का शक विश्वास में बदल गया। इस मुहल्ले में इस प्रकार की अफवाहें उड़ती ही रहती हैं। सच्चाई तो भगवान ही जानता है।"

"मिस विटाकर लगभग पूरे ही दिन श्रीमती ड्रेक के घर बैठी रहीं," निकोलस ने किसी व्यावसायिक जासूस की भांति मामले की तह तक जाने के अन्दाज में कहा—"शायद उसने जोइस को हत्या वाली बात कहते सुना होगा। शायद इसी बात से उसके दिमाग में जोइस की हत्या कर देने की बात सूझी होगी।"

"हां, हो सकता है," डेस्मंड बोला—"वैसे भी मिस विटाकर की उम्र 50 वर्ष के करीब है। इस उम्र में औरतें अकसर सनकी हो जाती हैं। ऐसी हालत में औरतें कुछ भी कर सकती हैं।"

दोनों नवयुवक संतोष की मुद्रा में पोइरो की ओर देखने लगे। उन्हें लग रहा था कि वे पोइरो को इस हत्या के सिलसिले में जरूरी जानकारी दे रहे हैं।

"मेरे विचार में मिस एमलिन भी इस विषय में बहुत कुछ जानती होंगी," निकोलस बोला—"यदि मिस विटाकर वास्तव में ही सनकी हैं, तो मिस एमलिन इस तथ्य को छिपा नहीं सकतीं। ऐसी हालत में स्कूल के बच्चों को भी अपनी अध्यापिका के सनकी होने का अहसास होगा।"

दोनों ने पोइरो की ओर देखा, जो उनकी बातें ध्यान से सुन रहा था।

"तुम दोनों ने मुझे काफी उपयोगी जानकारी दी है," वह बोला—"धन्यवाद।"

सोलह

हर्क्यूल पोइरो ने श्रीमती गुडबॉडी के चेहरे की ओर ध्यान से देखा। श्रीमती गुडबॉडी के पास कुछ अलौकिक शक्तियां थी जिस कारण उसे गांव की चुड़ैल के रूप में जाना जाता था। हालांकि अपने स्वभाव में वह बहुत मीठी और मिलनसार थी, लेकिन फिर भी 'चुड़ैल' का नाम व्यक्तित्व के साथ चिपककर रह गया था। श्रीमती गुडबॉडी ने पोइरो के साथ बात करते हुए खुशी का इजहार किया।

"हां, मैं उस दिन पार्टी में मौजूद थी। मैं हमेशा पार्टियों में आमंत्रित होती हूं और उनमें चुड़ैल की भूमिका अदा करती हूं। पिछले वर्ष पादरी ने चुड़ैल की भूमिका अच्छी तरह निभाने के लिए मुझे बधाई दी तथा इनाम के रूप में एक हैट भेंट किया। पार्टी निस्संदेह बड़ी मनोरंजक थी और मैंने उसमें बड़े उत्साह से हिस्सा लिया। डेस्मंड व निकोलस कुछ नवयुवकों की तस्वीर बनाकर लाए थे। उन तस्वीरों को देखकर मैं बहुत हंसी। दोनों लड़कों ने फोटोग्राफी तथा चित्रकला के मिश्रण से अजीबोगरीब तस्वीरें बनाई थी। दोनों लड़के बड़े कीमती व रंगीन कपड़े पहनते हैं। मैंने कल डेस्मंड को देखा। वह लाल रंग का कोट व सफेद रंग वाली लड़कियों की पतलून पहने हुए था। इस प्रकार के भड़कीले कपड़े तो लड़कियां भी नहीं पहनतीं। मुझे रंगीन कपड़े अच्छे लगते हैं। पुराने समय की तस्वीरों में हमें रंगीन व फैशनेबुल किस्म के कपड़े ही दीखते हैं, जिसका मतलब है कि उस समय इसी प्रकार के कपड़े पहनने का रिवाज रहा होगा।"

"क्या आप भविष्यवाणी भी करती हैं?" पोइरो ने श्रीमती गुडबॉडी की बात को बीच में काटते हुए कहा।

"मैं भविष्य के बारे में बता तो सकती हूं, लेकिन आमतौर पर बताती नहीं," श्रीमती गुडबॉडी ने कहा—"पुलिस भविष्य बताने वालों के पीछे पड़ी रहती है।"

"क्या आप अपनी इस कला का प्रयोग कर यह बता सकती हैं कि नन्ही जोइस का हत्यारा कौन है?"

"यदि मैं आपको जोइस के हत्यारे के बारे में बताऊं तो आप नहीं मानेंगे," श्रीमती गुडबॉडी ने कहा—"आप कहेंगे कि यह संभव नहीं है, लेकिन इस दुनिया में बहुत-सी असंभव चीजें हो जाती हैं।"

"मतलब?"

"आमतौर पर इस क्षेत्र के लोग भले हैं," श्रीमती गुडबॉडी बोली—"लेकिन हर इलाके में कुछ लोग तो जरूर ऐसे हैं, जिन पर शैतान का असर होता है। आप जहां भी जाइये, इस प्रकार के लोग तो अवश्य मिल जाते हैं। इन लोगों के लिए हत्या कोई मायने नहीं रखती, विशेषकर तब जबकि हत्या से उनका लाभ होने वाला हो। जब वे किसी चीज की इच्छा रखते हैं, तो हर कीमत पर उसे पाना चाहते हैं। कई बार इस तरह के लोग छोटी उम्र के भी होते हैं। दीखने में वे खूबसूरत भी हो सकते हैं। मैं सात वर्ष की एक लड़की को जानती हूं, जिसने अपने छोटे भाई व बहन को गला घोंटकर मार दिया। वे दोनों जुड़वां थे और केवल पांच या छः महीने के थे।"

"क्या यह घटना वुडले कॉमन में ही हुई?"

"नहीं, यह घटना शायद यौर्कशायर में हुई," श्रीमती गुडबॉडी ने कहा—"वह लड़की एक परी की भांति खूबसूरत थी, लेकिन उसका हृदय सड़ा हुआ था। आप तो खुद अनुभवी हैं और समझते ही हैं कि आज की दुनिया में कितनी निर्दयता है।"

"आप ठीक कहती है, श्रीमती गुडबॉडी," पोइरो बोला—"निस्संदेह आज की दुनिया दुष्टता से भरी हुई है। यदि जोइस ने सचमुच किसी की हत्या होते देखी...।"

"यह कौन कहता है?"

"खुद जोइस ने ही यह कहा था," पोइरो बोला।

"जोइस के कहने पर ही हम इस बात पर विश्वास नहीं कर सकते," श्रीमती गुडबॉडी ने कहा—"जोइस में झूठ बोलने की आदत थी। मेरा विचार है कि आप इस बात पर विश्वास नहीं कर रहे?"

"मेरे पास इस बात पर विश्वास करने के अतिरिक्त कोई विकल्प नहीं रह गया है," पोइरो ने कहा—"दअसल इतने लोगों ने मुझे इस बारे में कहा है कि मुझे इस बात पर विश्वास करना पड़ रहा है।"

"कई बार परिवारों में विचित्र बातें हो जाती है," श्रीमती गुडबॉडी ने कहा—"रेनोल्ड्स परिवार को ही लीजिए। मिस्टर रेनोल्ड्स जमीनों की खरीद-फरोख्त के धंधे में है। बहुत साधारण-सा व्यापार है। वे खुद भी सीधे-सादे आदमी है। श्रीमती रेनोल्ड्स हमेशा किसी बात पर चिंतित रहती है। लेकिन उनके तीनों बच्चे उनसे भिन्न हैं, उनकी बड़ी लड़की एन काफी मेधावी

है। वह स्कूल में अच्छी चल रही है और जरूर कॉलेज जाएगी। हो सकता है कि वह अध्यापिका बन जाए। जोइस एन से छोटी थी। वह एन की तरह मेधावी तो न थी और न ही अपने छोटे भाई लियोपोल्ड की तरह चालाक। लेकिन वह लियोपोल्ड की भांति चालाक प्रतीत होना पसन्द करती थी, इसलिए वह बातों को बढ़ा-चढ़ाकर प्रस्तुत करती थी और कभी-कभी तो अपनी कल्पनाशक्ति के आधार पर वह झूठी कहानियां गढ़कर दूसरों को प्रभावित करने का प्रयत्न करती थी। उसकी बातें पर आमतौर पर यकीन नहीं किया जाता था, क्योंकि 10 में से 9 बार वे बातें झूठी होती थी।"

"और लियोपोल्ड?"

"उम्र में लियोपोल्ड केवल 9 या 10 वर्ष का होगा, लेकिन उस उम्र में ही वह काफी तेज हो गया है। वह गणित व भौतिक में बहुत मेधावी है और इन विषयों में उसकी अध्यापिकाएं भी हैरान हो जाती है। मुझे विश्वास है कि एक दिन वह जरूर वैज्ञानिक बनेगा। लेकिन वैज्ञानिक बनकर वह जो आविष्कार करेगा व जिन चीजों को ढूंढ निकालने व निर्माण करने का प्रयत्न करेगा, वे विनाशकारी होंगी। मिसाल के तौर पर एटमबम को ही लो। लियोपोल्ड का दिमाग इसी प्रकार की चीजों के निर्माण में लगता है, ताकि आधी दुनिया नष्ट हो जाए, आप भी उससे सावधान रहिए। वह लोगों के राज जानकर उनको ब्लैकमेल करता है। उसके पास हर समय काफी जेब-खर्च होता है। भगवान जाने इतना जेब खर्च वह आखिर लाता कहां से है? उसके माता-पिता उसे इतना अधिक जेब खर्च देने का सामर्थ्य नहीं रखते। वह अपना धन अपने ड्राअर में मोजों के नीचे छिपाकर रखता है। वह काफी पैसा खर्चता है और महंगी चीजें खरीदता रहता है। मैं जानना चाहती हूं कि इतना अधिक धन वह आखिर लाता कहां से है? मुझे तो यही लगता है कि उसे लोगों के राज मालूम है और वह उन राजों को छिपाने के नाम पर काफी पैसा ऐंठता रहता है।"

यह कहकर श्रीमती गुडबॉडी सांस लेने के लिए रुकी।

"मिस्टर पोइरो! मैं इस मामले में आपकी अधिक सहायता नहीं कर सकती," वह बोली।

"आपने इतनी अधिक जानकारी देकर मेरी काफी सहायता कर दी है," पोइरो, बोला– "क्या आप बता सकती हैं कि उस विदेशी लड़की का क्या हश्र हुआ, जो यहां से दूर भाग गई बताई जाती है?"

"मुझे तो हमेशा से यही लगता रहा है कि वह यहां से अधिक दूर नहीं गई," श्रीमती गुडबॉडी ने कहा और पोइरो के चेहरे की ओर देखने लगी।

सत्रह

"माफ कीजिए, मैडम, क्या मैं आपसे कुछ समय बात कर सकती हूं?"

श्रीमती ऑलिवर अपनी दोस्त श्रीमती बटलर के बरामदें में खड़ी पोइरो के आने की प्रतीक्षा कर रही थी। पोइरो ने फोन पर कहा था कि वह श्रीमती ऑलिवर से मिलने आ रहा है। किन्तु आगन्तुक की आवाज किसी पुरुष की आवाज न होकर एक महिला की आवाज थी।

"कहिए?" श्रीमती ऑलिवर ने आगन्तुक महिला को पहचाना तथा उसके यहां आने का प्रयोजन पूछा।

"मुझे अफसोस है कि मैं आपकी तकलीफ दे रही हूं," आगन्तुक महिला ने कहना आरम्भ किया—"लेकिन मैंने सोचा कि....।"

महिला बोली—"मेरे विचार में आप ही वह महिला हैं, जो अपराध-हत्याओं आदि के बारे में कहानियां लिखती हैं।"

"हां, मैं ही वह उपन्यासकार हूं।"

"मैंने सोचा कि आप ही वह सही व्यक्ति है, जिसे मैं अपनी बात कहना चाहती हूं," महिला बोली।

"आप बैठ जाइये," श्रीमती ऑलिवर ने आग्रह किया।

आगन्तुक महिला के हाथ में विवाह की अंगूठी थी, जिससे जाहिर था कि वह विवाहित थी। उसकी घबराहट को देख श्रीमती ऑलिवर समझ गई कि इस महिला को अपने मुख्य मुद्दे पर आने के लिए थोड़ा समय लगेगा।

"क्या आप किसी बात के बारे में चिंतित हैं?" श्रीमती ऑलिवर ने बातचीत आरंभ करने के उद्देश्य से कहा।

"हां, मैं आपकी सलाह लेने आई हूं," महिला बोली—"यह सलाह किसी ऐसी बात के बारे में है, जो काफी समय पहले गुजर गई है और इसीलिए अब तक मुझे इस बारे में कोई चिंता नहीं रही है। किन्तु हम जिन बातों को गुजर गई समझते हैं, वे अकसर गुजरी नहीं होती है।"

"हां।"

"हाल में ही कुछ ऐसी घटनाएं घटी हैं, जिन्हें देखकर मैंने निश्चय किया कि मुझे किसी समझदार व्यक्ति की सलाह लेनी चाहिए। यही सोचकर मैं आपके पास चली आई।"

"अपनी बात खुलासे से कहिए," श्रीमती ऑलिवर ने महिला को प्रोत्साहन देते हुए कहा।

"मैं आपका ध्यान हेलोइन पार्टी में हुए हत्याकांड की ओर दिलाना चाहती हूं," आगन्तुक महिला बोली, "इस घटना से जाहिर है कि इस इलाके में कुछ ऐसे भी लोग रहते हैं, जिन पर निर्भर नहीं किया जा सकता। इसका मतलब है कि हालात इतने साफ नहीं, जितना साफ हम उन्हें समझते थे।"

"क्या मैं आपका नाम जान सकती हूं?"

"मेरा नाम श्रीमती लीमैन है," आगन्तुक महिला बोली— "मैं इस इलाके में झाडू बुहारने का काम करती हूं। यह काम मैंने लगभग पांच वर्ष पूर्व अपने पति की मृत्यु के बाद आरम्भ किया। मैं श्रीमती लैलविन स्मिथ के घर काम करती थी, जो क्वैरी हाउस वाले मकान में रहती थी। आजकल उस मकान में कर्नल वैस्टन व श्रीमती वैस्टन रहते हैं। मुझे नहीं मालूम कि क्या आप श्रीमती स्मिथ को जानती थी?

"नहीं, मेरा उनसे परिचय नहीं था," श्रीमती ऑलिवर ने कहा—"इसका मुख्य कारण यह है कि मैं इस इलाके में पहली बार आई हूं।"

"शायद आप उस समय होने वाली घटनाओं, मामलों व बातचीत को न जान पाएं," श्रीमती लीमैन ने कहा।

"पिछले कुछ समय से यहां रहते हुए मैंने उस समय के हालात के बारे में कुछ जानकारी हासिल की है।"

"देखिये, मैं कानून के बारे में कुछ नहीं जानती हूं तथा वकीलों से घबराती हूं," श्रीमती लीमैन ने कहा—"वकील बहुत कानूनबाज होते हैं और अकसर मामलों को तोड़-मरोड़ कर पेश करते हैं। मैं पुलिस के पास भी नहीं जाना चाहती। क्या आप समझती हैं कि इस मामले में पुलिस के पास जाना जरूरी है?"

"आपने अभी मुझे पूरा मामला तो बताया ही नहीं है," श्रीमती ऑलिवर ने आगन्तुक महिला को याद दिलाया।

"ठीक है, मैं आपको पूरी बात बताती हूं," श्रीमती लीमैन बोली—"आप शायद जानती हों कि श्रीमती लैलविन स्मिथ ने मरने से पहले एक कोडिसिल लिखा था, जिसके अनुसार उन्होंने अपना सारा धन व सम्पत्ति अपनी विदेशी परिचारिका के नाम कर दी थी। श्रीमती लैलविन स्मिथ के इस क्षेत्र में कुछ रिश्तेदार भी थे। बताया जाता है कि इस इलाके में आकर रहने में उनका प्रयोजन जीवन के अन्तिम दिनों में अपने सम्बन्धियों के करीब रहना था। उनकी निकटतम सम्बन्धी श्रीमती ड्रेक थी जो अपनी बुआ श्रीमती स्मिथ की काफी देखभाल भी करती थी। ऐसी परिस्थिति में श्रीमती स्मिथ द्वारा अपनी सारी सम्पत्ति अपनी विदेशी परिचारिका के नाम छोड़ना लोगों को अजीब लगा। श्रीमती स्मिथ की मृत्यु के बाद उनके वकील कहने लगे कि वह कोडिसिल श्रीमती स्मिथ के हाथों की लिखी हुई है ही नहीं तथा यह उस विदेशी परिचारिका ने उनकी सम्पत्ति हड़पने के लिए जाली तरीके से लिखवाई है। वकीलों ने कहा कि इस मामले को वे अदालत में ले जाना चाहते हैं तथा श्रीमती ड्रेक भी इस मामले में कानूनी कार्रवाई करने जा रही हैं।"

"हां, मैंने यह सुना रखा है कि श्रीमती स्मिथ के वकील उस विदेशी परिचारिका के खिलाफ अदालत में मुकदमा दायर करने जा रहे थे," श्रीमती ऑलिवर बोली—"क्या तुम इस मामले में कुछ और जानती हो?"

"मैं उस समय कुछ भी न कह पाई, क्योंकि उस समय मुझे कुछ समझ में ही न आया। लेकिन मुझे यह सारा मामला अजीब सा लगा। आज मैं आपके सामने सारी बातें खुलासे से कहूंगी, क्योंकि आप कानून के दांव-पेंच जानती हैं और मुझे किसी भी मुसीबत से बचा सकती है। दरअसल काफी समय से मेरी अन्तरात्मा मुझे कचोट रही है कि मैं सारी बात किसी के सामने साफ-साफ करूं।"

"हां, हां, क्यों नहीं," श्रीमती ऑलिवर बोली—"तुम बिलकुल कोई चिंता न करो और अपनी बात साफ-साफ कहो। क्या तुम उस कोडिसिल के बारे में ही कुछ कहना चाहती हो?"

"हां, मैडम," श्रीमती लीमैन बोली—"हुआ यूं कि एक दिन श्रीमती लैलविन स्मिथ ने मुझे अपने कमरे में बुलाया। उस दिन उनकी तबीयत कुछ खराब-सी थी। मेरे कमरे में आने के बाद

उन्होंने जिम को भी बुलाया, जो नीचे बाग में काम करता था। उस समय कमरे में मिस ओल्गा (वही विदेशी परिचारिका) खड़ी थी। श्रीमती स्मिथ के सामने डेस्क पर कुछ कागज रखे हुए थे। हमारे कमरे में दाखिल होने पर श्रीमती स्मिथ ने मिस ओल्गा से कहा—"ओल्गा, अच्छा हो कि तुम कमरे से बाहर चली जाओ। मैं नहीं चाहती कि इस समय तुम्हारे यहां रहने से बाद में तुम्हारे लिए कोई मुसीबत पैदा हो जाए।" श्रीमती स्मिथ के निर्देश पर ओल्गा कमरे से बाहर चली गई।

इसके बाद श्रीमती स्मिथ ने मुझे व जिम को नजदीक आने को कहा व बोली—"मैं तुम्हारे सामने इस कागज पर कुछ लिख रही हूं और अपनी बात लिखने के बाद इस पर हस्ताक्षर करूंगी। मैं चाहती हूं कि तुम मेरे इस काम के चश्मदीद गवाह बनो।'' यह कह कर श्रीमती स्मिथ ने अपना हाथ डेस्क पर रखे एक कागज की ओर बढ़ाया, जिसके ऊपर के आधे हिस्से पर ब्लटिंग पेपर रखा हुआ था तथा निचला हिस्सा खाली था। श्रीमती स्मिथ ने खाली हिस्से पर दो या तीन लाइनें लिखीं व उसके बाद अपने हस्ताक्षर कर दिए। फिर मेरी ओर मुड़कर वे बोलीं—'लो , अब तुम इसके नीचे अपना नाम व पता लिख दो। हां....बिलकुल ठीक। इसका मतलब केवल इतना है कि तुम्हारे सामने मैंने ये लाइनें लिखी हैं और हस्ताक्षर किए हैं।' मेरे बाद जिम ने भी ऐसा ही किया। काम पूरा होने पर श्रीमती स्मिथ ने हमारा धन्यवाद किया और हम कमरे से बाहर आ गए। उस समय मैंने इस बारे में सोचने की आवश्यकता ही न समझी। कमरे से बाहर निकलने के लिए दरवाजा खोलते समय मैंने न जाने क्या सोचकर एक बार मुड़कर पीछे की ओर देखा। मैंने क्या देखा कि....।"

"हां-हां, आगे बोले," श्रीमती ऑलिवर ने श्रीमती लीमैन को प्रोत्साहन देते हुए कहा।

"मैंने देखा कि श्रीमती लैलविन स्मिथ बड़ी मुश्किल से कुर्सी से उठ खड़ी हुई और बुककेस के पास जाने लगीं। श्रीमती स्मिथ को कमर का दर्द रहता था और इस कारण वह बड़ी मुश्किल से उठ पाती थी। उन्होंने बुककेस में से एक मोटी किताब बाहर निकाली और उस कागज को लिफाफे में बन्द कर लिफाफे को किताब में रख दिया। उसके बाद उन्होंने उस किताब को वापिस बुककेस में रख दिया।"

"क्या तुम इतनी देर दरवाजे पर खड़ी हुई श्रीमती स्मिथ को देखती रही थी?" श्रीमती ऑलिवर ने पूछा।

"मैडम, मैं आप से कुछ भी छिपाना नहीं चाहती," श्रीमती लीमैन बोली—"दरअसल मुझे यह जानने की उत्सुकता थी कि जिस कागज पर मुझसे दस्तखत करवाये गये हैं, उस कागज का क्या किया जा रहा है। इस प्रकार की बातों को जानने के लिए उत्सुकता होना हर आदमी का स्वभाव ही होता है।

"हां, यह सचमुच ही मानव स्वभाव का एक हिस्सा है," श्रीमती ऑलिवर सिर हिलाते हुए बोली।

"अगले दिन श्रीमती स्मिथ ने मैनचेस्टर गई हुई थी और मैं रोज की भांति कमरों की सफाई कर रही थी," श्रीमती लीमैन ने आगे कहा—"अचानक मेरे मन में ख्याल आया कि मुझे यह

जानने का प्रयत्न करना चाहिए कि जिस कागज पर मैंने दस्तखत किए थे, उस पर क्या लिखा हुआ था। मैंने सोचा कि इसमें किसी का नुकसान भी नहीं है। आखिर मैं कोई चीज चुरा कर तो नहीं ले जा रही थी। यह सोचकर मैं बुककेस के पास गई और उसे झाड़ने के बहाने वह किताब ढूंढने लगी, जिसके भीतर श्रीमती स्मिथ ने यह कागज रखा था। मुझे वह किताब मिल गई और उसके पन्नों के भीतर मुझे वह लिफाफा भी मिल गया।"

"क्या तुमने यह कागज बाहर निकालकर उसे देखा?"

"हां, मैडम," श्रीमती लीमैन बोली—"मैं नहीं जानती कि यह करके मैंने ठीक किया अथवा गलत। वह एक कानूनी किस्म का दस्तावेज था, जिसके अन्तिम पृष्ठ पर वे दो-तीन लाइनें थीं, जो श्रीमती स्मिथ ने मेरे सामने लिखी थीं। वे लाइनें एक टूटे-फूटे पेन से लिखी गई थी तथा शेष दस्तावेज से अलग दीखती थी। इन लाइनों को आसानी से पढ़ा जा सकता था।"

"उसमें क्या लिखा हुआ था?" अब तक श्रीमती ऑलिवर भी इस रहस्य की तह तक जाने को उत्सुक हो चुकी थी।

"मुझे वे शब्द तो पूरी तरह याद नहीं है," श्रीमती लीमैन बोली—"लेकिन उन वाक्यों का सारांश यह था कि अपने कुछ रिश्तेदारों के लिए कुछ मामूली-सी रकमें छोड़ने के बाद श्रीमती स्मिथ एक कोडिसिल के माध्यम से अपनी सारी जायदाद ओल्गा सेमिनोफ के नाम कर रही थी। ओल्गा के लिए इतना दयालु होने का कारण ओल्गा द्वारा श्रीमती स्मिथ की सेवा करना बताया गया था। दस्तावेज पढ़कर मैंने उसे फिर किताब में रख दिया, क्योंकि मैं नहीं चाहती थी कि श्रीमती स्मिथ मेरी इस हरकत को जान पाएं।

कोडिसिल पढ़कर मुझे भी अन्य लोगों की तरह हैरानी हुई कि श्रीमती स्मिथ ने अपना धन अपने सगे-सम्बन्धियों को न देकर एक विदेशी लड़की को दिया है, जो उनकी परिचारिका मात्र थी। श्रीमती स्मिथ के पति जहाज-निर्माण के क्षेत्र में थे और श्रीमती स्मिथ के लिए काफी धन-दौलत छोड़ गए थे। मैंने सोचा कि यह ओल्गा की किस्मत है कि वह इतने अधिक धन-सम्पत्ति की मालकिन बनने जा रही है। व्यक्तिगत रूप से मुझे ओल्गा न भाती थी। वह काफी तेज-तर्रार स्वभाव की थी और अकसर हम नौकरों को डांट देती थी। लेकिन अपनी मालकिन की सेवा कर उसे खुश करना तथा उससे अधिक-से-अधिक धन प्राप्त करना था। अपने इस लक्ष्य में वह आशातीत रूप से सफल हुई थी। जल्दी ही मैं इस कोडिसिल वाली बात को भूल गई।

श्रीमती स्मिथ की मौत के बाद इस कोडिसिल को लेकर काफी विवाद हुआ। श्रीमती स्मिथ के संबंधियों ने दावा किया कि कोडिसिल झूठी थी तथा उस पर लिखी लिखावट श्रीमती स्मिथ की थी ही नहीं।

"ऐसे समय तुमने क्या किया?" श्रीमती ऑलिवर ने पूछा।

"मुझे अफसोस है कि उस समय मैं कुछ नहीं कर पाई।" श्रीमती लीमैन बोली—"पहले तो मुझे समझ ही न आया कि मामला क्या है। फिर मामले को समझने के बाद मैं निश्चय ही न कर पाई कि मुझे क्या करना चाहिए। मुझे लगा कि शायद वकील लोग नहीं चाहते कि कोई विदेशी

लड़की श्रीमती स्मिथ की सम्पत्ति की हकदार बने और इसीलिए उन्होंने यह विवाद खड़ा किया है। विदेशियों से चिढ़ होना हमारे स्वभाव में ही है और सच पूछिए तो मुझे भी ये विदेशी नहीं भाते। कोडिसिल को अपने हक में करा लेने के बाद ओल्गा बहुत खुश थी, लेकिन स्थिति ने उल्टा रुख लिया। यह मामला अदालत में पहुंचने से पहले ही ओल्गा गायब हो गई। लोगों के अनुमान के अनुसार वह वापिस अपने देश चली गई थी। ओल्गा के गायब हो जाने से लोगों का यह शक कि कोडिसिल को बनवाने में कोई जालसाजी की गई थी, पक्का हो गया। हो सकता है उसने श्रीमती स्मिथ को किसी प्रकार की धमकी देकर यह लिखवा लिया हो। ऐसे मामलों में कुछ भी सम्भव हो सकता है। मेरा एक भतीजा डॉक्टर है और उसने मुझे बताया है कि हिप्नोटिज्म के प्रभाव से असंभव दीखने वाली बातें भी संभव कराई जा सकती हैं। हो सकता है ओल्गा ने अपनी मालकिन को हिप्नोटाइज ही कर दिया हो।"

"यह सब कितने समय पहले हुआ?"

"श्रीमती स्मिथ को गुजरे हुए दो वर्ष हो चुके हैं," श्रीमती लीमैन ने जवाब दिया।

"क्या इन सब घटनाओं ने तुम्हें सच्चाई कहने को प्रेरित नहीं किया?"

"ओल्गा के गायब हो जाने के बाद मामले का आधार ही खत्म हो गया था," श्रीमती लीमैन बोली—"इसलिए मुझे इस मामले में कोई भूमिका निभाने की आवश्यकता ही न पड़ी। धीरे-धीरे मैं इस घटना को भूल ही गई।"

"फिर आज तुम दो वर्ष पुरानी यह बात क्यों दोहरा रही हो?" श्रीमती ऑलिवर ने पूछा।

"हेलोइन पार्टी में हुई उस बच्ची की हत्या ने मेरे दिमाग में यह बात ताजा कर दी," श्रीमती लीमैन ने कहा—"मैंने सुना है कि उस बच्ची ने मरने के कुछ घंटे पहले कहा कि उसने कोई हत्या अपनी आंखों से देखी है। यह सुनकर मेरे दिमाग में ख्याल आया कि कहीं ओल्गा ने अपनी मालकिन की हत्या तो न की थी और वह बच्ची शायद इसी हत्या के बारे में बता रही हो। हो सकता है श्रीमती स्मिथ का धन हड़पने के लिए ओल्गा ने पहले जाली कोडिसिल तैयार की हो और फिर अपनी मालकिन की हत्या कर दी हो। शायद इसीलिए पुलिस व कानून के डर से वह देश छोड़कर भाग गई थी। मैंने सोचा कि मुझे इस बारे में किसी व्यक्ति को विश्वास में लेना चाहिए और उसे ये बातें बतानी चाहिए। क्योंकि आप एक महत्त्वपूर्ण महिला हैं तथा पुलिस व कानून विभाग में आपके काफी परिचित लोग हैं, इसलिए मैंने आपके पास आकर आपको सारी बातें साफ-साफ बताना ठीक समझा। समय आने पर आप पुलिस से कह सकती हैं कि मैं उस दिन बुककेस को केवल साफ कर रही थी तथा कोडिसिल वाला दस्तावेज एक किताब में रखा हुआ था। मैंने उस कागज पर नजर डाल उसे वापिस रख दिया था। इसलिए मैं उन घटनाओं के लिए किसी भी प्रकार से जिम्मेदार नहीं हूं।"

"यदि तुमने खुद श्रीमती स्मिथ को वह कोडिसिल लिखते देखा और उनके लिखने के बाद तुमने व जिम ने उस पर दस्तखत किए तो वह कोडिसिल जाली नहीं हो सकता," श्रीमती ऑलिवर बोली—"क्या तुम ये सारी बातें विश्वासपूर्वक ही कह रही हो ना?"

"जी हां, मैं दृढ़ विश्वास और सच्चाई से ये बातें कह रही हूं," श्रीमती लीमैन बोली—"यदि जिम यहां होता तो वह मेरे बयान का अनुमोदन करता। लेकिन वह लगभग एक वर्ष पूर्व आस्ट्रेलिया चला गया। मेरे पास उसका पता नहीं है। वैसे भी वह इस इलाके का रहने वाला नहीं है।"

"अब तुम मुझसे क्या चाहती हो?"

"मैं आपसे केवल यही जानना चाहती हूं कि मुझे इस मामले में क्या करना चाहिए?" श्रीमती लीमैन ने पूछा।

"तुम्हारा पूरा नाम क्या है?"

"हैरियट लीमैन।"

"और जिम का?"

"जिम का पूरा नाम जेम्ज जैन्किंज था," श्रीमती लीमैन ने कहा—"आप मेरी मदद कर सकती हैं। हो सकता है ओल्गा ने श्रीमती स्मिथ की हत्या कर दी हो और जोइस इसी हत्या के बारे में बताना चाह रही हो। ओल्गा के स्वभाव को याद कर मुझे लगता है कि वह अपनी मालकिन की हत्या करने के लिए पूरी समर्थ थी। धन का लालच किसी व्यक्ति से कुछ भी करवा सकता है। पुलिस व कानून के शिंकजे को देखकर उसका आत्मविश्वास टूट गया होगा और वह भाग गई होगी। उस समय इस बारे में मुझसे किसी ने कुछ भी न पूछा। किंतु अब मुझे लग रहा है कि उस समय मुझे अवश्य कुछ करना चाहिए था।"

"मेरे विचार में तुम्हें अपनी बात श्रीमती स्मिथ के वकीलों से कहनी चाहिए।" श्रीमती ऑलिवर बोली—"मुझे विश्वास है कि कोई भी अच्छा वकील तुम्हारी बात पर यकीन करेगा और तुम्हारी भावनाओं की कद्र करेगा।"

"अच्छा, बहुत-बहुत धन्यवाद," यह कहकर श्रीमती लीमैन उठी और सिर झुकाकर मकान से बाहर की ओर चल दी। अब तक पोइरो नजदीक आ चुका था।

"मिस्टर पोइरो," श्रीमती ऑलिवर बोली—"आप कुछ थके हुए व उदास दीख रहे हैं। क्या बात है?"

"मेरे पैरों में दर्द है।" पोइरो ने कहा।

"ये आपके नए जूतों के कारण है," श्रीमती ऑलिवर ने कहा—"अब यहां बैठिए और मुझे बताइये कि आप मुझसे क्या बात करने यहां आए। फिर मैं आपकी एक ऐसी बात बताऊंगी, जिसे सुन कर आप चौंक उठेंगे।"

अठारह

"मिस्टर पोइरो, आप अपने जूते निकालकर आराम से बैठिए," श्रीमती ऑलिवर बोलीं।

"नहीं, मैं ऐसे ही ठीक हूं।" पोइरो ने कहा।

श्रीमती ऑलिवर ने एक डिब्बा निकाला और उसका ढक्कन खोल उसमें रखी किसी चीज का एक टुकड़ा उठाकर मुंह में रख लिया, फिर उसने अपनी उंगलियों को चाटा और रूमाल से उंगलियां पोंछ ली।

"बहुत मीठा है।" वह बोली।

"क्या आप अब सेब नहीं खातीं?" पोइरो ने पूछा—"पहले तो मैं आपको हर समय सेब खाते ही देखता था।"

"मैं आपसे कह चुकी हूं कि मैं अब सेबों की शक्ल भी पसन्द नहीं करती," श्रीमती ऑलिवर बोलीं—"जब से उस बच्ची की सेबों से भरी बाल्टी में मुंह डुबोकर हत्या कर दी गई है, तब से मुझे सेबों से नफरत हो गई है। अब इस नफरत को दूर करने में मुझे समय लगेगा।"

"इस समय आप क्या खा रही हैं?" पोइरो ने पूछा।

"खजूर।"

यह कह कर श्रीमती ऑलिवर ने एक और खजूर को मुंह में डाला और इसकी गुठली बाहर फेंक उसका स्वाद लेने लगीं। अब दोनों सोच रहे थे कि वार्तालाप किस बिन्दु से आरम्भ किया जाए।

"विश्वास नहीं आता है कि वह भयावह घटना केवल पांच दिन पहले हुई है," श्रीमती ऑलिवर ने बात आरम्भ की।

"आप ठीक कहती हैं," पोइरो बोला—"किन्तु हर घटना का एक अतीत होता है। एक, दो या तीन वर्ष पूर्व कोई हत्या होती है। संयोग वश एक बच्चा उस हत्या का चश्मदीद गवाह बन जाता है। फिर चार-पांच दिन पहले उस बच्चे की इसलिए हत्या हो जाती है, क्योंकि कई वर्ष पूर्व उसने वह हत्या होते देखी थी। जोइस की हत्या क्या इसी प्रकार नहीं हुई?"

"उस बारे में निश्चित रूप से कुछ नहीं कहा जा सकता," श्रीमती ऑलिवर बोली—"हो सकता है कि यह हत्या किसी सिरफिरे या पागल आदमी की करतूत हो। ऐसी स्थिति में अतीत का कोई महत्त्व नहीं रह जाता।"

"लेकिन मेरी जानकारी के अनुसार वस्तुस्थिति ऐसी नहीं है। मैं इस बारे में काफी लोगों से मिला हूं, उनसे बातचीत की है और उनसे कुछ सवालात किये हैं।"

"यह सब करके आपने क्या हासिल किया?"

"सच्चाई," पोइरो बोला—"मुझे कुछ ऐसे तथ्य मिले हैं, जिन्हें मैं जोड़कर एक पूरा केस बनाऊंगा।"

"जैसे?"

"जोइस की बात पर कोई भी व्यक्ति करने को तैयार नहीं है।"

"लेकिन मैंने उसे खुद यह कहते सुना कि उसने किसी व्यक्ति की हत्या होते अपनी आंखों से देखी थी," श्रीमती ऑलिवर बोलीं।

"मैं मानता हूं कि जोइस ने यह बात कही थी," पोइरो ने कहा—"लेकिन कोई व्यक्ति इस बात में विश्वास करने को तैयार ही नहीं है। इसका मतलब यह हुआ कि जोइस ने किसी व्यक्ति की हत्या होते देखी ही न थी।"

"मुझे लग रहा है कि आपके ये तथ्य आपको इस मामले में आगे बढ़ाने के बजाय पीछे की ओर ही ले जा रहे हैं," श्रीमती ऑलिवर ने कहा।

"तथ्य तो आखिर तथ्य ही हैं," पोइरो ने कंधे उचकाते हुए जवाब दिया—"मिसाल के तौर पर जालसाजी की बात को ही लो। इस इलाके में सभी लोग यही कह रहे हैं कि उस विदेशी लड़की ने परिचारिका के रूप में श्रीमती लैलविन स्मिथ की इतनी सेवा की कि श्रीमती स्मिथ ने एक कोडिसिल के द्वारा अपनी जायदाद उस विदेशी लड़की के नाम ही कर दी। अब सवाल यह उठता है कि क्या उस लड़की ने जालसाजी कर नकली कोडिसिल तैयार की अथवा ऐसा करने में किसी अन्य व्यक्ति की सहायता ली?"

"क्या इस इलाके में इस प्रकार का काम करने वाला कोई अन्य व्यक्ति भी हो सकता है?"

"हां, इस गांव में इस प्रकार की जालसाजी करने वाला एक अन्य व्यक्ति भी था," पोइरो बोला—"वह व्यक्ति एक बार जालसाजी के मामले में पकड़ा भी गया था, पर उसकी पारिवारिक स्थिति को देखकर उसे छोड़ दिया गया था।"

"क्या यह कोई नया चरित्र है?"

"आप उसे नहीं जानतीं। वह व्यक्ति मर चुका है।"

"ओह! उसकी मृत्यु कब हुई?"

"लगभग दो वर्ष पूर्व," पोइरो ने कहा—"मुझे उसकी मृत्यु का सही समय मालूम नहीं है, लेकिन मैं जल्दी ही मालूम कर लूंगा। वह व्यक्ति एक साथ कई-कई लड़कियों से रोमांस लड़ाता था। रोमांस के चक्करों में ही उसका किसी व्यक्ति से झगड़ा हो गया और उस झगड़े के दौरान उसकी छुरा मारकर हत्या कर दी गई। मुझे लगता है कि इस प्रकार कई घटनाओं का आपस में जरूर सम्बंध है।"

"फिलहाल मुझे ऐसा कोई सम्बन्ध नजर नहीं आ रहा।"

"अभी तो मैं भी निश्चित रूप से कुछ नहीं कह सकता," पोइरो ने कहा—"यदि हमें कुछ घटनाओं के घटित होने की तिथियां मिल जाएं और यह पता चल जाए कि उन तिथियों पर कुछ विशेष लोग कहां थे, क्या कर रहे थे और उनके साथ क्या गुजरी थी तो हमें मामले को सुलझाने में काफी सहायता मिल सकती है। मुझे एक तरकीब सूझ रही है।"

"वह क्या?" श्रीमती ऑलिवर ने एक और खजूर खाते हुए कहा।

"मैडम! अगले कुछ दिनों में आप का क्या कार्यक्रम है?" पोइरो ने पूछा।

"मैं ठीक दो दिन बाद लन्दन लौट रही हूं," श्रीमती ऑलिवर बोली—"यहां और कुछ दिन ठहरने का कोई औचित्य भी नहीं है।"

"क्या लन्दन में आपके फ्लैट में कुछ मेहमानों के रहने की जगह है?" पोइरो ने पूछा।

"आप किन लोगों को मेरे फ्लैट में ठहराना चाहते हैं?" श्रीमती ऑलिवर ने पूछा—"जहां तक खुद आपके रहने का सवाल है, लन्दन में आपका अपना फ्लैट है, जिसमें सुख-सुविधा के सभी साधन मौजूद हैं।"

"हो सकता है कुछ विशेष कारणों से मुझे तुम्हारे फ्लैट में शरण लेनी पड़े।"

"लेकिन क्यों? क्या कोई और अनहोनी होने जा रही है? क्या फिर किसी की हत्या होगी?"

"कुछ भी सम्भव हो सकता है," पोइरो ने कहा।

"लेकिन किसकी हत्या? मुझे समझ नहीं आ रहा है।"

"तुम अपनी मित्र श्रीमती बटलर को कितना अच्छी जानती हो?"

"ज्यादा अच्छी तरह नहीं," श्रीमती ऑलिवर बोलीं—"आप जानते हैं कि हमारी दोस्ती विदेश में एक समुद्री जहाज में यात्रा करते समय हुई। क्योंकि हम दोनों अकेले थे, इसलिए हमारा साथ रहना लगभग जरूरी-सा था। फिर मुझे श्रीमती बटलर के व्यक्तित्व में कुछ ऐसा नयापन लगा, जिसने मुझे प्रभावित किया। बस, मेरी उससे कोई खास नजदीकी नहीं है।"

"क्या तुम श्रीमती बटलर को अपने किसी उपन्यास में चरित्र के रूप में प्रस्तुत करोगी?" पोइरो ने पूछा—"मेरा मतलब है कि जीवन में तुम बहुत से लोगों से मिलती रहती होगी और इनमें से काफी लोगों से तुम्हारी दोस्ती भी हो जाती होगी। क्या तुम इन सभी लोगों का प्रयोग अपने उपन्यासों में करती हो?"

"मैं अपने मित्रों अथवा परिचितों को अपने उपन्यासों में कभी प्रयोग नहीं करती," श्रीमती ऑलिवर बोलीं—"अकसर बहुत से लोग मुझसे ये सवाल करते हैं। मैं सबसे यही कहती हूं कि एक उपन्यासकार के रूप में ऐसा करना मेरे सिद्धांत के विरुद्ध है। हां जीवन में मैं बहुत से लोगों को देखती हूं या सरसरी तौर पर उन से मिलती हूं। उनमें से कई लोग किसी विशेष पहलू से मुझे प्रभावित करते हैं और उस छोटे से समय के दौरान मैं उन लोगों का अध्ययन करती हूं। मिसाल के तौर पर मान लीजिए, बस में सफर करते हुए मुझे एक मोटी महिला दिखाई देती है, जो सेब खा रही हो और सेब खाते हुए जिसके होंठ बार-बार हिल रहे हों, इसका मतलब है कि सेब खाने की क्रिया के साथ-साथ वह मन-ही-मन कुछ और बोल रही है—शायद वह किसी व्यक्ति से कुछ कहना चाह रही है या टेलीफोन पर बात कर रही है या पत्र लिख रही है। मैं इस अवस्था में उस महिला के पहनावे, हावभाव तथा उसके व्यक्तित्व के अन्य पहलुओं का अध्ययन करती हूं। थोड़ी देर में या तो वह महिला अथवा मैं बस से उतर जाते हैं और इस प्रकार हम हमेशा के लिए एक दूसरे से दूर हो जाते हैं, किंतु उस महिला की छवि मेरे दिमाग में बनी रहती है और उस छवि का प्रयोग मैं किसी चरित्र का निर्माण करने या कभी-कभी कथानक को बेहतर बनाने में करती हूं।"

"क्या जूडिथ बटलर इस वर्ग में नहीं आतीं?" पोइरो श्रीमती ऑलिवर से जानकारी प्राप्त करने के लिए बार-बार सवाल किए जा रहा था, हालांकि इन सवालों के जवाब वह खुद भी जानता था।

"नहीं, जूडिथ बटलर मेरे परिचित लोगों में हैं।" श्रीमती ऑलिवर ने कहा—"मैं पहले ही बता चुकी हूं कि हम दोनों एक समुद्री जहाज में मिले थे और एक दूसरे के करीब आ गए थे। यात्रा करते हुए हम बहुत से जगहों पर साथ-साथ गए, हालांकि इस सबके बावजूद न जाने क्यों हमारे बीच एक निश्चित दूरी बनी रही। श्रीमती बटलर विधवा है। उसके पति के मरने के समय उसकी आर्थिक हालत अच्छी न थीं। उसकी एक बेटी मिरांडा है, जिसे आप देख ही चुके हैं। न

जाने क्यों मुझे लगता है कि वे किसी अजीब किस्म के नाटक में फंसी हुई हैं, जिसका नतीजा उनके लिए ठीक नहीं निकलेगा।"

"मेरे ख्याल में यह नाटक और कुछ नहीं, आपके अगले उपन्यास का कथानक है," पोइरो ने शरारत भरे अन्दाज में कहा—"लगता है आप इस मां-बेटी को आधार बनाकर अपने अगले नाटक का तानाबाना बुन रही हैं।"

"आप तो फिर मजाक करने लगे," श्रीमती ऑलिवर ने कहा—"खैर, छोड़िये। अब बताइये कि क्या आप श्रीमती बटलर और मिरांडा को ही लन्दन में मेरे फ्लैट पर ठहरवाना चाहते हैं?"

"अभी कोई जल्दी नहीं है," पोइरो ने कहा—"अभी मैं अपनी उस तरकीब पर विचार कर रहा हूं।"

"अच्छा, मैं आपको एक अच्छी खबर सुनाती हूं।"

"मुझे तुम्हारी यह खबर सुनकर जरूर खुशी होगी।"

"जल्दबाजी नहीं कीजिए, मिस्टर पोइरो," श्रीमती ऑलिवर ने कहा—"हो सकता है यह खबर सुन इस मामले में अब तक संजोए हुए आपके सारे तथ्य नकारा साबित हो।"

"हां, हां, कहो।"

"मान लो मैं आपसे कहूं कि जिस मामले को आप वसीयतनामे में की गई जालसाजी का मामला समझते रहे हैं, वह जालसाजी थीं ही नहीं तो आप क्या कहेंगे?'' श्रीमती ऑलिवर ने कहा।

पोइरो ने कहा—"क्या मतलब?"

"मेरी जानकारी के अनुसार श्रीमती लैलविन स्मिथ ने वह कोडिसिल खुद अपने हाथों से लिखी थी और उस कोडिसिल के द्वारा अपनी जागीर व धन अपनी विदेशी परिचारिका के नाम कर दिया था। उन्होंने खुद उस कोडिसिल पर हस्ताक्षर करने के साथ-साथ उस समय उपस्थित दो गवाहों से भी हस्ताक्षर करवाए थे। अब बोलो?"

उन्नीस

"श्रीमती लीमैन? यही नाम है ना?" पोइरो ने कहा और यह नाम अपनी डायरी में नोट कर लिया।

"हां, उसका पूरा नाम हैरियट लीमैन है। दूसरे गवाह का नाम जेम्स जैकिंस है और वह आस्ट्रेलिया गया है। सुना जाता है कि मिस ओल्गा सेमिनोफ वापिस चैकोस्लोवाकिया चली गई है। शायद वह मूलतः उसी देश की थी। इस मामले से संबंधित सभी लोग कहीं-न-कहीं गए हैं।"

"क्या श्रीमती लीमैन की बात पर विश्वास किया जा सकता है?" पोइरो ने पूछा।

"उसकी बात में झूठ की गुंजाइश काफी कम है," श्रीमती ऑलिवर बोली—"श्रीमती लीमैन की यह बात काफी विश्वसनीय लगती है कि उसने किसी दस्तावेज पर दस्तखत किए,

दस्तखत करने के बाद उसे यह जानने की उत्सुकता हुई कि उसने आखिर किस कागज पर दस्तखत किए थे और मौका पाते ही उसने वह दस्तावेज तलाश कर पढ़ लिया।"

"क्या वह पढ़-लिख सकती है?"

"मेरे विचार में वह पढ़ना-लिखना जानती है," श्रीमती ऑलिवर ने कहा—"मैं मानती हूं कि अकसर बूढ़ी औरतों की लिखावट इतनी खराब होती है कि उसे आसानी से पढ़ पाना संभव नहीं होता। लेकिन ऐसे मामलों में थोड़ी मेहनत कर व कल्पनाशक्ति का सहारा ले बात को समझ पाना मुश्किल नहीं होता।"

"यह तो हुई सच्चे दस्तावेज की बात," पोइरो ने कहा—"लेकिन इस मामले में एक झूठा दस्तावेज भी बना था।"

"कौन कहता है?"

"वकील।"

"हो सकता है कि वह कोडिसिल झूठी न हो और वकील लोग इसे नाहक ही झूठ समझ बैठे हों।"

"ऐसे मामलों में वकील लोग कच्चे नहीं होते और पूरी जांच-पड़ताल के बाद ही अपनी बात कहते हैं," पोइरो ने कहा—"तुम जानती हो कि इस मामले में वकीलों की वह कंपनी अदालत में मामला भी दायर कर चुकी थी। जहां वे अपनी बात को प्रमाणित करने वाले थे।"

"यदि दो दस्तावेजों की बात सच है, तो इस मामले के बारे में मुझे एक ही बात सूझ रही है," श्रीमती ऑलिवर ने कहा।

"वह क्या?"

"मेरा अनुमान है कि ओल्गा के नाम कोडिसिल लिखने के दो या चार दिन या एक हफ्ते बाद या तो श्रीमती स्मिथ का अपनी प्यारी परिचारिका से झगड़ा हो गया होगा अथवा अपने भतीजे व भतीजी श्री व श्रीमती ड्रेक से पता चल रही नाराजगी दूर हो गई होगी और उनके प्रति ममता उमड़ आई होगी। ऐसा होने पर उसने खुद अपने हाथों से लिखी व दो गवाहों द्वारा साक्षी कराई कोडिसिल फाड़कर फेंक दी होगी या जला डाली होगी।"

"उसके बाद?"

"उसके कुछ समय बाद श्रीमती स्मिथ की मृत्यु हो गई होगी। मौके का फायदा उठाकर ओल्गा ने अपनी मालकिन व दोनों गवाहों के दस्तखत की नकल करते हुए एक नई कोडिसिल लिखी होगी। श्रीमती स्मिथ की लिखावट की नकल करने की आदत तो उसे पहले से ही थी, क्योंकि वे अपने सारे व्यक्तिगत खत उसके हाथ से ही लिखवाती थी। दो गवाहों के हस्ताक्षरों की नकल करने में उसे कुछ दिक्कत पेश आयी होगी और शायद इसी कारण उसकी जालसाजी वकीलों की आंखों में धूल न झोंक पाई। यदि वकीलों को कोडिसिल पर शक न हो पाता तो जाहिर था कि ओल्गा श्रीमती स्मिथ की सारी सम्पत्ति हथियाने में सफल हो जाती।"

"मैडम, क्या मैं आपके टेलीफोन का प्रयोग कर सकता हूं?"

"आप मेरे नहीं, बल्कि जूडिथ बटलर के फोन का प्रयोग कर सकते हैं," श्रीमती ऑलिवर ने कहा।

"आपकी मित्र जूडिथ इस समय कहां पर हैं?"

"जूडिथ इस समय हेयर सैलून गयी है और मिरांडा शायद सैर कर रही होगी," श्रीमती ऑलिवर ने कहा—"फोन साथ वाले कमरे में रखा है। आप इत्मीनान से फोन कर सकते हैं।"

पोइरो साथ वाले कमरे में गया और 10 मिनट बाद वापिस आ गया।

"भला आप किस फोन कर रहे थे?" श्रीमती ऑलिवर ने पूछा।

"मैंने अभी वकील मिस्टर फुलर्टन से बात की," पोइरो ने कहा—"अब मैं भी तुम्हें एक समाचार देता हूं। ओल्गा द्वारा दाखिल की गई झूठी कोडिसिल पर जिन गवाहों के हस्ताक्षर हैं, उनमें श्रीमती लीमैन है ही नहीं। इन दो गवाहों में से एक गवाह है श्रीमती मेरी डोहर्टी, जो श्रीमती स्मिथ के घर नौकरी करती थी, किंतु जो अब स्वर्ग सिधार चुकी हैं। किंतु दूसरा गवाह वही जेम्ज जैकिंज है, जिसके बारे में श्रीमती लीमैन तुम्हें बता चुकी है और जो आस्ट्रेलिया चला गया है।"

"मतलब है कि इस मामले में एक नहीं बल्कि दो कोडिसिल बनी थी—एक सच्ची व दूसरी झूठी," श्रीमती ऑलिवर बोली—"इस नई खोज से हमारा यह मामला बहुत जटिल बन गया है।"

"बेशक," पोइरो ने कहा।

"क्या यह संभव है कि श्रीमती लीमैन मेरे सामने अभी-अभी झूठ बोलकर गई हो?" श्रीमती ऑलिवर बोली।

"इस तरह के मामलों में सब कुछ संभव है।"

"क्या यह संभव है कि वह किसी अन्य व्यक्ति के निर्देश पर झूठ बोल रही हो?"

"हां, यह भी संभव है।"

"क्या किसी व्यक्ति ने उसे झूठ बोलने के लिए पैसा भी दिया होगा?"

"हो सकता है।"

"मेरा विचार है अन्य कई धनी औरतें की तरह श्रीमती लैलविन स्मिथ ने कई वसीयतनामे तैयार किए होंगे," श्रीमती ऑलिवर ने कहा—"उसके एक वसीयतनामे के अनुसार उसकी सम्पत्ति का हकदार एक व्यक्ति होगा व दूसरे वसीयतनामे के अनुसार कोई और व्यक्ति। अपने मूड के आधार पर वह वसीयतनामे बदलती रही होंगी। अपने किसी मूड के दौरान उसने सोचा होगा कि ड्रेक दम्पति सबसे धनी व्यक्ति हैं और लिहाजा उन्हें और अधिक धन की आवश्यकता नहीं है। यह सोचकर उसने कोडिसिल ओल्गा के नाम कर दी होगी। लेकिन फिर दूसरे किसी मूड में उसे ख्याल आया होगा कि ड्रेक दम्पति आखिर उसके निकटतम संबंधी है और उनके लिए कुछ करना उसका फर्ज है। यह सोचकर शायद उसने कोडिसिल रद्द कर नया वसीयतनामा लिखा हो। ओल्गा की पृष्ठभूमि व व्यक्तित्व के बारे में कुछ और जानने के लिए

मेरी उत्सुकता बढ़ रही है। जिस तरह वह लड़की अचानक यहां से गायब हो गई, दिखता है कि वह लड़की बड़ी हिम्मतवाली रही होगी।"

"मैं ओल्गा के बारे में जल्दी तुम्हें कुछ दिलचस्प बातें बताऊंगा," पोइरो ने कहा।

"वह कैसे?"

"मुझे ओल्गा के बारे में जल्दी ही विस्तृत जानकारी मिलने वाली है।" पोइरो ने कहा।

"क्या आप यह जानना चाहते हैं कि यहां से गायब हो जाने के बाद ओल्गा वहां वापिस पहुंच गयी थी?"

"केवल इतना ही नहीं," पोइरो बोला—"मैं यह भी जानने की अपेक्षा रखता हूं कि श्रीमती स्मिथ के पास नौकरी करते हुए ओल्गा अपने पत्रों में ऐसे किन-किन लोगों का जिक्र करती थी, जिनसे उसकी मित्रता या घनिष्ठता व संबंध थे। इस इलाके या इस देश में रहने वाले ओल्गा के मित्रों से हमें जरूरी जानकारी मिल सकती है।"

"और वह स्कूल अध्यापिका?"

"कौन-सी अध्यापिका?"

"वही जिसका गला घोंटकर हत्या कर दी गई थी और जिसके बारे में मिस विटाकर ने आपको बताया था," श्रीमती ऑलिवर ने बताया—"न जाने मुझे मिस विटाकर फूटी आंख नहीं भाती है। वह एक चालाक औरत है। क्या ऐसा नहीं हो सकता कि इस हत्या में उसका भी हाथ हो?"

"क्या एक अध्यापिका का इस प्रकार की हत्या में हाथ होना अजीब नहीं लगता?"

"लगता तो है," श्रीमती ऑलिवर बोलीं—"लेकिन हम किसी भी संभावना को नकार नहीं सकते।"

"मैडम, इस प्रकार के मामलों में आपकी प्रतिभा को देखते हुए मैंने निश्चय किया है कि आज के बाद से मैं आपके निर्देशन में काम करूंगा," पोइरो ने चुटकी लेते हुए कहा।

"आप तो फिर मजाक पर उतर आए," श्रीमती ऑलिवर ने बनावटी गुस्सा दिखाया, फिर खजूर खाने में जुट गई।

बीस

श्रीमती बटलर के मकान से निकलकर पोइरो उसी झाड़ी वाले रास्ते की ओर बढ़ गया, जो रास्ता उसे मिरांडा ने दिखाया था, पोइरो आगे बढ़ा व क्वैरी उद्यान की ओर सीढ़ियां उतरने लगा। उद्यान की अजीब खूबसूरती ने एक बार फिर पोइरो का ध्यान अपनी ओर आकर्षित किया।

क्वैरी उद्यान उस प्रकार का साधारण उद्यान न था। इस उद्यान के वातावरण में कुछ ऐसी खामोशी व रहस्यात्मकता छाई हुई थी कि जो विशेष स्वभाव वाले व्यक्तियों को ही अपनी ओर आकर्षित कर सकती थी। पोइरो ने सोचा कि यदि श्रीमती लैलविन स्मिथ चाहतीं तो वह इसे

अन्य उद्यानों की तरह बनातीं और ऐसा करने में उसका अधिक धन भी व्यय न होता। लेकिन श्रीमती स्मिथ महत्त्वाकांक्षी थीं और उद्यान के बारे में उनकी परिकल्पना कुछ और ही थी। अपने धन के घमंड के कारण उनकी नजर किसी मामूली चीज पर टिकती ही न थी।

धनी महिलाओं के बारे में सोचते हुए पोइरो को श्रीमती स्मिथ की विवादों से भरी कोडिसिल की याद आ गई। उसे याद आया कि विवादों से भरी कोडिसिल छोड़ने वाली श्रीमती स्मिथ पहली महिला न थीं। अकसर धनी महिलाएं मरने के बाद जो वसीयतनामे छोड़ जाती हैं, वे कई प्रकार के झगड़ों व विवादों का कारण बन जाते हैं, क्योंकि उसमें लिखे निर्देश स्पष्ट नहीं होते हैं। जाहिर था कि श्रीमती स्मिथ की मृत्यु के बाद उसके वकीलों को जो वसीयतनामा दिया गया था, वह जाली था। मिस्टर फुलर्टन एक समझदार वकील था और वसीयतनामे को परखने में किसी प्रकार की गलती न कर सकता था। ठोस आधार व प्रमाणों के बिना वह जाली वसीयतनामा तैयार करने के आरोप पर ओल्गा को अदालत की दहलीज तक ले जाने की सलाह श्रीमती ड्रेक को न देता।

इस समय पोइरो सुपरिंटेंडेंट स्पैंस के घर की ओर जा रहा था। वैसे तो वह स्पैंस के घर मुख्य सड़क से भी जा सकता था, लेकिन उस क्वैरी उद्यान वाले रास्ते को छोटा रास्ता समझ वह इस रास्ते आ गया था। रास्ते चलते हुए पोइरो श्रीमती स्मिथ के वसीयतनामे के बारे में कुछ सोच ही रहा था कि सामने कुछ देख कर वह अचानक रुक गया।

उसके ठीक सामने थोड़ी दूर पर उसे दो मानव आकार दीखे। ध्यान से देखने पर पोइरो पहचान गया कि चट्टान पर बैठा हुआ व्यक्ति माइकेल गारफील्ड है। उसके घुटने पर एक स्कैचबुक रखी हुई थी और वह तन्मयता से चित्र बनाने में लीन था। उससे थोड़ी दूर एक छोटे किन्तु संगीत से भरे झरने के किनारे पर मिरांडा बटलर खड़ी हुई थी।

मिरांडा में खूबसूरती के साथ-साथ सौम्यता व गम्भीरता भी थी। उसको देखकर या उससे मिलकर यह जान पाना काफी मुश्किल था कि उसके मस्तिष्क में क्या विचार उठ रहे थे। वह अपनी बात आसानी से किसी को बताने वाली लड़की न थी। वह स्वभाव से ही एक गम्भीर व सोच-विचार करने वाली लड़की थी। उसके स्वभाव के ये गुण उसके व्यक्तित्व को आकर्षक बनाने में सहायता कर रहे थे।

पोइरो को देख माइकेल गारफील्ड उसकी ओर मुड़ा और बोला—"हेलो, सर!"

"क्या मैं देख सकता हूं कि आप कौन-सी तस्वीर बना रहे हैं?" पोइरो ने शिष्टाचार निभाते हुए पूछा—"मैं आपके काम में रुकावट नहीं डालना चाहता, किन्तु फिर भी यह तस्वीर देखने को उत्सुक हूं।"

"बेशक," माइकेल बोला—"इसमें रुकावट जैसी कोई बात ही नहीं है।"

पोइरो आगे बढ़ा और माइकेल के कंधे की ओर खड़ा तस्वीर को देखने लगा। यह पेंसिल से बनाया गया एक चित्र था, जो अभी स्पष्ट न था। इस चित्र को देख पोइरो को लगा कि यह व्यक्ति केवल उद्यान-विशेषज्ञ ही न था, बल्कि चित्रकारी भी कर सकता था।

“वाह!” पोइरो कह उठा।

“क्या यह वाकई खूबसूरत है?”

“बेशक।”

“क्या आपके विचार में यह चित्र बनाने में मुझे कोई प्रेरणा मिल रही है?” माइकेल ने पूछा।

“हो सकता है।”

“आप ठीक कहते हैं,” माइकेल बोला—“इस जगह से चले जाने पर मुझे यहां की एक या दो चीजें बार-बार याद आयेंगी। इन कुछ चीजों में मिरांडा प्रमुख है।”

“क्या तुम उसे आसानी से भूल पाओगे?”

“क्यों नहीं,” माइकेल बोला—“चीजों को भूल जाना मेरा स्वभाव है। किन्तु चीजों को भूलकर भी मैं चाहता हूं कि जरूरत पड़ने पर वे चीजें मेरी आंखों के सामने एक बिम्ब के रूप में आ जाएं। ऐसा न हो पाने पर मुझे दुःख होता है। इसी कारण मैं इस प्रकार की चीजों का चित्र बनाकर अपने पास रख लेता हूं। आप जानते हैं कि दुनिया में खूबसूरत चीजें बहुत जल्दी खत्म हो जाती हैं और इसीलिए चित्रकला के द्वारा मैं इनको रिकार्ड करना चाहता हूं।”

“क्या क्वैरी उद्यान भी खत्म हो जाएगा?” पोइरो ने पूछा।

“हां, इस उद्यान के भी जल्दी खत्म होने की आशंका है,” माइकेल ने कहा—“यदि इसकी देखभाल न की गई तो यह प्रकृति का एक हिस्सा बन जाएगा। दूसरी ओर यदि स्थानीय निगम के शासन ने इसे अपने हाथ में ले लिया तो यह अन्य सरकारी उद्यानों की तरह हो जाएगा। आप जानते हैं कि इस उद्यान को बनाने में हमारी कल्पना कुछ अलग किस्म की रही है। सरकार यहां कुछ बेंच लगवा देगी, पक्के रास्तों का निर्माण कर देगी, कुछ नए किस्म के पौधे लगवा देगी। लेकिन ये सब चीजें इस उद्यान के स्वरूप को नष्ट कर देंगे।”

“मिस्टर पोइरो!” झरने के किनारे बैठी मिरांडा ने आवाज लगाई।

मिरांडा की आवाज सुन पोइरो उसकी ओर बढ़ा।

“अच्छा, तो तुम यहां बैठी हो,” पोइरो ने प्यार भरे स्वर में कहा—“क्या तुम यहां अपना चित्र बनवाने आयी हो?”

“नहीं, मैं यहां अपना चित्र बनवाने नहीं आती,” मिरांडा ने कहा—“चित्र बनवाना तो एक संयोग मात्र है।”

“हां,” माइकेल ने उसकी बात का अनुमोदन किया—“यह तो वाकई एक संयोग है कि मुझे मिरांडा का चित्र बनाने का ख्याल आया और उसे यहां आया देख मैंने इसे बिठा लिया।”

“तुम अभी थोड़ी देर पहले यहां सैर कर रही थी,” पोइरो ने पूछा।

“हां, मैं यहां कुएं की तलाश कर रही थी,” मिरांडा ने जवाब दिया।

“यह जगह तो चट्टानों से घिरी बताते हैं,” पोइरो ने आश्चर्यवश पूछा—“क्या ऐसी जगह भी कुआं होता है?”

"इस क्वैरी उद्यान के चारों ओर एक जंगल हुआ करता था। इस उद्यान के भीतर भी सदा से ही पेड़ रहे हैं। माइकेल जानता है कि वह कुआं कहां था, किन्तु वह मुझे वह स्थान नहीं बता रहा है।"

"बेहतर हो कि तुम वह जगह खुद ही ढूंढ लो," माइकेल बोला—"किसी चीज को ढूंढ निकालने में अधिक आनन्द आता है। विशेषकर ऐसी स्थिति में जब उस व्यक्ति को पता ही न हो कि वह चीज वहां थी भी अथवा नहीं।"

"यहां का कुआं इस इलाके के लिए शुभ माना जाता था," मिरांडा ने कहा—"अकसर लोग यहां आकर मन्नतें मांगा करते थे और आमतौर पर ये मन्नतें ठीक ही निकला करती थीं। मन्नत मांगने वाले इस कुएं के तीन चक्कर लगाते थे। क्योंकि इस कुएं के ओर पहाड़ी थी, इसलिए इसके तीन चक्कर लगाना भी आसान न था। मुझे विश्वास है कि किसी-न-किसी दिन मैं यह कुआं खोज निकालूंगी। श्रीमती गुडबॉडी कहती हैं कि यह कुआं खतरनाक था। कई वर्ष पहले एक बच्चा इसमें गिरकर मर गया था। इस खतरे को देखते हुए इसका मुंह बन्द करवा दिया गया था।"

"तुमने थोड़ी देर पहले कहा कि मिरांडा का चित्र इसलिए बना रहे हो ताकि तुम उसे भूल न जाओ," पोइरो ने कहा—"क्या इसका मतलब यह कि तुम इस जगह से जा रहे हो?"

"हां, पिछले कुछ समय से मैं यह स्थान छोड़ने के बारे में सोच रहा हूं।"

"आखिर क्यों? क्या तुम्हें इस जगह से कोई शिकायत है?"

"नहीं, नहीं, ऐसी कोई बात नहीं है," माइकेल बोला—"मुझे यहां नौकरी मिली है, रहने को मकान मिला है और सबसे बड़ी बात यह कि इस क्षेत्र के लोगों ने मुझे प्यार व अपनापन दिया है। इसलिए इस जगह के लोगों से किसी प्रकार की शिकायत होने का सवाल ही नहीं होता। लेकिन इस जगह पर मैं अपने काम से खुश नहीं हूं।"

"लेकिन ऐसा क्यों?"

"मैं यहां श्रीमती ड्रेक के लिए काम कर रहा हूं," माइकेल बोला—"हालांकि श्रीमती ड्रेक मेरे सुझावों पर गौर करती हैं और कभी-कभी उन पर अमल भी कर लेती हैं। लेकिन आम तौर पर वे वही करती हैं, जो उन्हें खुद अच्छा लगता है।"

"तो क्या कलाकार के रूप में वे तुम्हें अपनी कल्पनाओं को साकार करने का मौका नहीं देतीं?"

"मैं पहले ही कह चुका हूं कि श्रीमती ड्रेक मेरे विचारों को सुनती तो जरूर हैं, किन्तु आखिर में करती अपनी मनमानी ही हैं।" माइकेल बोला—"वे भड़कीली, कीमत व दिखाऊ चीजों पर अधिक जोर देती हैं। अपने विचारों पर अमल करवाने के लिए मुझ पर जोर डालती हैं। इससे हमारे बीच विचारों का टकराव हो जाता है। मैं उनसे झगड़ना नहीं चाहता और इसीलिए कोई विवाद खड़ा करने के बजाय यह जगह छोड़कर चले जाना चाहता हूं। एक कलाकार के रूप में मैं काफी मशहूर हूं और इंग्लैंड के किसी और कोने में आसानी से कोई नौकरी पा सकता हूं।"

"लगता है तुम्हारी कलाकार आत्मा बेचैन है," पोइरो ने कहा—"शायद तुम किसी ऐसी जगह पर जाना चाहते हो, जहां तुम्हारी कलाकार आत्मा को पूरी आजादी मिले जहां तुम स्वतंत्र रूप से कल्पनाएं कर सको और इन कल्पनाओं को अमल में ला सको, जहां तुम नए-नए प्रयोग कर सको। क्या तुम सदा से ही बेचैन रहे हो?"

"हां, मैं किसी एक स्थान पर ज्यादा समय नहीं टिका हूं।"

"क्या तुम ग्रीस गए हो?"

"इस जगह पर कुएं की बात कोरी कल्पना है," माइकेल बोला—"यदि तुम इस पर विश्वास करती तो हो खुशी से करो। लेकिन लिटिल बैलिंग नामक जगह पर इस प्रकार का एक कुआं है, जहां जाना शुभ माना जाता है।"

"मैं उस कुएं के बारे में जानती हूं," मिरांडा बोली—"लोग बेकार में ही उस कुएं को शुभ मानते हैं और इसलिए उसमें सिक्के डालते रहते हैं। उस कुएं में पानी बिलकुल नहीं और इसलिए उसमें सिक्कों के गिरने की आवाज भी नहीं होती है। मैं इस जगह पर छिपा कुआं खोजकर तुम्हें दिखाऊंगी।"

"तुम्हें चुड़ैल द्वारा बताई गई सभी बातों पर विश्वास नहीं करना चाहिए।" माइकेल बोला—"मेरी याददाश्त के अनुसार कुएं में कभी कोई बच्चा नहीं गिरा था। हो सकता है इसमें कोई बिल्ली का बच्चा गिरकर मर गया हो।"

"अच्छा, अब मैं चलती हूं," मिरांडा बोली—"मम्मी मेरा इन्तजार कर रही होंगी।"

यह कह कर मिरांडा उठी तथा पोइरो व माइकेल को मुस्कराते हुए विदा कर एक झाड़ी के रास्ते घर की ओर चल दी।

"माइकेल, हम उसी चीज पर विश्वास करते हैं, जिस हम विश्वास करना चाहते हैं," पोइरो ने कहा—"क्या वह लड़की कुएं के बारे में ठीक कह रही थी?"

"हां," कुछ सोचते हुए माइकेल बोला—"इस जगह पर एक कुआं है, जिसे बन्द कर दिया गया है। हो सकता है वर्षों पहले यह कुछ खतरनाक भी रहा हो। लेकिन मेरे विचार में इस कुएं को कभी भी शुभ नहीं माना जाता था। यह बात तो श्रीमती गुडबॉडी की कल्पना का नतीजा है। लेकिन इस जगह के पास ही एक पेड़ था, जिसे शुभ माना जाता था। यह पेड़ पहाड़ी के मध्यभाग में है और लोग इसी पेड़ के चारों ओर तीन बार चक्कर लगाया करते थे।"

"अब वह पेड़ कहां है?" पोइरो ने पूछा, "अब लोग अपनी मनोकामनाओं को पूरा करने के लिए उसके गिर्द नहीं घूमते?"

"नहीं, लगभग छः वर्ष पूर्व बिजली गिरने से वह पेड़ टूट गया। बिजली ने उसके दो हिस्से कर दिये।"

"क्या तुमने मिरांडा को इस पेड़ के बारे में बताया है?"

"नहीं।" माइकेल बोला—"शायद उसे यह सुनकर दुःख हो, मैं उसे इस प्रकार की बातें सुनाकर उसकी खुशी को कम नहीं करना चाहता।"

दोनों व्यक्ति थोड़ी देर खामोश रहे।

"हां" माइकेल बोला—"मैं दोबारा ग्रीस जाना चाहता हूं। ग्रीस की पहाड़ियों पर उद्यान बनाने की असीमित संभावनाएं हैं। यदि कोशिश की जाए तो वहां ऐसे खूबसूरत उद्यान बन सकते हैं कि उन्हें देखकर देवतागण भी ईर्ष्या से भर जाएं।"

"तुम सचमुच बड़े कल्पनाशील हो," पोइरो ने कहा—"लेकिन मैं एक साधारण आदमी हूं और मेरा ध्यान लौटकर साधारण चीजों पर ही आकर टिकता है।"

"इस समय भला आप किस सांसारिक समस्या के बारे में सोच रहे हैं?"

"गारफील्ड," पोइरो ने अपने मतलब की बात आरम्भ की—"तुम इस जगह पर काफी समय से रह रहे हो। क्या तुम यहां लेसली फेरियर नामक व्यक्ति से परिचित थे?"

"हां, इस नाम के एक नवयुवक से मैं परिचित था," माइकेल बोला—"वह मैनचेस्टर स्थित वकीलों की एक कम्पनी में काम करता था। शक्ल-सूरत में वह खासा खूबसूरत था।"

"क्या उसकी मृत्यु अचानक हो गई थी?"

"हां, किसी ने उसकी छुरा मार कर हत्या कर दी थी," माइकेल बोला—"शायद यह किसी औरत के कारण हुए झगड़े में हुई थी। बताया जाता है कि पुलिस को हत्यारे के बारे में पता था। किन्तु प्रमाण न मिलने के कारण हत्यारे को गिरफ्तार नहीं किया जा सका था। यहां के लोगों के अनुसार वह एक विवाहित महिला सांड्रा से कुछ समय रोमांस लड़ाने के बाद उसे छोड़ किसी और पर आकर्षित हो गया था और यही झगड़े की जड़ बन गया।"

"क्या सांड्रा ने लेसली के इस व्यवहार को स्वीकार नहीं किया?" पोइरो ने पूछा।

"यह तो बिलकुल स्वाभाविक ही है कि कोई भी महिला अपने प्रेमी को अन्य महिलाओं के साथ गुलछर्रे उड़ाती नहीं देख सकती," माइकेल ने कहा—"वैसे लड़कियों को अपने चंगुल में फंसाने में लेसली अच्छा खिलाड़ी था। वह एक साथ कई महिलाओं से इश्क लड़ाता था।"

"क्या उसकी सभी प्रेमिकाएं इसी देश की रहने वाली थीं?"

"समझ नहीं आ रहा कि भला आप इस प्रकार का सवाल क्यों पूछ रहे हैं?" थोड़ा चौंकते हुए माइकेल बोला—"मेरे विचार में किसी लड़की के मूलतः इसी देश का होने से कोई फर्क नहीं पड़ता। वह किसी विदेशी लड़की से रोमांस लड़ाने के लिए भी उतना उत्सुक रहता, जितना कि किसी स्वदेशी लड़की से। हां, इश्क लड़ाने के विदेशी कामचलाऊ अंग्रेजी-समझना बोलना आवश्यक था।"

"क्या इस क्षेत्र में या इसके आसपास समय-समय पर विदेशी लड़कियां आती रही हैं?"

"हां, हां, क्यों नहीं," माइकेल बोला—"आजकल तो इंग्लैंड के लगभग हर क्षेत्र में विदेशी लड़कियों का आना-जाना लगा ही रहता है, आमतौर पर ये लड़कियां विभिन्न प्रकार की नौकरियों के लिए यहां आती हैं। इनमें हर किस्म की लड़की होती हैं—मोटी, पतली, लम्बी, खूबसूरत, बदसूरत, ईमानदार, धोखेबाज आदि। इनमें से कई लड़कियां वर्षों तक ईमानदारी से किसी परिवार की सेवा करती हैं तथा कुछ मौका देख भाग जाती हैं।"

"जैसे ओल्गा?"

"हां, जैसे ओल्गा ने किया।"

"क्या लेसली फेरियर ओल्गा का मित्र था?" पोइरो ने पूछा।

"ओह, अब मैं समझ रहा हूं कि आपका दिमाग किस दिशा में काम कर रहा है," माइकेल ने कहा—"हां, लेसली व ओल्गा में मित्रता थी। मेरे विचार में श्रीमती लैलविन स्मिथ को उनकी दोस्ती के बारे में कुछ भी मालूम न था। ओल्गा इस बारे में काफी समझदार थी, अकसर वह अपने देश के किसी नवयुवक के बारे में बात किया करती थी। जिससे वह प्रेम किया करती थी तथा जिससे वह समय आने पर विवाह रचाने का निश्चय रखती थी। मैं नहीं जानता कि यह बात सच थी या श्रीमती स्मिथ से असलियत को छिपाने के लिए वह यह कहानी गढ़ती थी। मैं पहले ही बता चुका हूं कि लेसली फेरियर एक खूबसूरत नौजवान था और ओल्गा शक्ल-सूरत में बहुत ही साधारण थी। साधारण तौर से लेसली जैसा नौजवान ओल्गा जैसी लड़की के प्रति आकर्षित नहीं होता है। लेकिन ओल्गा के चेहरे में भावनाओं की कुछ ऐसी तीव्रता थी, जिसने लेसली को उसकी ओर आकर्षित कर लिया। लेकिन इस बात से लेसली की अन्य प्रेमिकाएं नाराज हो गईं।"

"ये तो बड़ी दिलचस्प बातें हैं," पोइरो ने कहा—"दरअसल मैं कुछ विषयों के बारे में तुमसे जानकारी करना चाहता था।"

"जानकारी?" माइकेल चौंका और तिरछी निगाहों से पोइरो की ओर देखने लगा—"किसलिए? किसके बारे में? लेसली फेरियर का तुमसे क्या मतलब है? तुम पुरानी बातों को क्यों कुरेदना चाहते हो?"

"कुछ बातों को समझने के लिए उनके अतीत में जाना आवश्यक होता है," पोइरो बोला—"मैं भी कुछ ऐसी समस्याओं का समाधान करना चाहता हूं, जिन्हें समझने के लिए अतीत की ओर जाना आवश्यक है। वास्तव में लेसली-ओल्गा के संबंधों से भी पीछे जाना चाहता हूं।"

"मैं उनके अतीत के बारे में कुछ नहीं जानता," माइकेल ने कहा—"मैं उन दोनों को मामूली रूप में ही जानता था। मेरी ओल्गा से मुलाकात हो जाया करती थी, किंतु वह मुझे अपने राज नहीं बताती थी।"

"लेकिन मैं लेसली-ओल्गा संबंधों से पहले की ओर जाना चाहता हूं," पोइरो ने कहा—"मिसाल के तौर पर, मैंने सुना है कि लेसली की पारिवारिक पृष्ठभूमि ठीक न थी।"

"इस इलाके के लोगों से मैंने भी ऐसा ही सुना है। उसकी हालत को देखकर वकील श्री फुलर्टन ने उसे अपनी कंपनी में नौकरी दे दी ताकि वह ईमानदारी से जीवन व्यतीत करे।"

"क्या कम्पनी में वह धोखाधड़ी के मामले में पकड़ा गया था?"

"हां।"

"मैंने सुना है कि गरीब पारिवारिक पृष्ठभूमि तथा उसके अपराध को पहला अपराध मानकर उसे कोई विशेष सजा नहीं दी गई थी," पोइरो ने कहा—"उसके परिवार के बारे में बताया जाता है कि उसकी मां बीमार रहती थी तथा बाप शराबी था।"

"मुझे इस बारे में विवरण नहीं मालूम है," माइकेल बोला—"मैंने यही सुना है कि वह कंपनी में काम करते हुए धोखाधड़ी के एक मामले में पकड़ा गया था। किंतु कुछ कारणों से उसे सजा नहीं दी गई थी।"

"श्रीमती लैलविन स्मिथ के मरने के बाद जब उनका वसीयतनामा पेश किया गया तो क्या वह वसीयतनामा जाली नहीं पाया गया?"

"लगता है आप इन दो तथ्यों को आपस में जोड़ने का प्रयत्न कर रहे हैं," पोइरो का मतलब भांपते हुए माइकेल बोला।

"इस मामले में कुछ तथ्य साफ हैं," पोइरो ने सोचते हुए कहा—"लेसली फेरियर जालसाजी के मामले में एक बार पकड़ा गया था, लेसली की ओल्गा से मित्रता थी, श्रीमती स्मिथ की मृत्यु के बाद उनका वसीयतनामा झूठा पाया गया तथा इस झूठे वसीयतनामे के आधार पर ओल्गा श्रीमती स्मिथ की तमाम सम्पत्ति हड़पने ही वाली थीं, इन सब अलग-अलग तथ्यों को जोड़ दें तो एक और तथ्य सामने आता है।"

"मैं आपकी बात समझने लगा हूं।"

"ओल्गा और लेसली अच्छे दोस्त थे," पोइरो ने आगे कहा—"ओल्गा से घनिष्ठता हो जाने के बाद लेसली ने अपनी अन्य प्रेमिकाओं से नाता तोड़ दिया था और केवल इस विदेशी लड़की ओल्गा से सम्बन्ध बनाए हुए था।"

"क्या तुम्हारे कहने का मतलब यह है कि वह जाली वसीयतनामा लेसली फेरियर ने ही बनाया था?"

"इस बात की संभावना को नकारा नहीं जा सकता," पोइरो बोला—"बताया जाता है कि ओल्गा अपनी मालकिन की लिखावट की खासी नकल कर लिया करती थी। इसका कारण यह बताया जाता है कि श्रीमती स्मिथ अपने सभी व्यक्तिगत पत्र उसी से लिखवाया करती थीं और उससे अपनी लिखावट की हूबहू नकल करने को कहती थीं ताकि पत्र प्राप्त करने वाला व्यक्ति इसे श्रीमती स्मिथ की लिखावट ही समझे किंतु मुझे इस बात पर पूरा यकीन नहीं हो पा रहा था। मुझे विश्वास नहीं हो रहा था कि ओल्गा अपनी मालकिन की लिखावट की इतनी अच्छी नकल कर सकती है कि उसके हाथ से लिखे वसीयतनामे पर किसी को संदेह न हो। अब ओल्गा व लेसली की दोस्ती की बात समझ कर सारी बात साफ हो जाती है। जालसाजी में शौक व अनुभव के आधार पर लेसली यह काम कर सकता था। उसे इस बात का पूरा विश्वास रहा होगा कि वह इस काम में पकड़ा नहीं जा सकता। किंतु पहले की भांति इस बार भी उसका विश्वास गलत साबित हुआ। वकीलों को वसीयतनामे की सच्चाई पर संदेह हुआ होगा और लिखावट-विशेषज्ञों ने भी इस शक की पुष्टि कर दी होगी। ऐसे समय ओल्गा घबरा गई होगी तथा उसमें व

लेसली में झगड़ा हो गया होगा। मुसीबत से बचने के लिए वह लेसली को छोड़ गायब हो गई होगी।"

"लेकिन आप मेरे पास आकर इस पर बात क्यों करना चाहते हैं?" माइकेल ने चिढ़कर पूछा।

"मैं इस मामले की तह तक जाना चाहता हूं और इसीलिए तुमसे जानकारी प्राप्त करने यहां चला आया था।"

"बेहतर हो कि आप अपने पुलिस विभाग के मित्र के पास चले जाएं और उनसे ही इस प्रकार के विषयों पर बातचीत करें," वह बोला—"कृपया मुझे इस स्वर्ग रूपी उद्यान में अकेला छोड़ दें।"

इक्कीस

पोइरो धीरे-धीरे पहाड़ी के ऊपर चढ़ रहा था। इस समय उसे लग रहा था मानो उसका पैरों का दर्द अचानक गायब हो गया था। दर्द के अचानक गायब होने का कारण उसके पैरों में नहीं, बल्कि उसके मस्तिष्क में था-पिछले कई दिनों से वह जोइस की हत्या के संबंध के तथ्य इकट्ठे कर रहा था, किन्तु अब तक उसे इन तथ्यों में कोई तारतम्य नहीं दीख रहा था। इस समय अचानक उसे इन तथ्यों में कुछ संबंध दीखने लगा था, हालांकि इस संबंध के बारे में वह अभी स्पष्ट न था। साथ ही उसे लग रहा था कि घटनाओं से जुड़े किसी-न-किसी व्यक्ति के सिर पर कोई गंभीर खतरा मंडरा रहा है तथा उस व्यक्ति को बचाने के लिए तेजी से कदम उठाने जरूरी हैं। भला वह व्यक्ति कौन हो सकता है तथा उस पर मंडरा रहे खतरे का स्वरूप क्या हो सकता है? इन सवालों के बारे में पोइरो फिलहाल स्पष्ट न था।

पोइरो अपने मित्र सुपरिंटेंडेंट स्पैंस के घर पहुंचा। स्पैंस की बहन श्रीमती एल्सपैथ मैकके ने दरवाजा खोला।

"आप काफी थके हुए दीख रहे हैं।" एल्सपैथ बोलीं—"आइये, बैठकर सुस्ता लीजिए।"

"क्या तुम्हारे भाई साहब घर पर ही हैं?"

"नहीं, वे स्टेशन गए हैं।" वह बोली—"मुझे लगता है कि जरूर कोई खास बात हो गई है।"

"खास बात? इतनी जल्दी?" पोइरो कह उठा—"नहीं, नहीं, ऐसा होना असंभव है।"

"क्या मतलब?" एल्सपैथ ने आश्चर्यवश पूछा।

"नहीं, मेरा कोई विशेष मतलब न था।" पोइरो ने कहा—"आपने ही अभी कहा था कि कोई खास बात हो गई होगी। क्या यह खास बात किसी व्यक्ति विषय के साथ हो गई होगी?"

"हां, लेकिन मुझे मालूम नहीं कि वह व्यक्ति कौन है, उसके साथ क्या खास बात हुई होगी। थोड़ी देर पहले टिम रैगलन का फोन आया था और उसने स्पैंस को वहां आने के लिए कहा था। क्या आप एक कप चाय लेंगे?"

"नहीं।" पोइरो ने जवाब दिया—"धन्यवाद। मेरा ख्याल है कि मुझे अब घर ही चलना चाहिए। दरअसल मैंने इस इलाके में घूमने के लिए सही किस्म के जूते नहीं पहने रखे हैं। मैं अपने जूतों को बदलना चाहता हूं।"

"इस इलाके में घूमते हुए आपको चमड़े के जूतों का प्रयोग नहीं करना चाहिए।" एल्सपैथ बोली—"मिस्टर पोइरो! आपके लिए हमारे पते पर एक पत्र आया है। इस पर विदेशी टिकट लगी है। जिससे जाहिर है यह विदेश से आया है। ठहरिए, मैं वह पत्र आप को देती हूं।"

यह कहकर एल्सपैथ अन्दर गई और दो मिनट बाद पोइरो के लिए एक पत्र लेकर बाहर आई।

"पत्र निकालकर आप यह विदेशी लिफाफा मुझे दे दें।" एल्सपैथ ने कहा, "मेरा भतीजा विदेशी डाक-टिकटों को इकट्ठा करने का शौकीन है। मैं ये टिकटें उसे देना चाहती हूं।"

"बेशक।" पोइरो ने जवाब दिया।

यह कहकर उसने लिफाफे के अन्दर से अपना पत्र निकाल खाली लिफाफा एल्सपैथ को पकड़ा दिया। एल्सपैथ उसका धन्यवाद कर अन्दर चली गई।

पोइरो ने पत्र खोला और पढ़ने लगा।

मिस्टर गोबी की विदेश सेवा बहुत चुस्त और तेज थी। निर्देश के अनुसार वह जानकारी इकट्ठी करने में कोई कोर-कसर नहीं छोड़ता था। पोइरो के निर्देश पर उसने ओल्गा सेमिनोफ के बारे में जो जानकारी इकट्ठी की थी, वह इस पत्र में दी गई थी। हालांकि मिस्टर गोबी की जासूसी सेवा ने इस विषय के बारे में पूरी मेहनत की थी, किन्तु ओल्गा के बारे में वह कोई जानकारी न दे पाया था, जिसका पोइरो को पहले से ही अनुमान हो।

यहां से गायब हो जाने के बाद ओल्गा अपने देश न लौटी थी। वास्तव में उसके अपने देश में उसका कोई निकट संबंधी जीवित ही न था, जिससे वह इन वर्षों में संबंध रखती या यहां से भागने के बाद वह जिसके पास शरण लेती। श्रीमती स्मिथ के पास नौकरी के दौरान वह अपने देश में अपनी एक अधेड़ उम्र की मित्र के साथ पत्र व्यवहार करती थी। इन पत्रों में वह इंग्लैंड में अपने जीवन व नौकरी के बारे में लिखा करती थी। अपने पत्रों में वह अकसर अपनी मालकिन का भी जिक्र किया करती, जिसे वह एक सख्त, किन्तु दयालु महिला के रूप में वर्णित किया करती।

इग्लैंड से अपनी मित्र के नाम लिखे गए ओल्गा के आखिरी पत्र लगभग डेढ़ वर्ष पहले लिखे गए थे। इन पत्रों में ओल्गा ने किसी नवयुवक से विवाह का जिक्र किया था। अगले कुछ पत्रों में उसने इस नवयुवक से विवाह के संकेत भी दिए थे। उस नवयुवक का नाम नहीं दिया था, लेकिन उसके बारे में लिखा था कि वह अपने व्यावसायिक जीवन में पूरी तरह से जम नहीं पाया और लिहाजा उनके विवाह को कुछ समय लग सकता है। इसके बाद ओल्गा ने एक और पत्र लिखा था जिसमें लिखा था कि संभवतः उनका विवाह शीघ्र ही हो जाए। यह उस मित्र के नाम लिखा गया ओल्गा का अन्तिम पत्र था। जब ओल्गा की मित्र को इसके बाद ओल्गा का कोई

पत्र न मिला, तो वह यही समझी कि ओल्गा का विवाह हो गया होगा तथा वह अपने सुखी दाम्पत्य जीवन में व्यस्त होकर पत्र लिखना भूल गई होगी।

ओल्गा के जीवन के संबंध में मिली इस जानकारी पर पोइरो विचार करने लगा। ये तथ्य ओल्गा के संबंध में उसकी अपनी कल्पना से मेल खाते थे। ओल्गा का वह नवयुवक प्रेमी लेसली फेरियर ही हो सकता था, किन्तु उसका ओल्गा से विवाह करने का इरादा कभी भी न रहा होगा। ओल्गा ने अपनी मालकिन के बारे में जो कहा था, "सख्त किन्तु दयालु" वह श्रीमती स्मिथ के स्वभाव से मेल खाता था। सम्भव था कि ओल्गा ने ही लेसली को पैसा दिया हो तथा उसे श्रीमती स्मिथ के वसीयतनामे में फेरबदल करने को राजी कर लिया हो।

अब तक एल्सपैथ मैकके पुनः बरामदे में आ चुकी थीं। पोइरो ने फेरियर के संबंधों के बारे में उनसे जानकारी हासिल करनी चाही।

एल्सपैथ गंभीर मुद्रा में इस विषय पर सोचने लगीं।

"ओल्गा और लेसली ने अपने संबंधों को गुप्त रखा हुआ था।" एल्सपैथ बोलीं—"आमतौर पर इस इलाके में इस प्रकार के संबंधों के बारे में पता चल जाता है और फिर काफी चर्चाएं होती हैं। लेकिन ओल्गा-लेसली के संबंधों के बारे में इस तरह की कोई चर्चा न हुई।"

पोइरो ने पत्र को मोड़ा और उसे अपनी जेब में रख लिया।

"क्या आप एक कप चाय पियेंगे?" एल्सपैथ ने पूछा।

"नहीं, नहीं मैं अपने गेस्टहाउस लौटकर जूते बदलना चाहता हूं।" पोइरो ने जवाब दिया—"आपके भाई साहब कब लौटेंगे?"

"मुझे नहीं मालूम।" एल्सपैथ बोली—"फोन पर उन्हें यह भी बताया गया कि उन्हें किस काम के लिए बुलाया जा रहा है।"

पोइरो अपने गेस्ट हाउस की ओर चल पड़ा। उसका गेस्ट हाउस यहां से कुछ सौ गज की दूरी पर था।

पोइरो ने गेस्ट हाउस का दरवाजा खोला और अंदर चला गया। कमरे के भीतर श्रीमती रोवेना ड्रेक खिड़की के पास खड़ी बाहर की ओर देख रही थी। यह खिड़की गेस्ट हाउस के मुख्य दरवाजे की ओर न खुलती थी, इसलिए उसने पोइरो को नहीं देखा था। किन्तु कमरे में किसी के आने की आवाज सुनकर वह चौंक पड़ीं और मुड़कर देखा।

"मिस्टर पोइरो! अच्छा हुआ आप आ ही गए," वह बोलीं, "मैं काफी समय से आपका इंतजार कर रही हूं।"

"मुझे आने में देर हो गई," पोइरो ने जवाब दिया—"मैं क्वैरी उद्यान गया था और बाद में अपनी मित्र श्रीमती ऑलिवर से बात कर रहा था। इसके अतिरिक्त मैंने दो लड़कों निकोलस व डेस्मंड से भी बात की।"

"निकोलस और डेस्मंड? हां मैं उन्हें जानती हूं। हे भगवान! इस दुनिया में क्या-क्या हो जाता है?"

"आप घबराई हुई दीख रही हैं।" पोइरो ने कहा।

पोइरो को श्रीमती ड्रेक की यह अवस्था देखकर हैरानी हो रही थी। उसे विश्वास नहीं आ रहा था कि श्रीमती ड्रेक जैसी आत्मविश्वासी व रोब-दाब वाली महिला भी इतनी घबराई अवस्था में हो सकती है।

"आपने तो सुन ही लिया होगा?" श्रीमती ड्रेक ने हांफते स्वर में कहा।

"क्या सुन लिया होगा?"

"वह...वह भयानक घटना। वह मर...मर चुका है। किसी ने उसकी हत्या कर दी है।"

"मैडम! किसकी हत्या कर दी गई है?" पोइरो ने पूछा।

"फिर तो आपने कुछ भी नहीं सुना है।" श्रीमती ड्रेक खुद को संभालने का प्रयत्न करते हुए बोलीं, "वह...वह तो केवल एक बच्चा था। लेकिन मैं भी कितनी बेवकूफ निकली। मुझे आपको सब कुछ बता देना चाहिए था। आपको कई बातें न बताने के पीछे मेरा इरादा नेक रहा है, किंतु अब मैं खुद को कसूरवार पा रही हूं। मिस्टर पोइरो! मैं सचमुच दोषी हूं।"

"मैडम! आप बैठ जाइये और खुद को शांत रखने का प्रयत्न कीजिए।" पोइरो ने कहा—"क्या आप किसी और बच्चे की हत्या का जिक्र कर रही थीं?"

"हां।" श्रीमती ड्रेक बोली—"जोइस का भाई लियोपोल्ड, उसकी हत्या कर दी गई है।"

"लियोपोल्ड रेनोल्ड्स?"

"हां। उसका शव खेतों के रास्ते पर पड़ा हुआ मिला। वह उस समय स्कूल से घर लौट रहा होगा और रास्ते में खेलने के लिए खेतों के पास झरने पर गया होगा। वहीं किसी ने झरने के पानी में उसका सिर डुबोया और तब तक उसे वहीं दबाये रखा, जब तक उसकी मौत न हो गई।"

"जोइस की हत्या का तरीका भी यही था!"

"जी हां, मुझे याद है।" श्रीमती ड्रेक बोलीं, "यह तो निरा पागलपन है। कुछ समझ नहीं आता कि इस इलाके में इस प्रकार के अपराध भला कौन कर सकता है। लेकिन मैं इन हत्याओं का सुराग पाने के लिए आपको जरूरी सूत्र दे सकती हूं।"

"हां-हां मुझे सब कुछ खुलासे से बताइये।"

"हां, मैं आपको बताना चाहती हूं," श्रीमती ड्रेक बोलीं—"दरअसल मैं यही बताने के लिए आज यहां आई हूं। पिछली बार आप मिस विटाकर से मिलने के बाद मेरे पास आए थे। मिस विटाकर ने आपको कहा था कि पार्टी के दौरान मेरे हाथ से एक गुलदस्ता गिर कर चकनाचूर हो गया था। उसने आपको बताया था कि इस घटना के कुछ सेकेंड पहले मेरी नजर पुस्तकालय के दरवाजे पर गई थी, वहां किसी को देख मैं चौंक पड़ी थी। वास्तव में मेरे हाथ से गुलदस्ता छूटने का कारण भी मेरा किसी को देखकर चौंक उठना था। उस दिन आपके पूछने के बावजूद मैंने आपसे कहा था कि मैंने पुस्तकालय के दरवाजे पर किसी भी व्यक्ति को नहीं देखा था।"

"तो क्या आप सच नहीं बोली थीं?" पोइरो ने पूछा।

"मुझे आज अफसोस हो रहा है कि उस दिन मैंने आपको सब कुछ साफ लफ्जों में क्यों न बता दिया।" श्रीमती ड्रेक बोलीं—"वास्तव में उस दिन जब मेरी नजर पुस्तकालय के दरवाजे पर

पड़ी तो मैंने उसे वहां खड़े देखा था। मुझे देखकर वह दरवाजे के पीछे हो लिया और फिर दरवाजा बंद कर पुस्तकालय के भीतर चला गया।"

"वह कौन था?"

"वह वही लियोपोल्ड था, जिसकी अब हत्या हो गई है।" श्रीमती ड्रेक बोली—"यदि मैं उस दिन आपको यह बताती तो संभव था, आप इस मामले की तह तक पहुंचने में कामयाब हो गए होते और उस बच्चे की जान बच जाती। हाय! मैं कितनी दोषी हूं कि मैंने उस दिन आप से यह बात छिपाई।"

"क्या आपने यह सोचा कि लियोपोल्ड ने ही अपनी बहन की हत्या की होगी?"

"जिस समय मैंने लियोपोल्ड को पुस्तकालय के दरवाजे पर खड़ा देखा, उस समय मेरे मन में इस प्रकार का कोई विचार नहीं आया।" श्रीमती ड्रेक बोली—"उस समय मेरे मन में इस प्रकार विचार उठने की संभावना ही न थी, क्योंकि उस समय तक जोइस की हत्या के बारे में मुझे मालूम ही न था। किन्तु लियोपोल्ड के चेहरे पर मैंने एक अजीब सा भाव देखा। वैसे तो लियोपोल्ड स्वभाव से ही अजीब बच्चा रहा है। यह सच है कि पढ़ाई-लिखाई में वह तेज रहा है तथा उसका सामान्य ज्ञान भी काफी अच्छा रहा है। किन्तु इस सबके बावजूद उसमें कुछ ऐसा अंश भी है, जिस कारण अधिकतर लोग उससे दूर ही रहना पसंद करते हैं।

उस समय लियोपोल्ड को पुस्तकालय के दरवाजे पर अजीब परिस्थिति में खड़ा देख मैंने सोचा—भला लियोपोल्ड इस समय पार्टी को बीच में छोड़ के यहां क्यों आया है? वह यहां खड़ा क्या कर रहा है? लियोपोल्ड को वहां खड़ा देख मैं चौंक उठी थी और इसी अवस्था में फूलदान मेरे हाथ से छूट गया और नीचे हॉल में गिर कर चकनाचूर हो गया। उस समय मिस विटाकर ने फूलदान के टूटे टुकड़े उठाने में मेरी सहायता की और हम दोनों फिर पार्टी की रंगरेलियों में व्यस्त हो गए। जल्द ही मैं लियोपोल्ड वाली बात भूल गई। लेकिन बाद में जब हमें पुस्तकालय में जोइस की हत्या के बारे में पता चला तो मुझे लगा कि....।"

"...कि यह हत्या लियोपोल्ड ने ही की होगी।" पोइरो ने श्रीमती ड्रेक के वाक्य को पूरा किया।

"जी हां, मैंने ठीक यही सोचा,'' श्रीमती ड्रेक बोलीं—"तब मुझे ख्याल आया कि उस वक्त लियोपोल्ड के चेहरे पर अजीब भाव क्यों थे। मैंने अपनी लंबी जिंदगी में बहुत कुछ देखा और अनुभव किया है। आमतौर पर मैं चीजों को सही समझती हूं, किंतु समझदारी बरतने के बावजूद इंसान कई बार गलत भी सिद्ध हो सकता है। उस दिन लियोपोल्ड की वह मुद्रा देख व उसे हत्यारा समझ मैंने भूल की थी। अब लियोपोल्ड की हत्या, पुस्तकालय वाली घटना नया अर्थ देती है। पार्टी के दिन लियोपोल्ड किसी काम से पुस्तकालय में गया होगा और वहां जोइस को मरा हुआ पाया होगा। अपनी बहन की लाश देखकर वह घबरा गया होगा। वह चुपचाप पुस्तकालय के कमरे से बाहर निकलना चाहता होगा, किंतु दरवाजे से बाहर निकलते हुए उसकी नजर मुझ पर पड़ी होगी और वह ठिठक गया होगा। इस हड़बड़ाहट में वह वापिस

पुस्तकालय में घुसा होगा तथा तब तक वहीं रहा होगा, जब तक उसे विश्वास न हो गया कि हॉल खाली हो गया है, जाहिर है। लियोपोल्ड की घबराहट का कारण यह न था कि उसने अपनी बहन की हत्या की है, बल्कि यह होगा कि उसने अपनी बहन को पुस्तकालय में मरा हुआ पाया था।"

"जोइस की हत्या के बारे में मालूम होने के बाद भी आपने मुझे यह नहीं बताया कि आपने लियोपोल्ड को इस अवस्था में पुस्तकालय के दरवाजे पर देखा था।" पोइरो ने कहा—"भला क्यों?"

"यह सच है कि अब तक मैं लियोपोल्ड को ही जोइस का हत्यारा समझे बैठी थी।" श्रीमती ड्रेक बोली, "लेकिन मैंने यह बात आपसे छिपाए रखी। आप पूछ रहे हैं कि मैंने ऐसा क्यों किया? इसका एक ही कारण है और वह यह कि लियोपोल्ड 11 वर्ष का बच्चा था। मुझे लगता था कि उसने यह पाप अनजाने में किया है, छोटी उम्र का होने के कारण उसे इस जुर्म के परिणामों का एहसास भी नहीं होगा। लियोपोल्ड स्वभाव से ही अजीब किस्म का लड़का था। मैंने सोचा कि जुर्म की एवज में उसे पुलिस को सौंपने से बेहतर होगा कि मनोवैज्ञानिक पद्धति से उसका इलाज करवाया जाए। ऐसा सोचने में और लियोपोल्ड की बात आपसे छिपाने में मेरे इरादे नेक थे। मैं आपको विश्वास दिलाना चाहती हूं कि मैंने लियोपोल्ड की भलाई के लिए ही ऐसा किया।"

आज श्रीमती ड्रेक के बोलने का अंदाज बदल चुका था। वह भीतर से कहीं टूट गई लगती थीं और पोइरो के सामने गिड़गिड़ा रही थीं।

"हां, मैंने लियोपोल्ड की भलाई के लिए ही वह बात आपसे छिपाई थी।" श्रीमती ड्रेक बोली—"लेकिन मुझे मालूम न था कि उसके लिए मेरी हमदर्दी उसकी मौत का कारण बनेगी। यदि उससे हुई पिछली मुलाकात में मैं लियोपोल्ड के प्रति अपना संदेह आपको बताती, तो आप मामले को सुलझाने की दिशा में काफी आगे बढ़ जाते और संभवतः लियोपोल्ड की जान बच जाती। अब जाहिर है कि पार्टी वाले दिन मैंने लियोपोल्ड को गलत समझा था। उस दिन पुस्तकालय के दरवाजे पर अजीब अवस्था में उसके खड़े होने का कारण या तो यह होगा कि उसने हत्यारे को देखा था अथवा उसे हत्यारे के बारे में कुछ आवश्यक प्रमाण या जानकारी मिली थी। शायद हत्यारे को यह पता चल गया होगा कि लियोपोल्ड उसके बारे में जानता था और कभी भी उसका नाम जाहिर कर उसे मुसीबत में डाल सकता था। लिहाजा उसने लियोपोल्ड पर नजर रखी और मौका पाते ही उसकी हत्या कर उसकी जुबान सदा के लिए खामोश कर दी। अब मुझे लग रहा है कि यदि मैं लियोपोल्ड के बारे में अपने संदेह को आपके, पुलिस के अथवा अन्य किसी व्यक्ति के सामने जाहिर कर देती तो संभवतः उसकी जान बच सकती थी।"

"मुझे आज पता चला है कि पिछले कुछ दिनों में लियोपोल्ड के पास जेब खर्च के रूप में काफी अधिक पैसा रहता था।" श्रीमती ड्रेक के चेहरे पर नजर गड़ाए हुए पोइरो बोला—"जाहिर

है कि कोई व्यक्ति अपने राजों को छिपाए रखने को धन देता था। लियोपोल्ड के पास उस व्यक्ति के बारे में कुछ ऐसे राज होंगे, जिनका पर्दाफाश होना उस व्यक्ति के लिए खतरनाक साबित हो सकता था।"

"लेकिन वह व्यक्ति है कौन?"

"हम उस व्यक्ति को जल्दी ही ढूंढ निकालेंगे।" पोइरो ने कहा और अपनी मूंछों के नुकीले कोनों को मरोड़ने लगा।

बाईस

कार में बैठ पोइरो सबसे पहले 'द एल्मज' पहुंचा और ड्राइवर से कहा कि वह 15 मिनट बाद वापस आएगा। कार से उतरकर वह मकान में घुसा और मिस एमलिन से मुलाकात की।

"मुझे अफसोस है कि मैं आपको इस समय तंग कर रहा हूं।" उसने शिष्टाचार निभाते हुए मिस एमलिन से कहा—"यह समय आपके डिनर का समय होगा।"

"मिस्टर पोइरो! आप हमारे घर हर समय आमंत्रित हैं।" मिस एमलिन ने जवाब दिया।

"धन्यवाद। दरअसल मैं किसी बात पर आपकी सलाह लेने आया हूं।"

"सचमुच?" मिस एमलिन हैरानी के अंदाज में बोलीं। उसे समझ नहीं आ रहा था कि पोइरो भला उससे क्या सलाह लेना चाहता है।

"मैं जोइस रेनोल्ड के हत्यारे को जानता हूं।" थोड़ी देर रुक कर पोइरो बोला—"मुझे विश्वास है कि आप भी उसे जानती हैं।"

"मैंने तो ऐसा नहीं कहा है।" मिस एमलिन बोलीं।

"यह सही है कि आपने अब तक ऐसा नहीं कहा है," पोइरो ने कहा—"लेकिन मुझे विश्वास है कि इस विषय में आपके निश्चित विचार अवश्य हैं।"

"चलिए, मैं मान लेती हूं कि इस बारे में मेरे निश्चित विचार हैं।" मिस एमलिन बोली—"लेकिन मैं आपको अपने विचार क्यों बताऊं!"

"मैडम मैं एक कागज पर चार शब्द लिखे देता हूं।" पाइरो बोला—"आप उन चार शब्दों को देखकर बताइये कि आप उन शब्दों से सहमत हैं अथवा नहीं।"

"केवल चार शब्द!" वह बोली—"आप मेरी उत्सुकता बढ़ा रहे हैं।"

पोइरो ने जेब से पेन निकाला व कागज पर कुछ लिखा। फिर उसने कागज मोड़कर इसे मिस एमलिन को थमा दिया। मिस एमलिन ने कागज खोला व इस पर लिखे शब्दों को पढ़ा।

"हां, इस कागज पर लिखे दो शब्दों से मैं पूरी तरह सहमत हूं।" मिस एमलिन बोली—"किंतु अन्य दो शब्दों के बारे में मैं निश्चित नहीं हूं। उनके बारे में मेरे पास कोई प्रमाण नहीं है और मैंने उनके बारे में कभी कुछ सोचा ही नहीं है।"

"क्या आपने सुना है कि एक लड़के को झरने में डुबोकर उसकी हत्या कर दी गई है?" पोइरो ने पूछा।

"जी हां, किसी ने मुझे फोन पर इसकी इत्तला दी।" मिस एमलिन बोली—"वह जोइस का भाई था। किंतु वह इस सबसे कैसे संबंधित था?"

"वह पैसा चाहता था।" पोइरो ने जवाब दिया—"उसे पैसा दिया गया, किंतु इसके बाद सही मौका जान उसकी हत्या कर दी गई।"

यह कहते हुए पोइरो की आवाज में तल्खी आ गई थी।

"जिस व्यक्ति ने मुझे इस बारे में बताया, वह भावुक था और भावनाओं की लहरों में बहे जा रहा था।" पोइरो बोला—"लेकिन मैं भावुक नहीं हूं। यह सही है कि लियोपोल्ड एक बच्चा था और उसकी हत्या से हम सबको दुःख होना चाहिए। किन्तु उसकी हत्या मात्र दुर्घटना न थी। जिंदगी में कई अन्य बातों की तरह यह उसके अपने कर्मों का फल था। वह पैसा चाहता था, किंतु कारण और परिणाम का चक्र किसी की उम्र नहीं देखता। यह 10 वर्ष के बच्चे से भी उसी प्रकार पेश आता है, जिस प्रकार 90 वर्ष के बूढ़े से। क्या आप जानती हैं कि इस प्रकार के मामले में मैं सबसे पहले क्या सोचता हूं?"

"मैं जानती हूं कि इस प्रकार के मामलों में आप सहानुभूति दर्शाने के बजाय इन्साफ दिलवाने में ज्यादा विश्वास रखते हैं।"

"सहानुभूति?" पोइरो बोला—"मेरी सहानुभूति से लियोपोल्ड को कोई लाभ न होगा। इस समय कोई भी व्यक्ति उसकी सहायता नहीं कर सकता। मैं जानता हूं कि यदि मैं और आप मिल कर इस मामले में इंसाफ पा सकें, फिर भी इस इंसाफ से लियोपोल्ड का कोई भला नहीं हो सकता। किन्तु यह इन्साफ शायद अन्य बच्चों को मौत से बचा सके। ऐसा करने के लिए हमें जल्दी से जल्दी इंसाफ को पाने का प्रयत्न करना होगा। वह हत्यारा, जो दो बच्चों की हत्या कर सकता है, अन्य बच्चों को भी नुकसान पहुंचा सकता है। मैं इस समय लंदन के लिए रवाना हो रहा हूं, जहां मैं इस बारे में कुछ लोगों से बातचीत करूंगा और उन्हें अपने विचारों से सहमत करने की कोशिश करूंगा।"

"ऐसा कर पाना काफी मुश्किल होगा।" मिस एमलिन बोलीं।

"ऐसा करने में समय अवश्य लगेगा।" पोइरो बोला—"लेकिन मुझे विश्वास है कि वे इस मामले में मेरे द्वारा दिए गए प्रमाणों से सहमत हो जाएंगे। वे लोग अपराधी के मस्तिष्क को ठीक समझते हैं। इसके अलावा मैं एक अन्य विषय पर भी आपकी सलाह चाहता हूं। इस विषय पर मुझे प्रमाणों की नहीं, केवल आप के विचारों की आवश्यकता है। मैं आपसे निकोलस रैलसन व डेस्मंड हालैंड के चरित्रों के बारे में जानना चाहता हूं। क्या आपके विचार में मुझे उन पर विश्वास करना चाहिए?"

"मेरे विचार में वे दोनों विश्वसनीय हैं।" मिस एमलिन बोलीं—"अपने व्यक्तित्व के कुछ पहलुओं में वे अवश्य कुछ बेवकूफ से हैं, किंतु ये पहलू महत्त्वपूर्ण पहलू नहीं है। महत्त्वपूर्ण मुद्दों पर वे पूरी तरह से विश्वास किये जाने योग्य हैं।"

"अच्छा, अब मैं आपसे विदा लेता हूं।" पोइरो बोला—"मेरी कार मेरी प्रतीक्षा कर रही है। लेकिन लंदन के लिए रवाना होने से पहले मुझे अभी एक और व्यक्ति से मिलना शेष है।"

तेईस

"क्या आप जानती हैं क्वैरी उद्यान में क्या हो रहा है?" श्रीमती कार्टराइट ने खरीदा हुआ घर का सामान अपने थैले में डालते हुए पूछा।

"क्वैरी उद्यान?" एल्सपैथ मैकके बोलीं—"नहीं, मैंने इस बारे में कुछ नहीं सुना है।"

दोनों महिलाएं सुपर बाजार में घर व रसोई के लिए जरूरी सामान खरीद रही थीं और खरीददारी करने के साथ-साथ वे बातें भी किये जा रही थी।

"सुना जाता है कि क्वैरी उद्यान के कुछ पेड़ खतरनाक हैं।" श्रीमती कार्टराइट बोली—"आज सुबह जंगल विभाग के कुछ अधिकारी वहां आये। वे कह रहे थे कि कुछ पेड़ों के अचानक टूट कर गिर जाने का खतरा है। पिछली सर्दियों में एक पेड़ पर बिजली गिरी थी और वह बिजली के प्रहार से टूटकर गिर गया था। अब वे कुछ पेड़ों की जड़ों के पास खुदाई कर रहे हैं। मुझे डर है कि वे इस उद्यान को तबाह कर देंगे।"

''मेरे ख्याल से वे सोच-समझ कर ही ऐसा सूक्ष्म उठा रहे होंगे।'' एल्सपैथ बोली जरूर किसी व्यक्ति ने उन्हें यहां बुलवाया होगा।''

"वहां कुछ पुलिसकर्मी भी खड़े हैं।" श्रीमती कार्टराइट आगे बोली—"शायद वे वहां इकट्ठा हो रहे लोगों को दूर रखने के लिए ही वहां खड़े हैं।"

"हूं।"

श्रीमती एरियाडन ऑलिवर ने डाकिये से तार लिया तथा इसे खोलकर पढ़ने लगीं। आमतौर पर श्रीमती ऑलिवर को सारी सूचनाएं फोन पर ही मिलती थीं। किंतु आज एक तार को देख वह थोड़ी चौंकी। तार में लिखा था—

''कृपया श्रीमती बटलर व मिरांडा को तत्काल अपने लंदन वाले फ्लैट में ले आइये—समय नष्ट न करिये—ऑपरेशन के लिए डॉक्टर से शीघ्रातिशीघ्र मिलना है।

श्रीमती ऑलिवर रसोईघर में गई, जहां श्रीमती जूडिथ बटलर कोई स्वादिष्ट व्यंजन बना रही थीं।

"जूडिथ! तुम लंदन जाने की तैयारी कर लो।" श्रीमती ऑलिवर बोली—"मैं लंदन के लिए रवाना हो रही हूं तथा तुम्हें व मिरांडा को मेरे साथ चलना होगा।"

"निमंत्रण के लिए धन्यवाद।" श्रीमती बटलर बोलीं—"मैं अभी कुछ दिनों यहां के कामों में व्यस्त हूं और तुम्हारे साथ नहीं चल सकती। फिर तुम्हें भी लंदन लौटने की भला क्या जल्दी है।"

"नहीं, मुझे आज ही लंदन लौटना होगा। मुझे ऐसा करने का निर्देश मिला है।"

"भला तुम्हें निर्देश देने वाला कौन है?"

"वह व्यक्ति मेरा एक मित्र और शुभचिंतक है।" श्रीमती ऑलिवर बोलीं—"आमतौर पर मैं उसके निर्देशों पर अमल करना जरूरी समझती हूं।"

"लेकिन मैं घर छोड़कर आज तुम्हारे साथ नहीं चल सकती।"

"तुम्हें मेरे साथ चलना ही होगा।" श्रीमती ऑलिवर बोली, "कार दरवाजे पर खड़ी है और हमें अभी रवाना होना है।"

"लेकिन फिर भी मैं मिरांडा को अपने साथ नहीं ले जाना चाहती," श्रीमती बटलर ने कहा—"मैं उसे रेनोल्ड परिवार या श्रीमती ड्रेक के पास छोड़ सकती हूं।"

"नहीं, मिरांडा भी हमारे साथ चलेगी।" श्रीमती ऑलिवर ने जोर देकर कहा—"जूडिथ, मैं यह बात पूरी गंभीरता से कह रही हूं। तुम जानती ही हो कि रेनोल्ड परिवार के दो बच्चों की हत्या हो चुकी है। ऐसी स्थिति में तुम मिरांडा को वहां रखने की बात सोच भी कैसे सकती हो?"

"तुम ठीक कहती हो। उस घर के साथ जरूर कोई ऐसी बात है कि वहां के बच्चों की हत्याएं हो रही हैं। जरूर उस घर में ऐसा व्यक्ति है जो....अरे, यह मैं क्या कह रही हूं।"

"तुम जरूरत से ज्यादा बोल रही हो।" श्रीमती ऑलिवर ने अपनी मित्र से कहा—"कभी-कभी ऐसा भी समय आता है, जब हमें संभावित दुर्घटनाओं के प्रति सचेत रहना चाहिए। मुझे अभी एक तार मिला है और मैं तार में दिए निर्देश पर ही अमल कर रही हूं।"

यह कह कर श्रीमती ऑलिवर ने वह तार अपनी मित्र के हाथ में दे दिया, जिसने वह तार पढ़ा।

"ऑपरेशन? कैसा ऑपरेशन?"

"पिछले हफ्ते मिरांडा का गला काफी खराब था," श्रीमती ऑलिवर बोली—"लंदन में हम उसे किसी गले की बीमारियों के विशेषज्ञ को दिखायेंगे। हो सकता है वह उसके टोनसिल्ज का ऑपरेशन करने की सलाह दे।"

"एरियाडन! तुम मुझसे कुछ छिपा रही हो?"

"ठीक है, तुम यही समझ लो," श्रीमती ऑलिवर ने जवाब दिया—"मिरांडा लंदन में कुछ दिन रहकर खुश होगी। तुम चिंता न करो—उसका कोई ऑपरेशन नहीं होने वाला है। जासूसी कहानियों में अकसर हमें अपने मुद्दे को छुपाने के लिए कोई मनगढ़ंत कहानी बनानी होती है। मिरांडा के गले का दर्द, डॉक्टर से परामर्श के लिए लंदन जाना, ऑपरेशन आदि इसी तरह की एक कहानी है। इसे हम 'कवर' कहते हैं। हम लंदन में उसे ओपेरा व बैले दिखाकर उसका खूब मनोरंजन करेंगे।"

यह कहकर श्रीमती ऑलिवर मकान के उद्यान में गई और मिरांडा को आवाज लगाने लगीं—"मिरांडा! हम लंदन जा रहे हैं।"

मिरांडा धीरे-धीरे चलते हुए श्रीमती ऑलिवर के पास आई, अब तक श्रीमती बटलर भी बाहर आ गई थी।

"लंदन?"

"हां, एरियाडन हमें कार में लंदन ले जा रही है।" उसकी मां ने कहा—"लंदन में हम कई नाटक व बैले देखेंगे और अपना समय मजे बिताएंगे। क्या तुम बैले देखना चाहती हो?"

"हां, मुझे बैले बहुत अच्छा लगता है," यह कहते हुए मिरांडा की आंखों में खुशी की चमक दौड़ गई—"लेकिन खाना खाने से पहले मैं एक मित्र को अलविदा करना चाहती हूं।"

"हम कुछ ही मिनटों में रवाना हो रहे हैं।"

"मैं अभी वापिस आ जाऊंगी," मिरांडा बोली—"मैंने अपने दोस्तों से कुछ वादा किया है। अब मैं उन्हें बताना चाहती हूं कि मैं लंदन जा रही हूं।"

यह कहकर मिरांडा दौड़ी और दरवाजे से बाहर निकलकर आंखों से ओझल हो गई।

श्रीमती बटलर अपने कमरे में जाकर सूटकेस में सामान रखने लगीं। थोड़ी देर में मिरांडा हांफती हुई कमरे में दाखिल हुई।

"क्या हम रवाना होने से पहले लंच भी नहीं करेंगे?"

"हम रास्ते में रुककर लंच कर लेंगे," श्रीमती ऑलिवर कमरे में दाखिल होकर बोलीं—मेरा ख्याल है कि हमें हैवर शाम 'ब्लैक वॉय' रेस्तरां में रुकना चाहिए। वहां अच्छा खाना मिलता है। हम कार द्वारा लगभग पौने घन्टे में वहां पहुंचेंगे। चलो, मिरांडा, अब हमें चल देना चाहिए।'

"एरियाडन! मुझे लगता है कि तुम जरूर पागल हो," श्रीमती बटलर बोलीं—"आखिर यह सब क्यों किया जा रहा है?"

"समय आने पर तुम सब कुछ समझ जाओगी," श्रीमती ऑलिवर बोली—"फिलहाल मैं नहीं जानती कि पागल मैं हूं या वह?"

"वह कौन?"

"हर्क्यूल पोइरो," श्रीमती ऑलिवर बोलीं।

हर्क्यूल पोइरो लंदन के कमरे में चार अन्य व्यक्तियों के साथ बैठा हुआ था। इन चार व्यक्तियों में एक व्यक्ति इन्स्पेक्टर टिमोथी रैगलन था, जो कमरे में बैठे अन्य व्यक्तियों के प्रति बड़े अदब से पेश आ रहा था, दूसरा व्यक्ति सुपरिटेंडेंट स्पैंस था, तीसरा व्यक्ति चीफ कांस्टेबल एल्फ्रैड रिचमंड तथा चौथा व्यक्ति एक सरकारी वकील था। चारों व्यक्ति पोइरो की ओर देख रहे थे।

"आप इस बारे में पूरा यकीन रखते हैं, मिस्टर पोइरो?"

"जी हां, मुझे पूरा यकीन है," पोइरो ने जवाब दिया—"इस मामले के बारे में मुझे जो भी जानकारी प्राप्त हुई है, उसके आधार पर मैं कह सकता हूं कि मेरा अनुमान बिलकुल ठीक होगा। इसके गलत होने की कोई गुंजाइश है ही नहीं।"

"किन्तु ऐसा करने के पीछे जो कारण है, वे काफी जटिल दिखते हैं।"

"जी नहीं," पोइरो बोला—"यदि इन कारणों को ध्यान से देखें तो हम यही पायेंगे कि वे बहुत साफ है।"

सरकारी वकील ने पोइरो की इस बात से असहमति जाहिर की।

"हमें इस मामले के एक पहलू पर शीघ्र ही कुछ प्रमाण मिलने वाले हैं," इन्स्पेक्टर रैगलन ने कहा, "यदि इन प्रमाणों से हमें कोई विशेष बात हाथ न लगी तो हम यही समझेंगे कि आपकी पूरी बात ही बेबुनियाद है।"

"आप चिन्ता न करें, इन्स्पेक्टर रैगलन," पोइरो बोला—"ऐसा नहीं हो सकता।"

"लेकिन आप यह तो मानेंगे कि आपका पूरा केस कल्पना पर आधारित है, एक अनुमान मात्र है।"

"जी नहीं, मेरी बात कोरी कल्पना पर आधारित नहीं है," पोइरो ने जवाब दिया—"जब कोई नवयुवती अचानक गायब हो जाती है, तो इसके मुख्यतः दो ही कारण होते हैं—पहला यह कि वह किसी नवयुवक के साथ भाग गई है और दूसरा यह कि वह मर चुकी है।"

"मिस्टर पोइरो! क्या आप अपनी बात के समर्थन में कुछ और भी कहना चाहेंगे?"

"जी हां," पोइरो बोला—"पिछले कुछ समय से मैं एक मशहूर एस्टेट एजेंट कम्पनी से सम्पर्क बनाए हुए हूं। वे मेरे मित्र हैं और उनका एस्टेट व्यापार कई देशों में फैला हुआ है। अभी हाल ही में उन्होंने एक खरीददारी की है, जो हमारे केस के सम्बन्ध में दिलचस्प हो सकती है।"

यह कहकर पोइरो ने एक मुड़ा हुआ कागज आगे बढ़ा दिया।

"क्या इसका हमारे केस के साथ सम्बन्ध है?"

"जी हां।"

"मेरे विचार में वह देश टापू बेचने की इजाजत नहीं देता?"

"धन के प्रभाव के आगे सभी रुकावटें खत्म हो जाती हैं।"

"क्या इस मामले के सम्बन्ध में आप कोई और तथ्य भी देना चाहेंगे?"

"सम्भवतः अगले 24 घन्टों के भीतर मैं आपके सामने कोई ऐसा प्रमाण पेश कर दूं, जो इस मामले को सुलझाने में कामयाब हो जाए," पोइरो ने कहा।

"वह प्रमाण क्या है?"

"एक ऐसा व्यक्ति, जिसने अपराध अपनी आंखों के सामने होते देखा है।" पोइरो ने जवाब दिया।

सरकारी वकील ने अविश्वास भरी नजरों से पोइरो की ओर देखा।

"वह गवाह इस समय कहां है?" सरकारी वकील ने पूछा।

"मुझे विश्वास है कि वह चश्मदीद गवाह इस समय लंदन की ही ओर आ रहा है," पोइरो बोला।

"आप कुछ चिंतित दिख रहे हैं?"

"जी हां, मैं चिंतित तो जरूर हूं, लेकिन अपने बारे में नहीं बल्कि और लोगों के बारे में," पोइरो ने कहा—"मुझे अंदेशा है कि कुछ लोगों के सिरों पर खतरा मंडरा रहा है। हालांकि मैंने इन लोगों की सुरक्षा के प्रबन्ध किए हैं, लेकिन इस बारे में मैं आश्वस्त नहीं हूं। इसका कारण यह है

कि हमारा दुश्मन बहुत ही तेज, लोभी व खतरनाक है। उसमें अब इन्सानियत का तनिक भी अंश नहीं रह गया हैं और वह पागलपन की हद तक खूंखार है।"

"हमें इस बारे में कुछ और विशेषज्ञों की भी सलाह लेनी पड़ेगी," सरकारी वकील ने कहा—"हमें जल्दबाजी में कुछ नहीं करना चाहिए।"

हर्क्यूल पोइरो उठ खड़ा हुआ।

चौबीस

श्रीमती आलिवर ने 'द ब्लैक बॉय' रेस्तरां की खिड़की के पास एक मेज को चुना और उस पर विराजमान हो गई। अभी डायनिंग रूम पूरी तरह से भरा नहीं था और कई मेज खाली थे। थोड़ी देर में श्रीमती बटलर क्लॉकरूम से बाहर निकली और श्रीमती ऑलिवर के सामने बैठकर भोजन सूची का अध्ययन करने लगी।

"मिरांडा क्या खाना पसन्द करेगी?" श्रीमती ऑलिवर ने पूछा—"मेरे ख्याल में वह दो-चार मिनट में लौट आएगी। हमें उसके लिए भी भोजन का ऑर्डर दे देना चाहिए।"

"उसे तन्दूरी चिकन अच्छा लगता है।"

"और तुम्हें?"

"मैं भी वही खा लूंगी।"

"बियरर, तीन प्लेट तन्दूरी चिकन लाओ," श्रीमती ऑलिवर ने आदेश दिया।

"तुम मेरी ओर ऐसे क्यों देख रही हो?"

"मैं कुछ सोच रही थी?" श्रीमती ऑलिवर ने जवाब दिया।

"क्या?"

"मैं सोच रही थी कि मैं पहले तुम्हें कितना कम जानती थी।"

"ऐसा तो हर व्यक्ति के साथ होता है," श्रीमती ऑलिवर ने जवाब दिया।

"क्या तुम यह कहना चाहती हो कि हम किसी व्यक्ति को पूरी तरह कभी नहीं समझ सकते?"

"नहीं, मेरा यह मतलब न था।"

दोनों औरतें कुछ देर खामोश रही।

"यहां के नौकर कुछ सुस्त दीखते हैं।" श्रीमती बटलर बोली।

"शायद हमारा बियरर खाना ला रहा है।" श्रीमती ऑलिवर ने जवाब दिया।

बियरर ने मेज पर खाना सजा दिया।

"मिरांडा को काफी समय हो गया है। क्या वह जानती है कि डायनिंग रूम कहां है?"

"हां, वह जानती है," श्रीमती बटलर बोली—"ठहरो, मैं उसे जल्दी लाती हूं।"

"हो सकता है कार में लम्बी यात्रा करने से उसे उल्टियां आती हों।"

"बचपन में तो उसे कार में यात्रा करने की काफी आदत थी।"

श्रीमती बटलर बाहर निकली, किन्तु कुछ ही मिनटों में वापिस लौट आई।

"वह क्लॉकरूम में नहीं है।" वह बोली—"इस रेस्तरां में एक दरवाजा है, जो बाहर उद्यान की ओर जाता है। हो सकता है मिरांडा पक्षियों को देखने उद्यान में चली गई हो। पक्षियों को देखना उसकी आदत है।"

"हमारे पास पक्षियों को देखने का समय नहीं है," श्रीमती ऑलिवर बोलीं—"जाओ, उसे जल्दी बुला लाओ। हमें आगे रवाना होना है।"

एल्सपैथ मैकके रसोईघर में बैठी आलू छील रही थी। तभी टेलीफोन की घंटी बजी।

"श्रीमती मैकके? मैं सार्जंट गुडविन बोल रहा हूं। क्या आपके भाई घर पर है?"

"नहीं, वे लंदन गए हुए हैं।"

"मैंने अभी-अभी लन्दन फोन किया है, वे लन्दन से चल पड़े हैं। जब वे घर पहुंचे तो उन्हें कह दें कि हमें एक अच्छा परिणाम प्राप्त हुआ है।"

"क्या कुएं में लाश प्राप्त करने में सफल हो गये हैं?"

"हां। यह खबर पहले ही फैल चुकी है।"

"लाश किसकी है? उस विदेशी लड़की की?"

"शायद।"

"बेचारी लड़की!" एल्सपैथ कह उठी—"क्या उसने कुएं में कूदकर खुद ही जान दे दी या...?"

"यह खुदकुशी का मामला नहीं है। उस लड़की की चाकू मारकर हत्या की गई है। यह हत्या का मामला है।"

अपनी मां को क्लॉकरूम में आता देख मिरांडा क्लॉकरूम में एक सरसरी निगाह डाल वापिस चली गई। अब मिरांडा बाहर निकली व रेस्तरां के एक दरवाजे से निकल बाहर उद्यान में आ गई। उद्यान को पार कर वह एक लेन में पहुंची, जहां एक कार उसकी प्रतीक्षा कर रही थी। कार के भीतर स्याह भौंहों और सफेद दाढ़ी वाला एक व्यक्ति बैठा कोई अखबार पढ़ रहा था। मिरांडा ने कार का दरवाजा खोला और उसमें बैठ गई।

"हम सही समय पर यहां आ गये हैं,'' सफेद दाढ़ी वाले व्यक्ति ने कहा—"दिन ढल रहा है और यही समय है जब हम उस चट्टान की खूबसूरती को ठीक से देख पायेंगे, जिस पर दो कुल्हाड़ियां खुदी हुई है। उस चट्टान से ही हम नीचे किल्टरबरी वादी की खूबसूरती भी देख पायेंगे।"

तभी एक कार तेजी से उनके बगल से गुजर गई। इस कार की रफ्तार इतनी तेज थी कि सफेद दाढ़ी वाले व्यक्ति को अपनी कार किनारे से लगानी पड़ी।

"गैर जिम्मेदार नवयुवक!" सफेद दाढ़ी वाला व्यक्ति चिल्लाया।

तेज रफ्तार से गुजरने वाली कार में दो नवयुवक बैठे हुए थे। इनमें से एक नवयुवक के बाल कन्धों पर झुके हुए थे और आंखों पर ऐनक चढ़ी हुई थी। दूसरे नवयुवक की कलमें उसकी ठोड़ी तक आ रही थीं।

"मम्मी मेरे लिए चिन्ता न करेगी?" मिरांडा ने अपने साथी से पूछा।

"हम उन्हें इसका समय ही न देंगे" सफेद दाढ़ी वाला व्यक्ति बोला—"थोड़ी ही देर में हम उस स्थान पर पहुंच जायेंगे जिसे दिखाने का मैंने तुमसे वायदा किया है। उस जगह तुम्हें कोई नहीं ढूंढ सकता।"

लंदन में पोइरो का फोन बज रहा था। पोइरो ने फोन उठाया। यह श्रीमती ऑलिवर की आवाज थीं।

"मिरांडा गायब है।"

"क्या मतलब? तुमने उसे खो दिया है?"

"हम 'द ब्लैक बॉय' रेस्तरां में लंच कर रहे थे। वह क्लॉकरूम जाने को कह चली गई और वहां से लौटकर नहीं आई। कुछ लोगों के अनुसार वह एक अधेड़ उम्र के किसी व्यक्ति के साथ कार में जाते हुए देखी गई थी। लेकिन हो सकता है कि उस कार में देखी गई लड़की मिरांडा न हो।"

"तुम दोनों महिलाओं को चाहिए था कि तुम उसे अपनी आंखों से ओझल न होने दो। मैंने तुमसे कहा था कि उसके सिर पर खतरा मंडरा रहा है। क्या श्रीमती बटलर बहुत चिन्तित है?"

"हां। वह चिन्ता से पागल हुई जा रही है और पुलिस को मिरांडा के गायब हो जाने की सूचना देना चाहती है।"

"ठीक है। इस बारे में पुलिस को सूचना देना ही ठीक होगा।"

"लेकिन मिरांडा पर यह खतरा आखिर क्यों मंडरा रहा है?"

"क्या तुम अब तक नहीं समझी हो? मुझे अभी सूचना मिली है कि लाश मिल गई है।"

"कौन-सी लाश?"

"क्वैरी उद्यान के पास कुएं में एक लाश पड़ी मिली है। इसके बारे में और जानकारी मैं बाद में दूंगा।"

पच्चीस

"यह तो बहुत सुन्दर जगह है," मिरांडा चारों ओर देखते हुए बोली।

किल्टरबरी रिंग एक खूबसूरत वादी थी, जिसमें जगह-जगह पर कुछ ऐतिहासिक अवशेष बिखरे हुए थे। ये ऐतिहासिक खंडहर इस स्थान को खूबसूरती को मध्ययुगीन पृष्ठभूमि दे रहे थे। इस स्थान पर कुछ विशाल चट्टानें भी थी, जो मानो बता रही थी कि सैकड़ों-हजारों वर्ष पूर्व इस स्थान पर कुछ धार्मिक अनुष्ठान पूरे किए जाते थे।

"इन चट्टानों के यहां होने का क्या मतलब है?" मिरांडा ने पूछा।

"यहां पर धार्मिक कर्मकांड पूरे किए जाते थे तथा नर बलि दी जाती थी। तुम नर बलि का मतलब तो समझती हो?"

"हां।"

"यह समझना तुम्हारे लिए बहुत आवश्यक है।"

"क्या नर-बलि देना कुछ लोगों को सजा देने के समान है अथवा इसका कुछ और मतलब है?" मिरांडा ने पूछा।

"नहीं, नर-बलि कोई सजा नहीं है। यह मृत्यु दंड भी नहीं है। नर बलि में कुछ व्यक्ति अपनी जान-इसलिए देते हैं कि ताकि अन्य जीवित रहें, ताकि विश्व में सुन्दरता जीवित रहे।"

"मेरा ख्याल था कि बलि केवल उसी व्यक्ति की होती है, जिसने कोई ऐसा काम किया हो जिसका परिणाम किसी अन्य व्यक्ति की मौत में हुआ हो," मिरांडा ने संदेह प्रकट किया।

"तुम्हारे दिमाग में ऐसा विचार क्यों आया?"

"दरअसल मैं जोइस के बारे में सोच रही थी," मिरांडा बोला—"यदि मैं उसे वह राज न बताती तो शायद उसकी मौत न होती।"

"हूं।"

"जोइस की मृत्यु के बाद से मैं इसी उधेड़बुन में जी रही हूं," मिरांडा बोला—"मुझे वह बात उसे न बतानी चाहिए थी। मैंने उसे वह बात इसलिए बताई, क्योंकि मेरे पास उसे बताने के लिए कुछ और था ही नहीं। वह भारत का दौरा करके आई थी और मुझे वहां के चीतों, हाथियों, सांपों, मंदिरों, कपड़ों आदि के बारे में दिलचस्प बातें बताया करती थी। इसके जवाब में मैं भी उसे कोई दिलचस्प बात बताना चाहती थी। इसके अतिरिक्त उस समय मुझे अचानक ऐसा लगा कि मुझे यह राज किसी अन्य व्यक्ति को बताकर अपना मन हल्का कर लेना चाहिए। यह सोचकर मैंने जोइस को वह बात बताई थी।"

फिर थोड़ी देर रुककर मिरांडा पूछ बैठी—"क्या वह भी एक धार्मिक नर-बलि थी?"

"हां।"

"क्या अभी समय नहीं हुआ?" मिरांडा ने पूछा।

"अभी सूर्य की ढलती किरणें इस चट्टान पर नहीं पहुंची। हमें पांच मिनट प्रतीक्षा करनी होगी।"

दोनों व्यक्ति चुपचाप बैठे रहे।

"अब वह समय आ गया है।" मिरांडा के साथी ने आकाश की ओर देखते हुए कहा—"इस समय यहां कोई नहीं है। सूर्यास्त के समय यहां कोई व्यक्ति नहीं आता। अब मैं तुम्हें चट्टान पर खुदी हुई दो कुल्हाड़ियां दिखाऊंगा। ये खुदाई हजारों वर्ष पूर्व हुई है। क्या तुम उसे देखना चाहोगी?"

"हां, हां, मैं उस चट्टान को देखने के लिए उत्सुक हूं," मिरांडा बोली।

वे दोनों आगे बढ़े और कुछ कदम चलने के बाद एक बड़ी चट्टान के पास रुक गए। इस चट्टान के साथ ही एक छोटी चट्टान लेटी हुई-सी अवस्था में पड़ी हुई थी। उसे देखकर लगता था मानो यह हजारों वर्षों से वहां पड़ी-पड़ थक गई है।

"मिरांडा, क्या तुम खुश हो?"

"हां, मैं बहुत खुश हूं।"

"तुम इस बड़ी चट्टान पर ये निशान देख रही हो?"

"हां," मिरांडा बोली—"क्या यही वे कुल्हाड़ियां हैं?"

"हां, ये ही वे कुल्हाड़ियां हैं। हजारों वर्ष बीतने के कारण यहां केवल निशान भर रह गए हैं। तुम हाथ लगाकर इसे छू लो। फिर हम दुनिया की सुन्दरता बरकरार रहने की कामना करते हुए एक पेय पियेंगे।"

"ओह! कितना खूबसूरत दृश्य है।" मिरांडा कह उठी।

मिरांडा के साथी ने उसके हाथ में एक सुनहरा कप रखा और फिर अपने फ्लास्क से सुनहरे रंग का एक पेय उसमें भर दिया।

"मिरांडा, इस पेय में फलों की खुशबू विद्यमान है। तुम उसे पी जाओ। यह पीने पर तुम्हारी खुशियां निरन्तर बढ़ती जायेंगी।''

मिरांडा ने सुनहरी कप अपने हाथ में लिया और पीने से पहले उसे सूंघने लगी।

"हां, इसमें इस वादी के फूलों की खुशबू है और देखो, क्षितिज के एक कोने से ढलने सूरज की सुनहरी किरणें चट्टान पर पड़ रही हैं। ऐसा लगता है मानो सूर्य धरती के छोर पर खड़ा हमारी ओर देख रहा है।"

मिरांडा मुड़कर सूर्य की दिशा की ओर देखने लगी। उसके एक हाथ में सुनहरा कप था, जिसे वह पीने ही वाली थी तथा दूसरा हाथ चट्टान का स्पर्श कर रहा था। उसका साथी इस समय ठीक उसके पीछे खड़ा था।

तभी लगभग एक फर्लांग दूर एक ओर बड़ी चट्टान के पीछे से दो नवयुवक बाहर आए और लुकते-छिपते मिरांडा की ओर बढ़ने लगे। क्योंकि मिरांडा व उसका साथी दूसरी दिशा की ओर देख रहे थे, इसलिए उन्हें उन नवयुवकों के आगे बढ़ने का एहसास नहीं हो रहा था, वे तेज किन्तु दबे हुए कदमों से आगे बढ़े जा रहे थे।

"मिरांडा, इस विश्व की सुन्दरता बढ़ती रहने की कामना करते हुए यह जाम पी जाओ।"

तभी पीछे से आकर एक नवयुवक ने मिरांडा के साथी के सिर को अपने ओवरकोट से लपेट लिया और उसे जमीन पर गिरा दिया। जमीन पर गिरते हुए मिरांडा के साथी के हाथ से एक खुला चाकू नीचे गिर गया। दूसरी ओर दूसरे नवयुवक ने मिरांडा को मजबूती से पकड़ा और उस स्थान से दूर ले जाने लगा, जहां अब दो व्यक्ति गुत्थम-गुत्था हो रहे थे।

"बेवकूफ लड़की!" मिरांडा को सुरक्षित स्थान पर ले जाकर नवयुवक (जो निकोलस रैनसम था) बोला—"तुम एक हत्यारे के साथ यहां आई हो। मैं नहीं जानता था कि तुम इतनी बड़ी भूल कर सकती हो।"

"मैं अपनी मर्जी से यहां आई हूं," अपने भोलेपन में मिरांडा बोली—"जोइस की हत्या हो जाने के पीछे दोष मेरा ही है और मैं यहां धार्मिक तरीके से अपनी बलि देकर इस पाप को मिटाना चाहती थी। आप लोगों ने मुझे रोककर अच्छा नहीं किया है। मेरे साथी ने मुझे प्राचीन काल में होने वाली नरबलियों व उसके महत्त्व को अच्छी तरह समझा दिया है।"

"बेवकूफी की बातें मत करो," निकोलस गुस्से में भरकर बोला—"नर-बलि वगैरह बातें किसी पागल दिमाग की उपज है। उस विदेशी लड़की के बारे में सब कुछ पता चल गया है। उस बात को दो वर्ष हो गए। सभी लोग यही समझते थे वह पुलिस व कानून के डर से देश छोड़कर भाग गई, क्योंकि उसने जाली वसीयतनामा बनाया था। लेकिन सही बात अब पता चली है। वह लड़की भागी नहीं थी। उसकी लाश क्वैरी उद्यान वाले कुएं में मिली है।"

"ओह!" मिरांडा बोली—"क्या वह लाश उसी कुएं में मिली है, जिसके गिर्द चक्कर लगाकर लोग मन्नतें मांगा करते थे? कितना बुरा हुआ, लेकिन उस लाश को कुएं में किसने डाला?"

"उसी व्यक्ति ने, जो आज तुम्हें यहां लाया है।"

छब्बीस

आज पोइरो एक बार फिर चार व्यक्तियों के साथ एक कमरे में बैठा विचार-विमर्श कर रहा था। ये चार व्यक्ति वही थे, जिनके साथ उसने पहले भी बातचीत की थी और जिन्हें उसने 48 घंटों के भीतर मामला सुलझा देने का आश्वासन दिया था। उनमें से तीन व्यक्ति—टिमोथी रैगलन, सुपरिंटेंडेंट स्पैंस व मुख्य कांस्टेबल-मामले में हो रही प्रगति से संतुष्ट दीख रहे थे। केवल एक ही व्यक्ति-सरकारी वकील अपने चेहरे पर अनिश्चय का भाव लिए बैठा था।

"मिस्टर पोइरो!" मुख्य कांस्टेबल ने मुख्य मुद्दे पर बात आरम्भ की—"हम सब लोग आज यहां के मामले के बारे में हुई प्रगति का ब्यौरा प्राप्त करने के लिए इकट्ठे हुए हैं। पिछली बार आपने हमसे कहा था कि आप इस बारे में हमारे सामने कुछ ठोस तथ्य व प्रमाण रखेंगे। क्या आप तैयार हैं?"

"जी हां," पोइरो ने कहा और इंस्पेक्टर रैगनल की ओर इशारा किया। इशारा प्राप्त कर इंस्पेक्टर रैगनल कमरे से बाहर निकला और थोड़ी ही देर में लगभग 30-35 वर्ष की एक महिला, एक छोटी लड़की तथा दो नवयुवकों को साथ लेकर कमरे में दाखिल हुआ।

इंस्पेक्टर रैगलन ने सबसे पहले उन चारों प्राणियों का परिचय मुख्य कांस्टेबल से करवाया। वे व्यक्ति थे—श्रीमती जूडिथ बटलर, कुमारी मिरांडा बटलर, मिस्टर निकोलस रैनसम तथा मिस्टर डेस्मंड हालैंड।

पोइरो उठा व मिरांडा को मुख्य कांस्टेबल के सामने बिठा कर बोला—"मिरांडा, इस समय तुम्हारे सामने मिस्टर रिचमंड बैठे हैं, जो इस इलाके के मुख्य कांस्टेबल हैं। वे तुम्हारे सामने कुछ सवाल रखेंगे और उन सवालों के जवाब चाहेंगे। वे सवाल उस घटना के बारे में हैं, जो लगभग

दो वर्ष पहले हुई थी। मैंने सुना है कि उस घटना के बारे में तुमने अब तक केवल एक ही व्यक्ति को बताया है। क्या यह सही है?"

"जी हां, यह बात मैंने केवल जोइस को बताई थी।"

"तुमने जोइस को क्या बताया था?"

"मैंने उसे बताया था कि मैंने एक हत्या होते देखी है," मिरांडा ने जवाब दिया।

"क्या तुमने यह बात किसी और व्यक्ति को भी बताई?"

"जी नहीं," मिरांडा बोली—"लेकिन मेरे विचार में लियोपोल्ड को भी इस घटना का आभास लग चुका था। आप जानते ही हैं कि उसे चोरी-छिपे दूसरों की बातें सुनने की आदत है। वह दूसरे लोगों के राज मालूम करने में दिलचस्पी रखता है।"

"तुम तो जानती ही होगी कि हेलोइन पार्टी के दिन जोइस ने कई लोगों की उपस्थिति में यह दावा किया था कि उसने खुद अपनी आंखों से एक हत्या होते देखी थी। क्या वह सच बोल रही थी?"

"नहीं," मिरांडा बोली—"उसने यह बात मुझसे ही सुनी थी। किन्तु शायद उपस्थित लोगों को प्रभावित करने के लिए वह यह कह रही होगी कि उसने हत्या अपनी आंखों से देखी थी।"

"क्या तुम हमें बता सकती हो कि तुमने उस दिन क्या देखा था?"

"उस समय मैं यह न समझी थी कि वह हत्या का मामला है," मिरांडा घटना को याद करते हुए बोली—"मुझे लगा कि शायद वह दुर्घटना का मामला है और वह किसी ऊंची जगह से गिर गई है।"

"यह सब कहां हुआ?"

"क्वैरी उद्यान में। ठीक उसी जगह जहां पहले एक फव्वारा हुआ करता था। मैं उस समय एक पेड़ की टहनी पर बैठी चिड़ियों को देख रही थी। आप जानते हैं चिड़ियों को करीब से देखने व उनकी गतिविधियों का अध्ययन करने के लिए खामोश रहना जरूरी होता है। जरा-सी आवाज करने या हिलने-डुलने से वे घबराकर उड़ जाती हैं।"

"तुमने वहां क्या देखा?"

"मैंने देखा कि एक पुरुष व महिला उसे कंधे पर उठाए उद्यान में से जा रहे थे।" मिरांडा बोली—"उस समय मुझे लगा कि शायद उसे चोट लगी हो और यह महिला व पुरुष उसे अस्पताल या क्वैरी हाउस ले जा रहे हों। तभी वह महिला रुकी और बोली—'कोई हमें देख रहा है?' और उसी पेड़ की ओर देखने लगी, जिस पर मैं बैठी हुई थी। उस महिला को अपनी ओर देखते हुए मैं सहम गई और चुपचाप पेड़ के पत्तों में दुबकी रही। तब वह पुरुष बोला—'यह तुम्हारा वहम है' और आगे बढ़ गया। मैंने देखा कि मरी हुई महिला के कपड़ों पर एक चाकू रखा है। मैं यह देखकर भी चुपचाप पेड़ के अंदर दुबकी रही।"

"क्या तुम डर गई थी?"

"जी हां, न जाने क्यों उस समय मुझे बहुत डर लग रहा था।"

"क्या तुमने यह बात अपनी मां को बताई?"

"नहीं," मिरांडा बोली—"मुझे लगा कि मुझे उस समय क्वैरी बाग में नहीं होना चाहिए था। अगले दिन किसी भी व्यक्ति ने इस दुर्घटना की चर्चा ही न की। लिहाजा वह बात मेरे दिमाग से उतर गई। किन्तु उसके कुछ समय बाद एक अन्य घटना ने इसकी याद फिर ताजा कर दी।"

मुख्य कांस्टेबल मिरांडा के जवाब ध्यान से सुन रहा था और कभी-कभी अपना सिर हल्के से हिला रहा था।

"वह क्या घटना थी?"

"उस दिन मैं फिर एक पेड़ की टहनी पर बैठी पक्षियों का अध्ययन करने में व्यस्त थी। थोड़ी देर के बाद वह महिला व वही पुरुष वहां आए और ठीक मेरे ही पेड़ के नीचे बैठ गए। वे किसी ग्रीक टापू के बारे में बात कर रहे थे। महिला कुछ ऐसा कह रही थी—'कागजात पर हस्ताक्षर हो गए हैं और अब वह टापू हमारा हो गया है। हम कभी भी वहां जाकर बस सकते हैं, किन्तु इस बारे में हमें जल्दी नहीं करनी चाहिये। हमारे लिये यह जगह अचानक छोड़ देना ठीक न होगा। हमें ऐसा करने के लिए सही पृष्ठभूमि तैयार करनी होगी।' तभी मेरे पेड़ पर बैठी एक चिड़िया तेजी से उड़ गयी। उसकी आवाज सुन कर महिला बोली—'मुझे लगता है कि हमें कोई देख रहा है।' उस महिला ने ठीक यही शब्द पहले भी कहे थे और ऐसा कहते हुए उसके चेहरे के भाव भी ठीक ऐसे ही थे। मैं सहम गई, किन्तु इस बार मैं समझ गई कि जिसे मैंने एक दुर्घटना समझा था, वह वास्तव में दुर्घटना नहीं, बल्कि हत्या का मामला था। अब यह साफ हो गया था कि उस दिन वे जिस महिला को उठाकर ले जा रहे थे, वह उस महिला का जीवित शरीर नहीं, बल्कि उसकी लाश थी और ये दोनों उस लाश को कहीं छिपाने के लिए ले जा रहे थे।"

"यह दूसरी घटना कब हुई?"

"पिछले मार्च में-ईस्टर के ठीक बाद," मिरांडा ने सोच कर जवाब दिया।

"क्या तुम बता सकती हो कि वे लोग कौन थे?"

"हां, क्यों नहीं?"

"क्या तुमने उसके चेहरे ठीक से देखे?"

"जी हां।"

"तो बताओ।"

"वह महिला श्रीमती ड्रेक थीं व उसका साथी माइकेल गारफील्ड था," मिरांडा ने जवाब दिया।

मिरांडा ने अपनी बात शांत, किन्तु मजबूत लहजे में कही थी। उसकी दृढ़ता को देख उसकी बात पर अविश्वास करने की गुंजाइश ही न थी। कमरे में बैठे लोग यह सुन स्तब्ध रह गए।

"तुमने यह बात किसी को न बताई," मुख्य कांस्टेबल बोला—"आखिर क्यों?"

"मैंने सोचा कि शायद यह धार्मिक बलि का मामला हो।"

"तुम्हें धार्मिक बलियों के बारे में किसने बताया है?"

"माइकेल ने," मिरांडा ने जवाब दिया—"वह कहता था कि विश्व में सुन्दरता को बनाये रखने के लिए इस प्रकार की बलियां देना आवश्यक होता है।"

"क्या तुम्हें माइकेल से लगाव था?"

"जी हां। बहुत अधिक।"

सत्ताईस

"हेलो, मिस्टर पोइरो!" श्रीमती ऑलिवर बोली—"मैं कई दिनों से आपको ढूंढ रही थी। मुझे खुशी है कि आपने यह मामला सफलतापूर्वक सुलझा दिया है। मैं इसके सभी पहलुओं के बारे में विस्तार से जानना चाहती हूं। अच्छा, पहले यह बताइये कि आप पिछले कई दिनों से कहां गायब थे?"

"मैं इस मामले में पुलिस की सहायता करने में व्यस्त था।"

"अच्छा, अब यह बताइए कि इस हत्या के मामले में आपको श्रीमती ड्रेक जैसी महिला के हत्यारे होने का शक कैसे हुआ?" श्रीमती ऑलिवर ने पूछा।

"मुझे इस बारे में एक महत्त्वपूर्ण सूत्र मिल गया था," पोइरो बोला।

"वह सूत्र क्या था?"

"पानी," पोइरो ने जवाब दिया—"मैं जानना चाहता था कि उस दिन शाम को पार्टी में ऐसा कौन व्यक्ति हो सकता था, जिसके भीगे होने का कोई कारण न हो, किन्तु जो वास्तव में भीगा हुआ हो। जाहिर था कि जोइस का हत्यारा अवश्य भीगा हुआ होना चाहिए था। जोइस सामान्य रूप से एक स्वस्थ लड़की थी और उसने पानी से अपना सिर बाहर निकालने के लिए अवश्य संघर्ष किया होगा। इस संघर्ष के दौरान हत्यारे पर पानी के छीटें पड़ना व उसका भीग जाना स्वाभाविक था। इसलिए हत्यारे के लिए जरूरी था कि वह अपने भीगेपन को स्वाभाविक बनाने के लिए कोई बहाना ढूंढे। हुआ यह कि पार्टी में स्नैपड्रेगन खेल के दौरान, जब सभी लोग डाइनिंग रूम में थे, श्रीमती ड्रेक जोइस को पुस्तकालय में ले गई। श्रीमती ड्रेक जैसी महिला के कहने पर जोइस के लिए पुस्तकालय में जाना स्वाभाविक ही था। जाहिर है कि उसे श्रीमती ड्रेक के इरादों के बारे में कोई संदेह न हो सकता था। मिरांडा ने जोइस से केवल इतना ही कहा था कि उसने एक हत्या होते देखी थी। उसने यह न कहा था कि हत्या किसकी हुई थी और किसने की थी।

इस प्रकार जोइस की हत्या की गई और हत्यारा पानी से भीग गया। किन्तु अब श्रीमती ड्रेक के लिए भीग जाने का कोई कारण ढूंढना आवश्यक था। उसे इस कारण का एक चश्मदीद गवाह भी चाहिए था। लिहाजा वह सीढ़ियों के गुहाने पर हाथ में एक बड़ा फूलदान लिए खड़ी रही। थोड़ी देर बाद डाइनिंग रूम में मिस विटाकर निकलकर हॉल में आ गई। श्रीमती ड्रेक ने घबराहट की मुद्रा बनाते हुए अपने हाथ से फूलदान छोड़ दिया। उसने फूलदान इस तरीके से फेंका कि वह उसके कपड़े भिगोने के बाद नीचे हॉल के फर्श पर गिरकर टूट जाए। इसके बाद

वह नीचे हॉल में गई और मिस विटाकर की सहायता से टूटे हुए फूलदान के टुकड़े उठाकर फर्श को साफ कर दिया। वह अपने प्यारे फूलदान के टूटने पर शोक भी मनाती रही। उसने मिस विटाकर को यह भाव दिया मानो उसने पुस्तकालय के दरवाजे पर किसी अजीब चीज को अथवा किसी व्यक्ति को बाहर आते देखा है, जिसने उसे चौंका दिया था और इसी चौंकने की वजह से ही फूलदान उसके हाथ से गिरा था। मिस विटाकर ने यही भाव लिया और उसने मिस एमलिन को बता दिया। किन्तु मिस एमलिन को इसमें कोई बेतुकी बात दिखी और मिस विटाकर की यह बात मुझे बताने की सलाह दी।"

अपनी मूंछों को ताव देते हुए पोइरो बोला—"तो इस प्रकार मुझे जोइस के हत्यारे के बारे में पता चल गया।"

"क्या जोइस ने अपनी आंखों से कोई हत्या होते नहीं देखी थी?" श्रीमती ऑलिवर ने पूछा।

"नहीं।" पोइरो बोला—"उसने यह बात मिरांडा से सुनी थी तथा उस दिन पार्टी से पूर्व लोगों को प्रभावित करने के लिए इस प्रकार का दावा किया था। लेकिन श्रीमती ड्रेक को इस बात का पता न था। दरअसल ओल्गा की हत्या के समय से ही श्रीमती ड्रेक को यह संदेह था कि उस दिन क्वैरी उद्यान में ओल्गा की लाश कुएं में फेंकते समय कोई उन्हें देख रहा था। जोइस की बात सुन उन्हें विश्वास हो गया कि वह अदृश्य प्राणी जोइस ही थी।"

"आपको यह बात कब पता चली कि ओल्गा की हत्या की चश्मदीद गवाह जोइस नहीं, बल्कि मिरांडा थी?"

"जोइस के बारे में सभी लोगों का यही मत था कि वह झूठी मनगढ़ंत बातें बनाने में माहिर है। इसलिए जोइस के बयान पर यकीन करना संभव न था। दूसरी ओर मिरांडा क्वैरी उद्यान में अकसर जाया करती थी और वहां पक्षियों की क्रियाओं का अध्ययन करने में मशगूल रहती थी। मिरांडा व जोइस गहरी मित्र थी। मिरांडा ने मुझसे कहा था कि वे दोनों एक दूसरे से कोई बात नहीं छिपाती। मिरांडा उस दिन पार्टी में नहीं गई थी। इसलिए जोइस के लिए अपनी मित्र मिरांडा द्वारा बताई बात को अपनी कहकर बताना और इसके द्वारा लोगों को प्रभावित करना काफी स्वाभाविक था। मेरे अनुमान के अनुसार उस दिन वहां उपस्थित लोगों में उसका उद्देश्य सबसे अधिक एक मशहूर जासूसी उपन्यास लेखिका को प्रभावित करना था, जो आप हैं।"

"मुझे अब भी विश्वास नहीं आ रहा कि श्रीमती रोवेना ड्रेक ये हत्यायें कर सकती हैं?"

"श्रीमती ड्रेक में वे बातें मौजूद है, जो किसी हत्यारे के लिए आवश्यक होती है।"

"झूठे वसीयतनामे का मामला आखिर क्या था? क्या ओल्गा द्वारा जाली वसीयतनामा बनवाने की बात सच थी?"

"झूठे वसीयतनामे के मामले ने आरंभ में मुझे भी चक्कर में डाले रखा," पोइरो बोला—"लेकिन जल्दी ही वह मामला भी साफ हो गया। उसे समझने के लिए पूरे मामले को समझना जरूरी है। श्रीमती स्मिथ की सम्पत्ति श्रीमती ड्रेक को मिल गई। ओल्गा द्वारा दाखिल

की गई कोडिसिल न केवल जाली थी, बल्कि इतनी बेवकूफी से बनाई गई थी कि कोई भी सामान्य वकील उसके जालीपन को आसानी से पकड़ सकता था। श्रीमती ड्रेक की भी यहीं मंशा थी कि ओल्गा वाली कोडिसिल को जाली सिद्ध किया जाए ताकि श्रीमती स्मिथ की सम्पत्ति में से उसे कुछ न मिले। क्योंकि श्रीमती ड्रेक के पति की मृत्यु हो चुकी थी, इसलिये श्रीमती स्मिथ की सारी संपत्ति की हकदार वही थी।"

"लेकिन श्रीमती स्मिथ की नौकरानी के अनुसार कोडिसिल खुद श्रीमती स्मिथ ने लिखी थी और इस पर दो गवाहों के हस्ताक्षर भी करवाए थे। वह कोडिसिल क्या थी?"

"मेरे अनुमान के अनुसार श्रीमती स्मिथ को श्रीमती ड्रेक और माइकेल गारफील्ड के बीच संबंध होने के बारे में पता चल गया था," पोइरो ने कहा, "शायद यह श्रीमती ड्रेक के पति के जीवित होने के दौरान ही हुआ होगा। यह देखकर श्रीमती स्मिथ को गुस्सा आ गया होगा और उसे सबक सिखाने के लिये श्रीमती स्मिथ ने कोडिसिल लिखकर अपनी जायदाद उस विदेशी लड़की के नाम कर दी होगी। इस बात की सूचना ओल्गा ने ही माइकेल को दी होगी। ओल्गा भी माइकेल से प्यार करती थी और उससे विवाह करने के सपने भी देखती थी।"

"मैंने तो सुना था कि वह लेसली फेरियर से प्यार करती थी," श्रीमती ऑलिवर ने शंका रखी।

"इस प्रकार की अफवाह वास्तविकता को छिपाने के लिए फैलाई गई होगी। हमें इस प्रकार की बात पर विश्वास करने का कोई आधार नहीं मिला है।"

"यदि माइकेल का एकमात्र ध्येय श्रीमती स्मिथ की समपत्ति को हथियाना था और कोडिसिल के अनुसार यह संपत्ति ओल्गा को मिलने वाली थी तो उसने ओल्गा से विवाह कर यह सम्पत्ति क्यों न प्राप्त की?"

"इसका कारण यह था कि माइकेल को लगता था कि कोडिसिल के बावजूद शायद श्रीमती स्मिथ की सम्पत्ति ओल्गा को न मिल पाए," पोइरो बोला—"इसके कई कारण थे और वे कारण एक दूसरे से जुड़े हुए थे। एक तो यह कि श्रीमती स्मिथ एक बूढ़ी व बीमार महिला थी और ऐसी अवस्था की महिला पर प्रभाव डाल उससे मनोवांछित काम करवाना आसान होता है। दूसरे कि इससे पहले श्रीमती स्मिथ ने जो वसीयतनामा तैयार करवाया था, उसके अनुसार उसके मरने के बाद उसकी सारी सम्पत्ति के हकदार श्री व श्रीमती ड्रेक थे, जो उसके निकटतम संबंधी थे। तीसरे यह कि ओल्गा एक विदेशी लड़की थी और पिछले कुछ वर्ष से ही श्रीमती स्मिथ के पास थी, लिहाजा उसका श्रीमती स्मिथ की सम्पत्ति पर कोई कानूनी या नैतिक अधिकार न था। इन सब कारणों से ओल्गा के नाम लिखे गये सच्चे कोडिसिल पर भी लोगों का शक होना उतना स्वाभाविक था। इसके अतिरिक्त माइकेल का उद्देश्य श्रीमती स्मिथ से मिले धन से एक ग्रीक टापू खरीदना था। ओल्गा के माध्यम से यह काम संभव न हो सकता था। जहां तक व्यापार के क्षेत्र में प्रभाव होने या विदेशों में धनी, प्रभावशाली मित्र होने का सवाल था, ओल्गा की इतनी पहुंच न थी। वह काम श्रीमती ड्रेक के माध्यम से ही संभव हो सकता था।

ओल्गा का उद्देश्य किसी नवयुवक से विवाह करना था ताकि वह सदा के लिए इंग्लैंड में बस सके। इसी उद्देश्य से वह माइकेल के प्रति आकर्षित हुई थी।"

''और रोवेना ड्रेक?''

"श्रीमती रोवेना ड्रेक माइकेल से प्यार करती थी," पोइरो बोला—"उसका पति कई वर्षों से अपंग था। श्रीमती ड्रेक अधेड़ उम्र की थी, किन्तु उसकी यौन कामनाएं अभी भी जवान थीं। ऐसी स्थिति में उसकी नजर माइकेल जैसे खूबसूरत नौजवान पर पड़ी और वह उस पर लट्टू हो गई। किंतु माइकेल महिलाओं की सुन्दरता में अधिक दिलचस्पी नहीं लेता था। वह एक कलाकार था और अपनी कल्पना के अनुसार सुन्दरता का सृजन करना चाहता था। ऐसा करने के लिए उसे ढेर-सारे धन की आवश्यकता थी। वह गजब का स्वार्थी था और अपने उद्देश्य को प्राप्त करने के लिए अपने संपर्क में आई महिलाओं को अपना मोहरा बना कर उन्हें प्रयोग करता था।"

"किंतु रोवेना ड्रेक से विवाह कर क्या माइकेल सुखी रह पाता?" श्रीमती ऑलिवर ने पूछा—"रोवेना स्वभाव से ही बहुत सख्त है।"

"लेकिन दुनिया में दुर्घटनाएं तो होती ही रहती हैं," पोइरो ने व्यंग्य के लहजे में कहा, "हो सकता है रोवेना के साथ भी इसी प्रकार की कोई दुर्घटना हो जाती और वह यह दुनिया छोड़ सदा के लिए चली जाती। ऐसी स्थिति में सारी सम्पत्ति का हकदार माइकेल हो जाता।"

"एक और हत्या?"

"हां। माइकेल और श्रीमती ड्रेक के लिए ओल्गा को खत्म करना आवश्यक था, क्योंकि ओल्गा को सच्चाई पर विश्वास था और वह सच्चाई के लिए लड़ने को तैयार थी। श्रीमती स्मिथ द्वारा ओल्गा के लिए लिखी गई असली कोडिसिल गायब कर दी गई और उसके स्थान पर लेसरी फेरियर को पैसा दे कर एक जाली कोडिसिल बनवाई गई। किंतु जाली कोडिसिल जानबूझकर ऐसी बनाई गई ताकि देखने वालों को तत्काल इसकी प्रामाणिकता पर शक हो जाए और ओल्गा को जालसाजी के मामले में फंसा दिया जाए। क्योंकि जाली कोडिसिल लेसली ने बनाई थी, इसलिए उसकी हत्या करना जरूरी हो गया। बेचारे लेसली फेरियर की हत्या कर दी गई। लेसली का ओल्गा से कोई संबंध न था। लेसली को जाली कोडिसिल बनाने के लिए माइकेल ने ही पैसे दिए थे। दूसरी ओर माइकेल ओल्गा से प्रेम का नाटक खेल रहा था और उसे शादी का झांसा दे रहा था। किंतु उसने ओल्गा से कह रखा था कि वह अपने संबंधों की बात किसी पर जाहिर न होने दे। समय आने पर पहले तो ओल्गा पर जाली कोडिसिल बनाने का इल्जाम लगाया गया और फिर मौका जान उसकी हत्या कर दी गई और लाश को कुएं में डाल दिया गया। उसके अचानक गायब हो जाने पर सभी लोगों ने यही सोचा कि शायद कानून के शिकंजे से बचने के लिए वह देश छोड़कर भाग गई है। उसके बारे में यह बात भी फैलाई गई कि अपनी मालकिन का धन हड़पने के लिए उसने उसे जहर देकर मारा था। इससे पहले लेसली फेरियर की हत्या करते समय ऐसी पृष्ठभूमि बनाई गई थी, जिससे कि लोगों को लगे कि उसकी मौत एक साथ कई महिलाओं से चलाई जा रही इश्कबाजी और उससे उत्पन्न होने वाली ईर्ष्या

व बदले की भावना के कारण हुई है। किन्तु ओल्गा के शरीर पर पाए जख्मों के निशान ठीक वैसे ही हैं, जैसे लेसली के शरीर पर पाए गए थे।"

"इन हालात में मुझे संदेह हो गया था कि ओल्गा के शव को आसपास ही कहीं छिपाया गया है। फिर एक दिन जब मिरांडा ने मेरी उपस्थिति में माइकेल से किसी कुएं के बारे में पूछा जो क्वैरी उद्यान में ही था, किन्तु जिसे बन्द कर दिया गया था, तो मुझे लगा कि ओल्गा की लाश इस कुएं में ही डाल दी गई होगी। मिरांडा माइकेल से अनुरोध कर रही थी कि वह उसे उस कुएं पर ले जाए, किन्तु माइकेल इन्कार कर रहा था। कुछ समय बाद जब मैंने श्रीमती गुडबॉडी से ओल्गा के बारे में पूछा तो उन्होंने अपने पागलपन भरे अन्दाज में कुएं की ओर ही संकेत किया। इससे मेरा सन्देह विश्वास में बदल गया। बाद में मुझे उस स्थान का पता चल गया, जहां कभी वह कुआं हुआ करता था। वह स्थान क्वैरी उद्यान के भीतर माइकेल के घर से कुछ कदम की दूरी पर था। मुझे लगा कि मिरांडा ने या तो ओल्गा की हत्या होते देखी या उसके शव को कुएं में डाले जाते देखा है।"

श्रीमती ड्रेक व माइकेल को आरम्भ से ही शक था कि उनकी काली करतूत का कोई चश्मदीद गवाह मौजूद है। लिहाजा हत्या के बाद कुछ समय तक घबराते रहे। किन्तु जब काफी समय तक इस प्रकार की कोई बात न निकली तो वे निश्चिन्त हो गए। पूर्व निर्धारित योजना के अनुसार अब श्रीमती ड्रेक विदेश में जमीन खरीदने की बात करने लगी ताकि वुडले कॉमन के लोगों में पृष्ठभूमि तैयार हो जाए और उन्हें श्रीमती ड्रेक का विदेश जाकर बस जाना असंगत न लगे। वे कहने लगीं कि अपने पति की मृत्यु हो जाने के दुःख के बाद वे उस स्थान में नहीं रहना चाहती, जहां उनके पति की यादें बिखरी हुई हैं।

सभी कुछ श्रीमती ड्रेक की योजना के अनुसार चल रहा था। किन्तु तभी हेलोइन पार्टी हुई, जिसमें जोइस ने कई लोगों की उपस्थिति में यह दावा किया कि उसने एक हत्या अपनी आंखों के सामने होते देखी है। श्रीमती ड्रेक के ऊपर मानो बिजली-सी गिरी। उन्हें लगा कि उस दिन क्वैरी उद्यान में जोइस ही मौजूद रही होगी तथा वह उस हत्या की चश्मदीद गवाह है। उन्होंने तत्काल जोइस को खत्म कर देने का निश्चय किया। लेकिन जोइस की हत्या के बाद लियोपोल्ड ने भी श्रीमती ड्रेक को ऐसा आभास दिया कि उसे सब कुछ पता है। हालांकि जोइस की भांति ही उसका दावा झूठा था। राज को छिपाने के लिए वह श्रीमती ड्रेक से धन ऐंठता रहा। उसे चुप कराने के लिए उसकी हत्या भी जरूरी हो गई थी।

"किन्तु आपको माइकेल गारफील्ड पर कैसे शक हुआ?" श्रीमती ऑलिवर ने पूछा।

"इस नक्शे में माइकेल गारफील्ड ही फिट बैठता था," पोइरो ने कहा—"उससे बातचीत करने के बाद मैं निश्चित हो गया था कि श्रीमती ड्रेक का साथी, यह कला का पुजारी और अपने व्यक्तित्व में गजब का आकर्षक नवयुवक ही है।"

इस समय कमरे में पोइरो और श्रीमती ऑलिवर के अतिरिक्त एक अन्य महिला भी बैठी उसकी बातें सुन रही थी। माइकेल फेरियर का जिक्र आने पर वह महिला चौंक पड़ी।

"हां, मैं जानती हूं," वह बोल उठी—"माइकेल सदा से ही दुष्ट रहा है। उसके खूबसूरत व्यक्तित्व के भीतर काला दिल छिपा हुआ है।"

"माइकेल सदा से ही सुन्दरता का पुजारी रहा है," पोइरो बोला, "मेरा विचार है कि वह मिरांडा के व्यक्तित्व में छिपी सुन्दरता को पहचानता था और उससे प्यार करता था, किन्तु खुद को बचाने के लिए वह उसे भी बलि का बकरा बनाने को तैयार था। माइकेल ने उसकी हत्या की योजना बड़ी नफासत से बनाई थी। उसने मिरांडा के दिमाग में नर-बलि का विचार बैठा दिया था। उसने कहा था कि दुनिया में सुन्दरता को बनाये रखने के लिए समय-समय पर कुछ लोगों की बलि देना आवश्यक है। कुछ इस प्रकार योजना बनाई थी कि मिरांडा की हत्या धार्मिक नर-बलि का मामला दीखे। उसके निर्देश पर मिरांडा ने उसे सूचित किया था कि वे वुडले कॉमन छोड़कर कुछ समय के लिए लंदन जा रहे हैं, योजना के अनुसार ही वे 'द ब्लैक बॉय रेस्तरां' के बाहर मिले थे, जबकि आप दोनों लंच पर मिरांडा की प्रतीक्षा कर रहे थे। योजना के अनुसार ही वह उसे किल्टरबरी वादी में ले गया, जहां मध्ययुगीन खंडहरों व चट्टानों की पृष्ठभूमि में हाथ सुनहरे रंग के पेय का जाम लिए उसकी हत्या होना निश्चित हुआ था। इस पृष्ठभूमि में मिरांडा की हत्या का मामला हत्या न होकर धार्मिक बलिदान का मामला बन जाता।"

"वह जरूर पागल रहा होगा," श्रीमती बटलर बोल उठी—"केवल पागल लोग ही ऐसी हरकतें कर सकते हैं।"

"मैडम अब आपकी बेटी सुरक्षित है," श्रीमती बटलर की ओर देख पोइरो बोला—"लेकिन मैं इस मामले के बारे में एक बात जानना चाहता हूं।"

"जी हां पूछिए। मैं आपसे कोई बात नहीं छिपाऊंगी।"

"मैडम, मिरांडा आपकी बेटी है," पोइरो बोला—"क्या वह माइकेल वारफील्ड की भी बेटी नहीं है?"

थोड़ी देर चुप रहने के बाद श्रीमती बटलर धीरे से बोली—"हां।"

"क्या मिरांडा को इस बात का ज्ञान नहीं है?"

"नहीं," श्रीमती बटलर बोली।

''वुडले कॉमन में माइकेल से मुलाकात होना एक संयोग था। मैं उसे तब से जानती हूं, जब मैं नवयुवती थी। मैं उससे प्यार करती थी। लेकिन फिर अचानक...।

"अचानक क्या?"

"लेकिन फिर अचानक मुझे ऐसा लगने लगा कि भीतर से वह बहुत निर्दयी और स्वार्थी था। उसके खूबसूरत व्यक्तित्व के भीतर शैतान छिपा हुआ था। लेकिन तब तक मैं उसके बच्चे की मां बनने वाली थी। मैंने उसे यह बात न बताई। मैं उसे छोड़कर दूर चली गई और मिरांडा को

जन्म दिया। मैं लोगों से यही कहती रही कि मेरा पति एक पाइलट था, जो किसी दुर्घटना में मारा गया था। फिर संयोग से मैं वुडले कॉमन इलाके में आकर बस गई।"

एक दिन अचानक माइकेल गारफील्ड यहीं आ गया और क्वैरी उद्यान में काम करने लगा। हम दोनों ने एक ही स्थान पर एक दूसरे की उपस्थिति पर कोई ऐतराज न किया। हमारा प्रेम अब खत्म हो चुका था और हमने अपने सम्बन्धों की बात किसी को न बताई। मैं नहीं जानती कि मिरांडा कितनी बार माइकेल से मिलती थी, किन्तु मैं उनकी मुलाकातों के बारे में चिंतित थी।

"हां, माइकेल व मिरांडा के बीच एक स्वाभाविक सम्बन्ध था, जिसने उन्हें एक-दूसरे के प्रति आकर्षित कर लिया था," पोइरो बोला—"माइकेल सुन्दरता का पुजारी था और मिरांडा सुन्दरता की मूर्ति थी।"

इस समय पोइरो के दिमाग में माइकेल की मौत की तस्वीर आ गई। वह किल्टरबरी वादी में खंडहरों व चट्टानों के बीच ठीक उसी प्रकार मारा गया था, जिस प्रकार की मौत की कल्पना उसने मिरांडा के लिए की थी।

अब ग्रीक टापू पर कोई खूबसूरत उद्यान न बनेगा—पोइरो सोच रहा था। किन्तु मिरांडा इस दुनिया में जीवित रहेगी व सुन्दरता की महक फैलाती रहेगी।

पोइरो ने श्रीमती बटलर का हाथ उठाया और उसे चूम लिया।

"अलविदा, मैडम।" वह बोला—"अपनी बेटी को मेरा प्यार कहिए।"

"कुछ यादें भुला देना ही बेहतर होता है," पोइरो बोला—"मेरी गिनती भी उन्हीं में आती है।"

अब पोइरो श्रीमती ऑलिवर की ओर मुड़ा।

"मैं आपका धन्यवाद करना चाहता हूं।" पोइरो बोला—"आप ही मुझे यह मामला सुलझाने के लिए यहां लाई। लेकिन एक मामला सुलझने के बहाने यहां कोई मामले सुलझ गए।"

"यह तो आपकी मूंछों के प्रभाव से ही संभव हो पाया है।" श्रीमती ऑलिवर ने कहा।

इस बात पर सभी लोग ठहाका मारकर हंस दिए।

***** समाप्त *****

नए प्रकाशन

बिस्वरूप राय चौधरी
डायनैमिक मेमोरी कंप्यूटर कोर्स
(परिवर्द्धित व संशोधित)...325.00

डॉ. उज्ज्वल पाटनी
पॉवर थिंकिंग...190.00

तरुण इन्जीनियर
पावर ऑफ पाजिटिव थिंकिंग
150.00

रेनू सरन
भारत के राष्ट्रपति....100.00

रेनू सरन
भारत के प्रधानमंत्री....100.00

डॉ. कुमार विश्वास
कोई दीवाना कहता है
99.00

सुदर्शन भाटिया
प्रणव मुखर्जी
125.00

वैद्य राजश्री कुलकर्णी, अभय कुलकर्णी
आयुर्वेदीय गर्भसंस्कार
250.00

जौली अंकल
कहानियां जो राह दिखाएं
125.00

राजेश चेतन
सीधी सादी बातें....100.00

सूर्या सिन्हा
सकारात्मक विचारों का जादू....110.00

दीपक बहल
सफलता की ओर
10 कदम....170.00

जोगिन्दर सिंह
माइंड पॉज़िटिव लाइफ पॉज़िटिव
125.00

शिशिर श्रीवास्तव
सफलता पाने की 8 शक्तियां....125.00

नमिता जैन
4 सप्ताह में वजन घटाएं
125.00

नमिता जैन
टीन फिटनेस गाइड
125.00

नमिता जैन
आखिरी 5 किलो कैसे घटाएं
125.00

राजेन्द्र अवस्थी
काल-चिन्तन (6 भाग)
प्रत्येक भाग....150.00

अमित कुमार
सफलतम कप्तान धोनी
100.00

ओ.पी.झा
मैनेजमेंट गुरु भगवान श्रीकृष्ण
125.00

DIAMOND BOOKS X 30, Okhla Industrial Area, Phase II New Delhi 110020
Tel : 011-40712200 Shop online at www.diamondbook.in

www.ingramcontent.com/pod-product-compliance
Ingram Content Group UK Ltd.
Pitfield, Milton Keynes, MK11 3LW, UK
UKHW041835190726
13854UKWH00002B/547